白薔薇の剣

Sword of white roses

葵れい

Illustration ミヤジマハル

白薔薇の剣

Sword of white roses

プロローグ

遠く、ラッパの音が聞こえた。

ファンファーレだろうかと、彼女は思った。

ここは宮殿の一番奥。町の喧騒など常には、たとえ深く耳を澄ませても聞こえてはこないというのに。

気まぐれな風の悪戯《いたずら》だろうか。

――それとも。

「姫様」

侍女が呟いた。それに彼女は深く頷いた。

――わかってる。

「……今日は体調が優れない。誰も通さないように」

「かしこまりました」

「しばらく一人にして頂戴」

いいこと、フェリーナ？　彼女は侍女の耳元にそっと唇を近づける。

「誰も。誰もよ？」

桃色の唇は濡れたように艶《つや》やかに光っている。それが少し侍女の耳に触る。彼女はビクリと身を震わせた。

「か、かしこまりました」

「いいわ……私が呼ぶまで」

――そっとしておいて頂戴。

フェリーナと呼ばれた侍女《じじょ》は慌てた様子で頭《こうべ》を垂れ、他の八人の侍女たちもそれに倣って出ていった。

一人残された彼女は、部屋に誰もいなくなった事をもう一度確認し、短く息を吐いた。

熱い息だった。

昂《たか》ぶる心を静めるために目を閉ざす。

もう一度耳を澄ませたが、もう音は聞こえてこなかった。静けさだけが辺りを占める。鳥すら鳴かない。

ゆっくりと目を開け振り返った先に、ちょうど薔薇があった。今朝、嬉しそうにテーブルを飾っていたフェリーナの姿が脳裏に過《よぎ》った。

意識したのだろう、〝今日〟を。

そっと側に寄り、彼女はその花の前に跪《ひざまず》いた。

白薔薇の向こうには、聖母が静かに微笑み彼女を見ていた。

ハーランドは二五〇年続く王政国家である。

気候は穏やかに土地も豊か。またそれを続べる王家も代々民に慕われてきた。

現王ヴァロック・ウィル・ハーランドも同じ。武に

長け知にも秀でた王として、騎士はもちろん国民からも支持を集めていた。

唯一彼にとっての不幸は、後継ぎとなる男子がいなかった事。ハーランド家は代々、男子による世襲を原則としてきた。

ただ一人の女性を愛したハーランド王は、妾《めかけ》を持つ事を一切望まず、故に彼の血を受け継ぐ子供は一人しか残らなかった。

一人の姫しか。


「ここに薔薇の御前試合の開会を宣言する！」

文大臣の宣言により、その場は割れんばかりの喝采《かっさい》に包まれた。

そしてそれはそこにとどまらず、声と熱は闘技場《コロセウム》の外まで伝わり、城下を駆け抜け街が一瞬揺れるほどであった。

花火が上がり紙吹雪が舞い、大人は歓声を、子供は跳ね回って喜ぶ。

四年に一度の国を挙げての祭り、薔薇の大祭の幕開けである。

一週間に渡って行われるこの祭り、街は露店や出し物などによって大いに盛り上がるが、人々が最も関心を寄せるのが、祭りの開幕宣言ともなるその行事。

薔薇の御前試合。

年齢一七歳以上、それ以外に資格は問わず。騎士であろうが傭兵だろうが、街の力自慢、旅人でも構わない。戦う勇気があるならば、勝ち上がる実力があるならば、四年に一度開催されるその試合に勝ち抜いた者は、〝薔薇の騎士〟の栄誉が与えられる。

そしてその薔薇の騎士に許されるのは〝赤い薔薇〟の称号。

だが。

「出場者数、見られたか？」

文大臣コーリウスは控えの間まで戻ると、傍にいた地大臣に声を掛けた。彼はコーリウスに軽く会釈し、眉を寄せながら答える。

「……陛下はどうなさるおつもりでしょうか」

「違《たが》わんだろうよ、わが殿は。……そういうお方だ」

六人いる大臣の中、最も在任歴が長い彼は、遠い目で窓から望む空を見た。

「優勝した者には〝白薔薇の称号〟を与える。それが何を意味するか。願わくば、それに値する者が勝ち上がる事よ」

従来、優勝者に与えられる称号は赤薔薇。白薔薇の称号を得る事ができるのは、この国においてただ一人。そしてその者が課されるのは〝白薔薇〟ともう一つ。

ハーランドという国。

ハーランド王家、国王にのみ許される〝白薔薇〟の称号。

「それが定めやもしれぬ」

今年の御前試合、優勝者には〝白薔薇〟の称号を渡す。それはつまり、ハーランド王のただ一人の姫君との婚儀を許すという事。男子なきハーランド王が出した苦渋の選択がそれであった。

「……何にせよ急務なのじゃ」

文大臣は眉間にしわを寄せる。

「〝白薔薇の騎士〟……事は急を要する」

文大臣の様子に地大臣は一瞬辺りを気にした後、声を潜めて言う。

「捨て駒です」

「否定はせん」

それを聞いて地大臣はもう一度頷いた。

「……誰が勝ち進むのでしょうか」

「すべては神の思し召しのままに」

そう言うと、文大臣は胸元の十字架をそっと握り締めた。

「今年の御前試合は恐ろしい。最後までたどり着くには、一体どれだけ勝たねばならぬのか」

「史上最多数か。されど、街のごろつきまで混ざっているそうな。優勝してやると大見得を切っておる者もおったわ」

「愚かな事よ。そんな者たちに、我ら騎士が後れを取るものか」

「予想では、やはり近衛師団のシュリッヒ殿が強いか」

「あの方は別格。武大臣殿が出場なされぬ今回、やはり本命はシュリッヒ殿」

「対抗馬は？」

「第一師団のルータスか、第一三師団のマルセか……」

　控え室。出番を待つ騎士たちの会話に、少し離れた所から笑いが起こった。明らかに小馬鹿にしたその笑いに、ハッと騎士たちの表情が強張る。

「無礼な。何がおかしい」

「いやいや。ご苦労な事だと思って」

　男は黒い鎧を身にまとっているが、騎士の物ではない。

「誰が本命だとか対抗だとか、自分がそこに行く気ねぇじゃねぇか」

「――！」

「俺の中で優勝は俺。それ以外にはないね。対抗馬なんざいない。勝つ事以外、俺の頭ん中にはねぇの。負けるつもりならさっさと棄権しろ」

「何だと貴様！　そのいでたちは……ッ」

「出場者の身分は問わず」

　へへへと笑って男は鼻を掻いた。

　――面白ぇ王様だ。

「最後まで勝ち残った奴がこの国の王。わかりやすくていい。この俺が王なんざ、笑っちまうがな」

「傭兵隊長カーキッドか」

「まぁせいぜい楽しもうや」

　そんな彼の横を一人の剣士がすり抜けた。今から出番なのか、剣士は白い鎧をまとっていた。それもまた騎士の物ではない。

　一瞬カーキッドは何かを感じ振り返ったが、

「……楽しみだねぇ」

　それだけ呟いて、胸元から煙草を取り出した。


　そして、その白い鎧の剣士は――

　ガシャリ、ガシャリ。

　鎧が重い。完全鎧ではない。腰から下は大腿部まで、上半身は腹から胸を覆っているが、関節の部分に柔軟性が見て取れる。兜も軽量を重視した物だ。

　己の分はわきまえている。でも、戦わなければならない。行かなければならない。これは定めだ。

出口が見えてくる。あの光をくぐれば、そこは大観衆が見守る闘技場。もう引き返す事はできない。

少し心が重くなる。だが歩みは止めない。

歩く。面甲を下げる。その面差しが隠れる。

ガチャリ、ガチャリと続く鎧の音が、胸の高鳴りと共鳴して行く。

歓声が、耳に。

「父上」

唯一白日にさらされた口元が、きゅっと引き結ばれる。

王の観覧席からは闘技場が一望できる。

「少し風が強うございますな」

この国で現時点最高の権力者ヴァロック・ウィル・ハーランド。その傍らに立つのが武大臣グレンであった。

「すまんな」

グレンはそっと風避けを動かし、王を労《いた》わった。

「いいえ」

ハーランド王と武大臣グレンは同年、御年五〇を迎える。

「姫様はどうなされましたか？」

「体調が思わしくないそうで部屋にこもっておる」

「さようでございますか」

半ば諦めたように王はため息を吐いた。

「……陛下も、何もこのような初戦からご観戦なさらずとも」

じっと眼下を見据える王に、グレンは苦笑混じりにそう言った。

「お前も付き合わずともよいぞ」

「私は、興味がありますゆえ」

「わしとて同じだ」

「……は」

「思い出すなグレン。そなたと私、腕を鍛え競った……共にこの試合に出た。懐かしい」

「あなたは〝白〟という立場をお持ちなのに」

「〝白〟〝赤〟同時称号は、結局そなたのせいで叶わぬ夢であったわ」

「それは失礼を致しました」

「……本当は、そなたに与えたいのだがな」

試合が始まろうとしている。第一試合は騎士と、もう一人は見るからに騎士ではない。

「わしの後は、本来そなたこそ」

「何を仰せやら」

「グレン」

「……ウィル様」

呟き、グレンは王の体に心を傾けた。

「気弱になってはなりませぬ」

「……ありがとうな、友よ」

その腕がもうままならぬ事をグレンは知っている。その足も杖がなくては歩けぬ事も。

「始め!!」

闘技場から審判の声が響いた。その声がグレンには重く突き刺さった。

終わりの始まりだ。結果は時間が出すだろう。

——ウィル様……。貴方の体が病魔に蝕まれていなければ。貴方に息子がいれば。まして、もし黒い竜など現れなければ、この試合はどういう物になっていたでしょうか？

何度問うても答えは出ない。

そして、今見ている世界は一つ。

歴史が変わる。今が砕けていく。王はそれを見届けようとしている。

誰が勝ち上がり最後へとたどり着くのか。そして誰がこの王の前に頭を垂れ、その剣を受け取るのか。

白い薔薇が導くのはどの腕か——魂か。

——我はただ、彼に寄り添うのみ。生涯仕えると決めた一人の王と、その結末をこの目に刻もう。


抜き身の剣を、そのまま一気に横に薙ぐ。

騎士は剣を立ててそれを受け止めるが、足元おぼつかぬその体勢では完全に捉えきれるものではない。よろめいた。受けきれないと騎士は咄嗟に悟る。それでも左の足でギリギリ持ち直したその脚力は、さすがにここまで勝ち上がっただけはある。

五回戦。この時点、残りは一六人。

総勢約三〇〇人という参加者の中からここまでやってきた。そしてここでさらに八人にまで絞られる。

「――ッッッ!!」

腕力は騎士が上。押し合いの勝負になれば圧倒的に有利だろう。だが誰が見ても、押されているのは騎士の方だった。しかも彼は優勝候補の一人、第一師団のルータス・グロリアである。

貴族の名門、グロリア家の長男にして第一師団の二番隊隊長を務めるこの男。ここまでは予想通り圧倒的な力量差を見せ付けてきただけに、観衆は驚きを隠せない。

「ルータス殿なら家柄もそれなりに見合うが」

大臣たちのそうした意見をも、現実は無視をして騎士の劣勢は明らか。

試合を見ていた武大臣グレンは思った。ルータスは負けると。だがそれはここまで試合を見た結果として思った事ではない。最初に二人、見合わせた時より、その立ち姿、位置、空気、気配、あるいは思念か……その差をグレンははっきりと感じ取っていた。

あの剣は……、思わず出そうになった呟きを、グレンは寸前で飲み込む。

「のう、グレン」

御前試合も今日で五日目だ。

すべての試合を記憶に収めようとするかのように、じっと闘技場を見つめるハーランド王の傍らで、グレンもまた同じようにすべての戦いを見てきた。その上で王はグレンに尋ねる。

「あれをどう見る?」

グレンは答えられなかった。

あぐねた言葉、何を口から紡げば今をやり過ごす事ができようか?

そう思った瞬間カンという甲高い音がした。急ぎグレンが見た時にはもう、白い地表に無造作に剣は転がっていた。それが誰の剣か、ルータスが剣を向けられている事実を見れば明らか。

「勝者! カイン・ウォルツ!!」

歓声はまるで爆発のようだった。

張り詰めていた空気が一気にはじけ飛ぶようなその轟音に、王は空と、そして勝利した者を見た。

「カイン・ウォルツか……」

カインと呼ばれた白い鎧をまとった剣士は丁寧に頭を下げ、闘技場の奥へと消えていった。

残された騎士の方が、その場にしばらく呆然と、魂を忘れたように立ち尽くしていた。

その様が無様だとは言えぬ。だが哀れだとも思えぬ。

武大臣はそっと目を閉じる。見たくなかったのだ。


「やるなぁ、あんた」

闘技場から一歩入った連絡路にその男は立っていた。

カイン・ウォルツは兜の面甲を降ろしたまま男を見た。

傭兵隊長、カーキッド・J・ソウル。

カインより頭一つ高い男の舐めるような視線をカインは兜の下から感じ取っていたが、すぐに意識を手放し路《みち》の先へと踏み出した。

その横顔と背中を見やり、カーキッドは鼻で笑う。

「面白ぇ」

呟き、陽気な笑い声を立てながら闘技場へと出て行った。


闘技場。歓声が起こり、その余韻が沈む間もなく。

「勝者!! カーキッド!!」

その名が高らかに呼ばれた時、カインの姿はもう闘技場のどこにもなかった。


御前試合六日目。準々決勝。

八人まで絞られたここから、本当の戦いは始まる。

この中には第十三師団総隊長マルセの他、予想通り優勝候補の筆頭・近衛師団団長シュリッヒもいた。

色々な者がひしめき合った今回の試合。参加者の中には武道家もいた。槍使いもいた。だが結局最後に残ったのは全員剣士だった。

八人中、六人が正騎士。残る二人は、傭兵隊長カーキッドと白をまとう剣士。

カイン・ウォルツ。誰もその名を知らぬ。姿を見た事がある者もいない。残った中でも一層小柄のこの者が、今回の大会でシュリッヒの次に注目を集めていた。

シュリッヒは名門ではないとはいえ貴族。その端整な顔立ちから女性の人気も高い。対しカインは、兜を決して取らない。だが小さな体で騎士を打ち負かしていく様が人気を集め、話題となっていた。

　それでも今回の大会、誰もが優勝はシュリッヒであろうと思っていた。この時だけ公とされる国営の賭博でも、それは一目瞭然であった。

　カイン・ウォルツ——大穴中の大穴。果たしてどこまで戦えるのか。

　誰も思わぬ。彼が、シュリッヒを上回るとは。


「姫様は今日もお部屋から出ていらっしゃらない」

　侍女のフェリーナは、心中穏やかではなかった。

「次はいよいよ準決勝だというのに。陛下は初日からずっと試合を観覧していらっしゃるのに……姫様はおいでにならなくてよろしいのかしら？」

「とか言って、あなたが試合を見たいのでしょう？」

　仲間の侍女に茶化され、フェリーナは顔を赤らめた。

「だって！　この試合で姫様の旦那様が決まるのよ！シュリッヒ様のご雄姿を姫様も見ておかれるべきだわ！」

　姫様はそういう事にはあまり関心がないから……と、全員がため息を吐く。

「だからよ。後で会話となった時、試合を見ていなかったなんて事になったら、お二人の間に亀裂が生まれるかもしれない」

　彼女の中で、今回の大会の優勝はシュリッヒで決まっていた。何せ城内の噂好きの面々は、全員彼を推していたから。

「姫様。フェリーナでございます」

「フェリーナ！」

　扉を叩く彼女を、周りの侍女が驚いて止めた。

「姫様は、お声を掛けるまで誰も近寄るなと」

「でも」

「オヴェリア様の命令は絶対でしょう？」

でも……と、彼女は唇を尖らせ物言わぬ扉を見た。

「眠っておいでなのかしら……」

　分厚い扉の向こうからは何の気配もなく、ただ辺りは静まり返るばかりだった。

「へぇ？　準決勝はシュリッヒ公か」

控えの間。カーキッドはたった今貼り出された対戦表を見て、口笛を吹いた。

四強――残ったのは近衛隊長シュリッヒ、第一三師団マルセ、そしてカーキッドとカイン。

カインもそれを見たが、すぐに部屋の隅に行き腕を組んだ。相変わらず兜はつけたままであった。

その様子をチラと見、カーキッドはニヤリと笑った。

「なぁあんた、今くらい兜を取ったらどうだ？　それとも、そんなに人に見られては困る顔か？」

何も答えぬ。視線もよこさぬ。シュリッヒとマルセに関しても同じく、一切言葉を交わす事はなかった。

沈黙だけが共にいる。その様子にカーキッドは鼻を鳴らした。

「まぁいいさ」

程なくして兵士が迎えにやってきた。

「シュリッヒ様、カーキッド様、時間です」

人で溢れ返っていた頃は呼ばれる声を聞き取るのも一苦労であったが、今は十分耳に飛び込んでくる。何せこの部屋にはもう四人しか残っていないのだから。

「へいへい」

先にシュリッヒが部屋を出た。カーキッドも一歩遅れて部屋を出る。だが出掛けにカインを振り返り。

「次、見に来いよ」

「……」

「損はないと思うぜ？」

ニヤリと笑って、出て行った。

ガチャリと金属が鳴る音がする。カインはしばらく、カーキッドが消えて行った方向を見ていたが、ゆっくりと動き出す。

今大会、一度も他人の試合を見に行った事がなかったこの者が、初めて動いた瞬間だった。

カーキッド・J・ソウル。

傭兵隊長である。正騎士ではない。剣だけを頼りに流れ流れてこの国へやってきた。実力だけでその地位まで上り詰めたが、普通なら傭兵にこの上はない。

兵士の世界は実力主義。されど身分や家柄がまったく関係していないというわけではない。現実に騎士団の要職についている者の多くは、貴族やそれに繋がる者が多い。まったく無名の家の出にして権力ある地位についているのは、ごくごく一握り。

　有名無名問わず、努力と実力での組織図を理想としつつも、現実にはやはりしがらみは出る。王はそうした物を嫌ったが、実際には彼の知らない所で馴れ合いは起こっていた。否、知っていても手出しができなかったやもしれぬ。それも王族が生きていくために取らざるを得ない手段の一つであったから。

　貴族の支えなしでは、王族とて立ち行かぬ。絶対的な王制を誇った二五〇年前に比べれば、その権威が弱体化している事は否定できなかった。

　だがそれでも王は王だ。出生から決まる運命。普通に生まれた人間が、そこにたどり着く事などどうしてあり得ようか。

　だがここに、すべてを越えるような事象が転がっている。

　勝てばすべてを飛び越えられる。


　大会前に王は約束した。この試合に勝利した者には〝白薔薇の騎士〟の称号を与えると。

　それが意味する事、傭兵のカーキッドとて理解ができた。

　へへへと笑い、彼は玉座を見た。この闘技場を一望する王の観覧席。そこには今日もハーランド王がいる。最初から最後まですべてを見届けるつもりなのだろう。

「凄ぇ王様だ」

　カーキッドは剣を抜いた。

「その目を広げて、よく見てろ」

――これがあんたが望む、未来を切り開く剣だ。

　シュリッヒは騎士の礼に則《のっと》って、剣を面前に構える。だがカーキッドにそれはない。抜き身の剣を投げ出したように持つのみ。

　静寂。

　物言わぬ審判に導かれるように、彼らを見守る大衆が言葉を閉じ込めた頃。

「始め!!」

　声が上がる。だが二人は凍ったようにその場を動かない。

沈黙。空気すら動かない。時が止まったように、風すらも恐れてこの空域を避けている。

　カーキッドは内心舌を打った。

　――さすが近衛の棟梁。

　近衛師団は王家直属の騎士団。万事の時は盾となり王を守る、この国最後にして最強の鉄壁の部隊。それが求められる部隊だからこその精鋭集団。騎士である限り、近衛に属する事を憧れぬ者はこの国にはいない。

　だがカーキッドは正直、彼らを馬鹿にしていた。いざ戦時となっても、奴らはここを動かない。彼らが剣を振るうのは、戦火が目と鼻の先まで迫ってからじゃないかと。戦場を駆け回った自分とは戦いに対する意識が雲泥《うんでい》の差だ。そんなぬくぬくのお坊ちゃんに、自分が劣るとは思えない。

　だが、中々どうして、目の前のこの男。隙がない。ジリと足音の一つでも立てようものなら斬られる。そんな完璧な気配。

　――面白ぇ。

「ゾクゾクする」

　呟き、カーキッドは口の端を吊り上げた。だがそれはシュリッヒとて同じであった。カーキッドの構えはあまりにも無防備なのに飛び込めない。言うなれば、構えではなく身から解き放たれる気配が刃そのもの。

　だが互いにここで、見つめ合うために立っているのではない。

　交えるのは剣。そしてそこに込めたるは想い。

　先に動いたのはカーキッドの方だった。小走りから一気に距離を詰めると、シュリッヒは剣を持ち直し斜めに待ち構える。そして打ち合いになる刹那、カーキッドの体が視界から消える。右から潜るようにして上へと切り上げるのを見、シュリッヒは完全にそこを打ち止める。

　最初の打ち合いによる甲高い音が場内一杯に響いた。その音は大会中ここまでで最も高く、空気を貫くような鋭い音。だが、観客がその余韻に意識を囚われている最中にも、二人の打ち合いは続いた。

　模擬戦用に刃は殺してある。だが重い剣がぶつかる音は、剣などわからぬ素人にとって、命のやりとりにしか思えない鋭いものであった。数度の打ち合いの果て、シュリッヒが一歩間合いを外す。

だがそれをカーキッドは許さぬ。右足を奥へ一歩、踏み込む。

右から薙がれた一刀をシュリッヒは剣を立てて受け止めるが、それを押し払い退け、そのまま太刀をカーキッドへと突きつけた。狙うは喉――兜と鎧のつなぎ目。その軌道を見たカーキッドはギリギリで地面に転がってそれを避ける。そこからカーキッドはシュリッヒの足を払った。そして、倒れ込むシュリッヒに上から襲い掛かる。

「足技とは卑怯な」

叫ぶ貴族に、カーキッドは笑って答える。

「戦場でもそれを言うんかい？」

だが突き立てた剣がそのまま地面へと吸い込まれると、背後に回ったシュリッヒが彼の無防備な背中を剣で打つ。カーキッドもねじってかわすが完全ではない。刹那に走る衝撃。倒れこまなかった事は見事。

――脇腹をやられたか？

カーキッドは口元を歪めた。

「面白ぇ」

面白いのだ。実戦ではない試合にもかかわらず、カーキッドは高鳴る胸を抑えきれない。

「いいねぇ」

――こいつは強い。思っていたよりずっと。

腕が鳴る。昂ぶる。ゾクゾクする。

カーキッドは兜を脱ぎ捨てると、真っ向シュリッヒを見据え、初めてまともに剣を構えた。

続く攻撃は斜め下段。先程と似ているが、こもった力が違う。そして魂が――解き放たれる。

走り出したカーキッドの横、剣がそれに従い、砂を削り、粉塵《ふんじん》が沸き返る。そして先刻と同じ下からの突き上げ。

だがシュリッヒは一歩退く、いや、それに加えてもう二歩。

――さっきより数段早い。

鼻先を剣が行き過ぎる。一歩で済ましていたならば、確実に捕らえられていたその攻撃に、シュリッヒの中で感覚修正がなされる。カーキッドの剣が変わった。二手、三手先を読まねば捕まると。

だがそんな時間さえ彼は許さない。矢継ぎ早に左から打ちかけた剣先が胸板を掠めた。衝撃が走るが体勢は崩さない。足は動く。三打目を受け止め、そこから押し返しカーキッドの足を狙う。

しかしその動きはもう読まれている。寸前でかわすと、代わりに剣ではなくカーキッドの蹴りが飛んできた。それを三分《さんぶ》程度でかわせたのはやはり、相手がシュリッヒだったから。

カーキッドはシュリッヒを認めた。こいつはぬくぬくの坊ちゃんなどではない。

――だが甘いんだ。

お前が読めるのはせいぜい三手先。五手先まで読まなければ、戦場では生き残れない。

カーキッドはニヤリと笑いながら、剣を振り上げた。胴体はがら空きだ。だがシュリッヒはそこに食いつかない。

しかし瞳が奪われた。それは同時に心が奪われたという事。飛び込まなくても、それが罠だとわかっていても、視界に入れたその瞬間、心に迷いは生まれる。

そうなればもう、罠は完成している。

カーキッドは咄嗟右へ切り返し猛烈なスピードで横から薙いだ。

その切り返し、よく受けた。

でもシュリッヒの反応は遅れている。だから次の切り返しにはついて来れない。

カーキッドの右足が一歩出た、そこまでは見えた。

だが、同時にシュリッヒの左足は後ろへ退いた。

それが答えだった。

カン。

シュリッヒが剣を落とすその音は、哀れなほど小さかった。

「シュリッヒが負けた!!」

その場にいた全員が息を呑む。

上がった歓声は狂喜か混乱か。これは狂乱の宴か。

大番狂わせ。誰もが信じて疑わなかった、優勝候補第一頭の敗北。

だが王はさして驚いた様子もなく、ただ笑った。

「愉快。傭兵隊長カーキッド……あのような者がいたか」

「……各地を転戦し、一年前この国に来たとの事。その腕前は私も見た事がありましたが……まさかここまでとは」

「シュリッヒを倒すか」

武大臣グレンは、そっと傍らの王を見た。目尻のしわは穏やかで、本当に楽しんでいるのが見て取れた。

「グレンよ、」

「御意」

皆まで言わずともわかっている。王はカーキッドが気に入った様子。

――この試合の行方は別として傭兵隊長では、収まりきらぬか……だが何よりの問題はこの次。

グレンの目が厳しくなる。そしてその眼光は同時に、王の双眸にも宿る。

焔の如き色として。かつて騎士として名を馳せた頃と同じ色、光。言い換えればそれは――熱。

通路にいたのはカイン・ウォルツ。

闘技場から引き上げるカーキッドは、派手な白い鎧の姿を見止めニヤと笑った。

「待ってるぞ」

黒い鎧をまとう男は目の前を横切ると、それだけ言って去って行った。

カインは振り返らなかった。

ただ、息を吐く音が兜の隙間からこぼれ出た。

熱い息だ。その熱気に彼自身の心が犯されてしまうようだ。

いいや、もう犯されている。浮かされているんだ、その熱に。

両の手を握り締めた。火蜥蜴《ひとかげ》の髭《ひげ》で縫いこまれたその手袋は、鎖のように頑丈だ。

直に、名が呼ばれる。

カイン・ウォルツ――この名を背負って戦った。

あの人の目の前で。

それは、万死に値するか？

その命令を破り、欺き、ここまでやってきた。

血族を貶《おとし》めるは、神に仇なすのと同じ。誰にいつ言われたか、そう教えられてここまで育ってきたけれども。

――譲れないんです、父上。

「準決勝第二試合!!　西、マルセ・ガイナス!!　東、カイン・ウォルツ!!」

　先の試合により、会場は異様な空気に包まれている。

　マルセは少し嫌そうにそれを仰ぎ見たが、カインは動かない。

　白亜の胸甲。腕は自由だ。足の装甲もまだ傷一つない白銀に光ってる。

「始め!!」

　前の試合と一転、声が飛ぶや否や、カインが走り出した。

　突きの構え。狂犬のごとく走り来る彼に、マルセは正眼で迎え打つ。剣と剣、ぶつかり合う音は鳴ったが、大して響かない。腕力が違う。

　マルセは一瞬、その突きの軽さに戸惑った。彼も伊達に第十三師団の総隊長を務めてはいない。一三歳で見習いとして仕官し、今年で一八年。今回の出場者の中でもベテランの域にある彼すらカイン・ウォルツなどという名は知らぬ。

　――だがこの構えは見た事がある。この剣さばきは……。

　何度か打ち合うが、カインはマルセの早い打ち込みについてくる。彼の連撃は騎士団でも有名で、打ち止める事が出来る者は多くはない。だが、それを受け止め、流し、打ってくる。

　――早い。

　マルセの右足が砂煙を立てた。打ち込む隙など与えていない。だがこの剣士、

　――俺よりも早いか。

　肩に掲げた剣を、一刀、振りかざす。

　キィーンと、音が劈《つんざ》く――否、波紋として広がる。

　――どこに？　俺の腕にか……それとも心にか。

　その力は決して重くはない。腕力は自分の方が上だ。

　だが腕がしびれる。力がない分、それを補う速さがある。

　――こんな剣士が……。

　連撃のマルセ、そう呼ばれてここまできた。だが目の前にいる者のそれは自分を凌駕《りょうが》する。

マルセは足を薙いだがカインの足はもうその場になかった。

そして頭上に落ちる影。

マルセが顔を上げると、カインはまるで宙を舞うかのように天空に高く飛び、剣を振りかざした。

肩の隙間から太陽の光が飛び込んできた。目が焼かれた。

そこにマルセは答えを見た。

最後の一刀を受け止められたのは、マルセの誇り。

だが弾かれた剣は宙を舞い、それが地表についた時。

カインがマルセの喉元に、剣を突きつけた瞬間であった。

——定めだよ。

二〇年前聞いたその声が王の胸で蘇る。

すべては定め。選ぶのは我らではない。

導くのはすべて、あの剣。

沸き立つ会場のその空気の中、王の声は透けるように静かに、しかし強くグレンの耳へと届いた。

「懐かしいな」

グレンはそれに答えなかった。

「まるで昔のお前を見ているようだ」

「……」

ただ頷く。頷いて、そして神に問うしかもうない。

——呼ぶか？　その魂を？

どうか、どうか、それだけは——。


四年に一度の薔薇の大祭。その日のためにこの国は動いている。

街は薔薇によって一面飾り立てられ、豪華な食事が用意され、露店はひしめき、さまざまな出し物が踊る。

遠方からこの時を狙って商売にくる者も多い。

だがそれはすべて余興。

薔薇の御前試合。それこそが主でありすべてはその大義名分。

武芸に覚えのある者ならば誰もが、栄光を目指しその腕を鍛え磨く。

そして来るべく最終日、決勝戦。

商売人も職人も武とは関係ない者たちも、結果を知らずにこの祭りは終われない。

今年の〝薔薇〟は誰か。誰を以て終わり、始まるのか。ましてや今年の薔薇は〝白〟。ここで国の行く末が決まるのだと誰もが思っている。

今回のこの試合が果たしてこの先の何を意味する事になるのか。


「いい風だ」

今日は心地良い風が吹いている。

しばしカーキッドはその髪を自由に遊ばせた。

その色は黒。生粋のハーランド人ではない。この国の人民の髪はもっと明るく薄い。瞳も同じ、翠《みどり》が主。これほど純粋な黒髪は、異国の民にしかあり得ない。

ここで彼が勝ったら、異国の血が王家に混ざるのか？　だがハーランドの王族は、この大陸で最も穢《けが》れなき物と称されている。現王ヴァロック・ウィル・ハーランドの妻の髪はまばゆいほどの金糸、瞳は空のごとき蒼。存命の頃は国の至宝と謳《うた》われた。

対峙するカインは兜を取らないまま。

吹き抜ける風に髪を遊ばせたい。だが今は吐息に混じる焔の熱に浮かされ、この白い大地にて舞い踊りたい——そう願った。


「は、は、は……」

「どうしたの、フェリーナ？」

周りの侍女たちが、彼女の様子に声を荒げた。見ればその顔は顔面蒼白である。

「ひ、姫様がっ」

今日は祭りの最終日。今日すべてが決まるのだ、この国の運命も。姫の運命も。だからフェリーナは禁を犯して扉を開けた。闘技場へ参りましょう——そう伝えるために。

フェリーナの異変に、侍女たちが姫の部屋に飛び込んだ。

飾り立てた細工、上質な部屋はどこもおかしい所はない、ただ一つ主がいない事を別にして。

「姫のお姿がない」

「探せ!!」

「あ、あわわ……」

城内が騒然とする中、フェリーナはその場にへたり込む。

彼女は窓が開いていた事に気づいていた。あの窓は裏庭が良く見える。庭に咲く白い薔薇がよく見えるからと、姫がよく窓辺に腰掛けていたのを思い出す。

『ねぇ、フェリーナ』

血相を変えて姫を探しに行った侍女たちに取り残されるように、フェリーナは呆然と窓辺を見ていた。

『白薔薇の花言葉、知ってる?』

……いつだったか、姫はそう言った。

第一二代国王ヴァロック・ウィル・ハーランドのたった一人の娘、王家の直系たるただ一人の王女。オヴェリア・リザ・ハーランド。

『〝愛〟とか、そんな感じですか?』

『赤薔薇はそうね。〝情熱〟〝愛情〟〝美〟……〝熱烈な恋〟〝灼熱の想ぃ〟。その色のままに』

『へぇ? 左様でございますか』

『でも白は違う』

『?』

『蕾は〝処女の心〟。枯れた薔薇は〝生涯の誓ぃ〟。そして大輪の花に込められるのは、〝心からの尊敬〟〝無邪気な想ぃ〟そしてもう一つ』

姫はそうして笑った。

白薔薇の意味は? フェリーナは記憶に問いかける。姫は何と言った? 白い薔薇のもう一つの意味を。

花瓶があった。フェリーナが整えたそのままの姿で白い薔薇がそこにあった。姫が喜ぶと思って今朝庭から摘んできたのだ。

オヴェリアの笑顔は、フェリーナにとってかけがえのないもの。

「姫様」

涙が浮かんだ。

白薔薇の向こうには、聖母の姿がある。その姿を見て、フェリーナは「あ」と息を呑んだ。

「白薔薇の意味は……」

『〝私はあなたにふさわしぃ〟。……選ぶのよ、白い薔薇は。自らで』
己にふさわしい者を。

始めの号令は、聞こえなかった。

それより前にもう、二人の間には剣気が生まれていた。

カーキッドは最初から剣を構えた。カインも同じ。準決勝と違い、両手で正眼に構え動かない。

——始めからわかってた。

カーキッドは内心呟く。否、それは言葉にするよりはもっともっと溶けるような思い。

——最後は必ず、こいつと打ち合う事になる。

彼の試合を全部見てきたわけではない。でもこれだけは確かだ。

——カイン・ウォルツ、こいつはできる。

この国にこんな剣士がいたかのかと思う。

こいつは騎士じゃない。まして自分のような濁った剣でもない。

純粋、無垢。色に例えるならば、それははっきりとした白。

ジリと、わざと足元に音を起こす。カインは揺らがなかった。

白く神々しいほどの光を放つ、上り立つような剣気。

——でもまだだ。まだ緩い。これは俺が求めるものじゃない。

カーキッドが先に動いた。それに呼応するように、カインも動く。

剣が交わる、音が鳴る。だが余韻すらも両断する。連続してカインは剣を横に薙ぐ。カーキッドの剣は重く、振るわれるのは重量と速度を伴う剣。それはハーランド最強の騎士団とも呼ばれる近衛の団長すらをも打ち負かしたのだ。

身長の高低差もそこに重圧を加算する。はたから見れば、それはまるで打ちのめされているよう。

ズドン、ズドンとのしかかる鉛のような剣を前に、剣にヒビが入るような錯覚をカインは覚える。

受け止める腕は、鎖帷子《くさりかたびら》に覆われているが細く、一瞬誰もがカインのごとき小さい者がなぜここにいるのかと目を疑った。

でも彼は勝ち上がったのだ。様々な猛者を倒し騎士を倒し、三〇〇人近くいた者たちを押し退け、その果てにたった二人だけが残るこの場に来たのだ。それは偶然ではあり得ない。

地面を転がりその場を避ける、カーキッドの剣は地表に吸い込まれる。だがそのまま横薙ぎに、砂煙を伴い襲い掛かる。その切っ先が狙うはカインの首。

カインもギリギリかわす。その反射神経にカーキッドは感嘆した。

「いいぞ」

――もっとだ。

更にカーキッドは上から串刺すように突く。カインはその全てをかわし、跳ねるように飛び上がる。そしてそのまま体をひねり、カーキッドに打ちかかった。

胴体を打つ、一瞬彼がよろめく。そこに追撃を入れる。

だがそれで倒れるカーキッドではない。二打目は弾き、強行から一気にその脇を狙う。

カインは両腕で剣を持ち、何とかそれをやり過ごす。

そして間合いを取った。カーキッドもそれを許す。

二人の間に距離が生まれる。

「ハァ、ハァ……」

熱い。吐く息が苦しい。こんな兜、投げ打ってしまいたいとカインは思った。だが、

――まだ、外せない。

視界も悪い。でも壇上にいる王が見える。

ハーランド王が見ている。

剣を握り締める。鼓動を感じる。

――ここまできたら、もう。

「はっ!!」

打つしかない。脚力を上げる。

走りくるその足が速くなったのをカーキッドは感じた。

解き放たれる白い気配が膨らむ、広がる。

「そうだ！　もっとだ!!」

カーキッドはそう叫び、受け止める。

耳を劈《つんざ》く、それは悲鳴にも似た音となる。剣が上げる悲鳴。

――無理しているのはどっちだ？　こいつか？　そ

れともこいつの力量に耐えかねている剣の方か？

打ち合いながら、カーキッドは思う。初めて見た時から思っていた事。

――こいつが閉じ込めているものは何だ？　思いか？　信念か？　それとも、宿命か？

ならば俺がその殻を割ってやる。

解き放て。俺はそれが見てみたいと。

あの瞬間――大会初日、初めてすれ違ったあの時から。

なぜだか魅入られたようにずっとカーキッドは、そう思っていた。


その一刀は、今大会カーキッドにとって一番早く、一番重い、電光の刃。

かつて遠い異国の戦場で鬼神と謳われた一人の剣士、カーキッド・J・ソウル。

その一撃が、入った。

受け止めた剣は砕けた。

その寸前でどうにかかわした、その体。

だが避け切れなかった剣圧に兜の留め具が割れる。


そしてその面甲が、砕け散った。

「――」

風が入る。

心地よかった。

熱すぎた息が解き放たれる。

カイン・ウォルツ、そう名乗ったその剣士は、一つ、諦める。

兜を取ると、そのまま脱ぎ捨てた。

砕けた兜は意味をなさぬ。

もういい。だが剣は残ってる。

半分折れたけど、まだ心は折れてはおらぬ。


「……ッ!!」

誰もが息を呑む。

薔薇の御前試合決勝戦。対峙している二人の剣士。

傭兵隊長、そしてもう一人の白い鎧の剣士。

「あ、あれは……」

大臣が血相を変える。だが王と、その側にあり続けた武大臣は揺るがない。

見据える。そこに立つ者の姿を。

結い上げていてもわかる、黄金の糸のごとき髪。

そして快晴の空よりも青い、宝石よりも澄んだ色を持つその瞳。

かつてその母は至宝と呼ばれた。その血を受け継ぎ、歴代王の中でも剣の腕前は随一と言われた現王の血を受け継ぐ、たった一人の存在。

「オヴェリア王女……!!」


王は鼻を鳴らす。

「剣は捨てろと、あれほど命じたのに」

「……」

「指南はお前か、グレン」

「……処罰は受けます」

「愚か者」

だが王は仄かに笑った。

定めだよ。

またあの声がした。


「へぇ、女か」

口笛を吹いたカーキッドにカイン——オヴェリアは答えなかった。

「通りで剣が軽いわけだ」

へへへと笑って見せるが、内心でカーキッドはゾクゾクした。

空気が変わった。閉じ込められていた何かが放たれた。

「その砕けた剣で俺と戦おうって?」

——いい。これはいい。この感触は……、

「面白ぇ」

——この状況でその目をするか？　そんな目ができるか？

誰か剣をよこせとカーキッドがそう叫ぼうとしたその時。

わっという歓声が起きた。カーキッドとオヴェリアもそれを振り返った。

二人の視線の先には王が立っていた。

オヴェリアは目を疑った。ハーランド王は病を患っている。杖なくして自らの力だけでは立つことはできない。そしてその腕ではもう、それを持ち上げる事できないはず……なのに王は剣を手に携えている。

彼が持つのは一刀。生涯ただ一つの剣。

白薔薇の剣。

彼はそれを闘技場に向けて投げ放った。

悲鳴が起こる中、剣は美しい弧を描き、白い砂の大地に落ちた。

カーキッドは動かなかった。ただニヤリと笑ってそれを見ていた。

オヴェリアはしばしそれを見、固まっていた。

だが次の瞬間カーキッドに背をさらし、歩き出す。

急襲には絶好。だがカーキッドは動かなかった。

オヴェリアが剣を取るのを見。

それを抜くのを見。

それが太陽を浴びて光るのを見。

悲しいまでに昂ぶる気配が、口元をほころばせる。

もう我慢できない。いやむしろ笑う。「ははは」と声を上げて笑う。

オヴェリアは剣を構えた。

その柄に鮮やかに彫られていたのは、白い薔薇の証。

これが白薔薇の剣。

——父上……。母上……。


再び向き合う二人。

声を上げる、一刀、斬り結ぶ。

斬撃。交わした音は、今までと違う。

それは、波紋どころじゃない風圧を伴う。

二刀目、脇からの突き上げ。カーキッドはそれを簡単に受け止める。弾き飛ばす。

運命をも、共に。

だがそこにあるは、この国で最強の剣。

押し勝負、腕力は圧倒的にカーキッドが上なのになぜ互角？

弾き返したカーキッドが間合いを取ると、オヴェリアはそれを嫌ってさらに詰め寄る。

連撃のマルセを倒したそのスピード。例えるならば疾風。いや、光。

カーキッドの表情から初めて、笑みが消える。

押し勝負。もう一度その言葉が脳を貫いた刹那——

それは消えた。

足元に深く腰を落としたオヴェリアが、カーキッドの懐へ入り込む。

しかし頭上がガラ空きだ。脳天に入れようとしたその刹那。

もう遅い。

一閃。

薙いだ彼女の剣は、真一文字に空気を斬り裂いた
黒い鎧は衝撃を見事に吸い込んだ。カーキッドがここにきて初めて立ってられないと感じた。

その額に、突きつけられた白い薔薇。

そこに立つは三〇〇人の頂点。


「定めか」

王は呟く。その瞳には涙が浮かんでいた。

「陛下。あの剣は、私に似ているんじゃない」

——あの姿、あの技は、陛下がかつて振るった剣そのものです。


「……」

王は目を閉じる。聞こえてくるは絶叫に近い大歓声。

運命は繰り返されるか？

その輪廻は断ち切られたと、そう思っていたけれども。

『定めだよ』

かつて王に、まじない師はそう言った。

『すべては定め。選ぶのは我らじゃない。導くのはすべて』

神の思し召しのままに。


「……カイン・ウォルツ。ここにもって、そなたに白薔薇の剣を授ける」

大歓声が見守る中、動けぬ王に代わり、武大臣グレンがその剣を彼女に差し出す。

彼女は、二人の前に跪き、短く返事をしてそれを受け取った。

グレンは口の端を強く結び、一瞬その肩をポンと叩きたい衝動に駆られたが抑えた。

今この場にて、この光景を見ているのは国の規模から言えば極々僅か。だがすぐに国全土に知れ渡ろう。ここで繰り広げられた戦い。そして『白薔薇の騎士』が生まれ出《いず》る過程。

おろかな事だと王は思う。だがもう退《ひ》けぬ。

お前が男だったならと、ずっと思っていた。だが同時にこうも思っていたのだ。姫でよかったと。

だがこれも定め。

「これはそながた選んだ路《みち》。その剣を持つ事が何を意味するか、そなたはそれを、これから思い知るであろう」

王の言葉にオヴェリアは顔を上げた。そして初めて口を開いた。

「……心得ております」

知れ渡るぞ。『白薔薇の騎士』が女であると。

——愚か者……。

「カイン・ウォルツ、いや、オヴェリア・リザ・ハーランド」

その名に、聴衆はどよめいた。だが王はそれを無視した。

覚悟を決めろ。その思いは誰へ向けたものか。

「その剣を手にしたそなたに、最初の任を与える」

そう——そのために、この会は催された。

知っていただろう？　剣を手にした者が何を課されるか。何のためにここに戦士が集められたのか。求められているのが贄《にえ》だと。

——もう後戻りできんのだ。

王は、搾り出すかのような声で続ける。大臣たちは固唾《かたず》を呑んでいる。

ただ一人、武大臣のみじっと冷静にオヴェリアを見つめた。

「……北の国境ゴルディアに、黒き竜が現れた話は聞いておるな」

「はい」

「災《ざ》いをなしている。このままでは直に、竜はこの地を焦土と化そう」

オヴェリアはじっと王を見た。王が愛したただ一人の女性と同じ瞳。

王はそれに見つめられ、そして決意した。

『白薔薇の騎士』オヴェリア・リザ・ハーランド。黒き竜討伐を命ずる。竜を仕留められるのは並みの剣にあらず。王家に伝わりしその剣でもって、必ず打ち倒せ」

「――仰せのままに」

白い薔薇は、ふさわしい者を選ぶ。

そして彼女は選ばれた。運命と宿命に。

オヴェリア・リザ・ハーランド――ハーランド建国史上初の女性騎士にして、最後の『白薔薇の騎士』。

その戦いがここに、幕を開ける。

第一章

サンクトゥマリアの子守歌

白い夢。

その中で母はいつも歌っている。

〝サンクトゥマリアの子守歌〟。

城の奥に隠されたようにある白薔薇の庭園で、母の姿はたおやかに、白い薔薇に包まれるようにして裾を舞わせている。

その姿はとてもとても美しいものだったけれど、同時に少し怖くもあって。いつも遠くから見つめる事しかできない。

……母はそんな私に気づくとふんわり笑って、おいで、と手を差し出すのだけれども。でもその瞬間私は、これは夢だと気づいてしまう。

だから呼ぶ。手を伸ばす。

母は微笑み続けている。

私は結末を知っている。

だから。

触れると弾けるまるで綿帽子のように、空へと舞って消えて行く。

自分の叫び声で目が覚めるのは何度目か。

そして夢で泣くのは何度目か。

オヴェリアは思う。叶うなら母に会いたい。

もう一度会いたいと。

この三日、フェリーナは泣き通しだ。

そんな彼女を見るたびにオヴェリアは困って優しく肩を抱いてやるが、それに一層フェリーナは泣いてしまう。

「姫様、行ってはなりません」

何度彼女に乞われたかわからない。否、それは彼女のみにあらず。オヴェリア付きの侍女は全員毎日懇願し、城内の様々な者からも考え直すように言われた。

だがオヴェリアはそれに静かに笑みを浮かべ、首を横に振るのである。

「しかし議会でも揉めているというではありませんか！　なぜ姫様がかような事!!　騎士などそこらにゴロゴロしているではありませんか!!　彼奴《きゃつ》らは王に仕える身、姫様を守ってこそ当然なのに!!　なのになぜ姫がご自身で剣など振るわねばならぬのですか‼　しかもっ、しかもっ」

黒い竜の討伐など――。

こんな無茶苦茶な事っ、と言いかけ、興奮しすぎたのかフェリーナはむせ込んでしまった。

その背中を優しくさすり、やがてオヴェリアは立ち上がった。

部屋に飾られている聖母の絵画の元へ行くと、その御前に置かれた一振りの剣を手にする。そのまま、目を丸くしているフェリーナの前に差し出した。

「抜いてごらん」

フェリーナは目をパチクリさせながら剣と姫を交互に見た。

オヴェリアはそんな彼女を静かに見ている。その目は雲なき空のようで、波のない海のようで。その眼差しを向けられるたびに、フェリーナは少しドキリとしてしまう。

「姫様……」

白薔薇の剣。白の柄、鞘はずいぶんと細かく掘り込まれている。

そして何より目を惹くのは、柄の部分に飾り付けられた白い薔薇。

フェリーナはごくりと息を呑んだ。

初めて目にする、王家に伝わる剣。

代々国を継ぐ者だけが持つ事を許されたという剣。

その名を知らぬ者はいない。だがこの城内に、実物を目にした事がある者は一体どれだけいようか。

姫の視線に促され手を伸ばしてみる。震え出した手は止めようとして止められるものではなかった。

両手で姫が下から支えているその剣を、フェリーナは同じく両腕でそっと持ち上げようとしたけれど、剣は持ち上がらない。触れているのである。力を込めているのである。

最初は確かに遠慮があった。だが徐々に彼女は目いっぱい力を込めて持ち上げようと試みるが、

「……っ」

持てない。上がらないのである。

フェリーナは愕然とした思いでオヴェリアを見るが、彼女の顔は先ほどと変わらず、涼しく澄んだ瞳がそこにあるのみ。剣を持っている事に対して特に無理をし

ている様子もなく、汗一つ流れない。

オヴェリアのその様子に、フェリーナは絶望を覚えた。答えを見てしまった。

「……そう」

オヴェリアは頷いた。

「この剣は選ぶ」

『白薔薇の花言葉を知ってる？』

フェリーナの脳裏に、かつての姫の言葉が過《よぎ》る。

「父はあの時この剣を放った。でもあれは本当は……」

試したのだ。持てるのか、そして抜けるのか。

「でもまだ本当に選ばれたわけじゃない」

オヴェリアは自身が持つ剣を見た。それは彼女自身がよくわかっていた。

ただ持てたというだけ。本当にこの剣の使い手として認められたわけではない。

「オヴェリア様……」

フェリーナが涙をこぼした。

オヴェリアは苦笑して、その涙を手で拭ってやった。

「ありがとう……ありがとう、フェリーナ」

「……姫様……」

こんな事ならば、とフェリーナは後悔した。グレン公の元へ向かう彼女を止めればよかったと。

幼い日より、武大臣グレンの屋敷へ通う彼女の事、そしてそこで何をしているか知っていたのに。父王ヴァロック・ウィル・ハーランドにもきつくきつく止められていたのに。

でもフェリーナは望んでしまった、姫の笑顔を。

見つからないように留守の間の工作も手伝ってしまった。

姫様が剣にのめり込むのは、父上様と母上様の事があるから……そう思ってきた。

でもまさか、誰が姫が御前大会に出るなどと思おうか？

女の身で、すべての男を倒し、越えて。

そこまでして彼女はこの剣を求めたというのか……？　フェリーナは愕然と頭を垂れた。

「……オヴェリア様」

「泣かないで、フェリーナ」

抗えぬ。

その顔が、ぎゅっとオヴェリアの腕の中へと抱き寄せられた。

甘いにおいがした。たまらなかった。

……また、フェリーナは泣いた。


「本当に姫様を行かせるおつもりですか⁉」

同じ頃、城中の謁見《えっけん》の間でも混乱は巻き起こっていた。

「姫はまだ一八！　しかも女子《おなご》の身ですぞ⁉」

「その女子《おなご》に、誰も敵《かな》わなかった」

喧騒の中、文大臣コーリウスは苦々しげに言って、武大臣を見やった。

「これはそなたの責任ではないか？　グレン」

「……いかにも」

武大臣グレンは重々しく頭を垂れた。

「処断はいかようにも受けましょう」

「武門の名折れじゃ」

「コーリウス、そこまでにせよ」

「しかし陛下！」

言いかけ、コーリウスは言葉を飲み込んだ。

玉座に座る王の姿。それが……痛ましく。

体を支えるのがやっとの様子の現王ヴァロック・ウィル・ハーランドは深く腰を掛け、重そうに瞼を開けていたのである。

「……陛下の御前にて、言葉が過ぎました」

「うむ。無論グレンにも非はある。だが武大臣は解任せぬ。今グレンに抜けられれば、ますます国は混乱する」

「御意に」

王の病。石病と呼ばれているこの病は、ハーランド地方で盛りを過ぎた男によく発症する病であった。

原因はまだ解明されていない。手足が少しずつしびれ、全身が動かなくなり、ついには鼓動すら石となる。進行を和らげる薬はあるが完全に止めきれるものではなく、まして完治する術は発見されていない。

早すぎると誰もが思っていた。現王は五〇歳。まだまだこの国を支え導いていくだけの力が彼には備わっているというのに。

――なんとした事か……。

コーリウスは心の底で涙する。

在任歴が一番長い彼はヴァロックが王になった時の事をよく覚えている。だからこそ、思いは唯々無念。見つめる瞳にも涙が滲みかけ、コーリウスは視線を外した。

「それにあの剣の事は皆、存じておろう」

そこにいる六人の大臣は口をつぐんだ。

あの剣――白薔薇の剣。

「あれは持ち手を選ぶ。資格なき者は鞘から剣を放つどころか、持つ事も叶わぬ。……選ばれたのだ、オヴェリアは。あの剣に」

試合の際、オヴェリアの剣が折れたあの瞬間、王は白薔薇の剣を放った。だが王は自身の手を見る。今は動かぬその手を。

――放られた……いや、違うな。

王は自嘲混じりに苦笑した。

あの時オヴェリアに剣を渡したいと願ったのは王自身だ。剣が折れてもなお、彼女の心は折れなかった。故に戦えと、望んでしまった。

その時この手は動いた。王の願いと、剣自身の願いを叶えるために。

「剣は、あやつを選んだ。他の誰にも勤まらぬ。ましてあやつは知っていた。あの試合に勝ち上がればどうなるか」

自分で選んだ路《みち》だと、王は息を吐いた。

「あの剣には聖母の力が宿っている」

「……サンクトゥマリアでございますか」

「白薔薇の剣。あれは建国よりこの国にある。初代ハーランド王よりこの方二五〇年、代々王に伝えられてきた。伝承が真かは知らぬ。だが現実、あれは持ち主を選ぶ。ならばもう一つの伝承も然り」

竜は常人には倒せぬ。その鱗は鋼鉄のごとく、その咆哮は地獄の炎。止《とど》めをさせるのはただ一つ、聖なる力を宿す剣のみ。

「……このような事」

コーリウスは首を振った。

「わが国には、どれだけの兵がおりましょう。日々鍛錬を続けるそれらすべてをもってしても」

抗えぬのか？　剣と、一人の少女の運命に。

武大臣グレンは遠くを見た。翡翠《ひすい》の瞳に映る光景は、もう戻れないあの夏の日。

止められなかった思い。初めて姫に会ったあの日。

そして、オヴェリアによく似た面差しを持つ、もう一人の女性の姿。


傭兵隊の兵舎は城下の一番端にある。

騎士のそれが城門の内側にある事を思えば、明らかに差別を窺える待遇である。

だが当の本人たちは気楽なものであった。街に近ければそれだけ、隊務の後酒にありつけるのも早くなる。それに、よそ者だという意識は、国の誰よりも彼ら自身の方が強く持っていた。

傭兵は騎士とは違う。腕のみで雇われた臨時の戦闘員である。生涯国と王に命を捧げる騎士とは違い、彼らが剣を捧げるのはただ己自身である。給金で仕え、雇われているから剣を振るう。愛国精神など知った事じゃない。ただ興味があるのは己の腕のみ。

そこにいるのは、国を流れた者、国を失った者、騎士になり損ねた者、己の信念でこの路《みち》を選んだ者、腕を試したい者……様々だ。

だから、気に入らなければ去って行く。剣を振るう場所を求め、戦場を転戦する。戦がなければ剣は振るえぬ。振るえなければ金は入らぬ。

その点、この国は特異だ。平和なのだ。

傭兵隊長カーキッド、彼がこの国にきて一年。戦争と呼べるような事はなかった。あっても盗賊・山賊討伐。それでも給料はきちんと定期的に支払われている。

それが評を得て、この国の傭兵隊には長居する者が多い。だが正直言って、カーキッドはそれがぬるいと思っていた。

平和はいい、愛すべき事だ。だが……、

――ここは俺の性分じゃない。

出よう。次の戦場を求めて。

そう思っていた矢先に、今回の試合の事を知った。

当然出場した。戦いと聞いて胸が躍らぬわけがない。

優勝者には白薔薇の称号を与える。そんな突拍子もない話にカーキッドは久しぶりに胸が躍った。

——一番になった奴に王位を譲るだ？　面白ぇ。

もし自分のような者が優勝したとしても、本当にそんな事が起こるのか？　この国の血など一切混ざらぬこの俺でも、王に据えると？

優勝してみたい。それでどうなるのか見てみたい。

それでもしこの国の民じゃないからとか、騎士じゃないからとかケチを付けて、存外、亡き者にしようとしてくるのならば、全身全霊でもって立ち向かう覚悟もしていた。それはそれで楽しみだった。

自分が優勝する。それ以外に彼は思っていなかったから。

——ハーランドの騎士共全員、ぶった斬る。

だが実際に試合に臨み、初戦から試合を観戦する王の姿を見て、カーキッドは思い直した。

あの王は本当にやる。もし自分が優勝したならば、本当に王位を譲る。そこに嘘偽りはない。

こちらに注がれる視線に、そんなまっすぐな気配を感じたカーキッドはゾクゾクした。

この試合は己の運命になる。

王になるとかそういう事よりも、そんな交差路に立った事に胸が震えた。

日中、傭兵隊の詰め所には人は多くない。外回りなど、傭兵達の日々の業務はそれなりに多いのだ。傭兵は騎士がしない仕事も引き受けている。街の治安維持は一般兵の務めであったが、傭兵隊もその一端を担っていた。

その中で、カーキッドは空き時間を利用して鍛錬所で剣を振り続けていた。

「試合見たぞ。惜しかったなぁー。もう少しで王になれたのに」

仲間に茶化されたが、カーキッドはただ軽く唇の端を傾けただけだった。

「それにしても、本気で行かせる気かねぇ？　オヴェリア姫……ハーランド王のたった一人の娘だろう？　幾らなんでも竜の討伐なんぞ」

熟練の使い手でも、思いあぐねる事だというのに。

「正気の沙汰かね」

カーキッドはそれに答えず、明後日の方向を見た。

鍛錬所の入り口には、誰がしたものか、白い薔薇の花が一輪活けてあった。

先日までの薔薇大祭の名残か、はたまた新手の嫌がらせのつもりか。

「お前本気でやったのか？」

不意に、そこにいた傭兵の一人がニヤニヤ笑いながらそう尋ねてきた。

「相手が女だから、手を抜いたんじゃないのか？」

少し悪意を感じるその言葉に、カーキッドは軽く笑って見せた。

だが、本当はその首を、ここで即刻ぶった斬りたい――そんな衝動に駆られた。深く、深く。

だがやめた。あの白い薔薇に免じて。

「二度と言うな」

だが湧き上がった殺気は消せはしない。さすがと言うべきか、戦場を巡る傭兵仲間はそれをしっかり感じ取ると、少し怯えたように去って行った。

人がいなくなった鍛錬所で、カーキッドはぼんやりとその花を見つめると、また剣を振り始めた。

大祭以前は何も感じなかったその花。浮かんでくる不思議な想いを断ち切るように、剣を振り続けた。


そんなカーキッドの元に使者がきたのは翌日。登城の命令であった。

呼び出しの主は武大臣グレン・スコール。

「わかった、行く」

傭兵隊の直轄は第十五師団である。その総隊長の呼び出しにはいつも、何だかんだ理由を託《かこつ》けて行き渋る彼が、今日は珍しく即答をした。

わかっていたのだ。この時が来る事を。

午前の巡察を他の者に任せ、カーキッドは城へと向かった。

大祭を終えたハーランドの街は、その余韻を微かに残しつつも、いつもの平穏を取り戻そうとしている。ひしめき合っていた露店はもうない。大祭中に来ていた行商の者たちも、また別の喧騒を求めて散って行ったのだろうか。

大祭を目指して手入れされていた薔薇の花が、街の至る所でその時と変わらぬ美しさを誇っていた。赤や黄色と映える街並みを一瞥して、カーキッドは呟く。

「……白薔薇がねぇな」

街と城の間には川が流れている。その跳ね橋を抜けると城門があり、そこからハーランドの城へと道は続く。

城門では、名を告げるとすぐに通してもらえた。

「試合拝見致しました。感服いたしました」

「そらどうも」

カーキッドの名と姿は、あの試合ですっかり有名になった。今、彼を知らぬ者は城中にはいない。歩けば必ず皆振り返る。好奇の目ならまだいいが、向けられるのはそればかりではない。

敵意。

姿は見えずとも常に張り付くように感じる気配。一つや二つではない……それを感じ、カーキッドは思わず笑みを漏らした。

何と言っても彼は、近衛師団のシュリッヒを下した。騎士の尊敬と憧れの的である男を倒したのだ。この国の騎士ならばいい感情を抱かぬ者もいるだろう。

馬鹿馬鹿しい。俺を睨んだってどうともならねぇ。そこにあるのは〝結果〟だろう？　とカーキッドは気配に向かって答える。

気に入らないなら、斬りこんで来い。いつでも相手をしてやる。俺を倒してみろ、超えてみろ——。

城内を歩くその顔は飄々《ひょうひょう》としていたが、剣気は消さなかった。

いつ刃が飛んできても迎え撃てるように。そして内心それを待ってもいた。

——掛かって来い。

だが結局目的の場所に着くまで彼に斬りかかる者はおらず、無事着いてしまった事に落胆のため息を吐いた。

「……つまんねぇ」

武大臣が待つ城内鍛錬所。約束の時間より少しだけ遅れて、カーキッドはその扉をくぐった。

城内の鍛錬所はいくつかある。そのうちの一つ、入るとそこは少し湿ったにおいがした。汗のにおいよりは少し淡く、かと言って砂のにおいよりは辛い。屋外の鍛錬所が多い中、三つだけある屋内のそこに彼はいた。

　武大臣グレン・スコール。

　一対一で何組か打ち合いができる広い空間。そこにグレンはただ一人佇んでいた。

「来たか」

　返事の代わりにカーキッドは後ろ手に扉を閉めた。視線はグレンを捕らえたまま、ゆっくりと回り込むように歩を進める。

「十五師団のオーバは、常から、お前の扱いには手を焼いているようだったが」

「オーバ？　すまんな、そんな奴眼中にないんでね」

　オーバは直属の上司ではあったが、腕もないのに家柄だけで地位を得たような輩だった。当然そんな者にカーキッドは興味なかった。

「誰に従うかは、自分で決める」

「そうか」

　ジリジリと、グレンを中心にして半円を描くように歩むカーキッドに対して、グレンは全く動かない。視線も前一点に張り付いたままである。

　その姿にカーキッドは、こいつはできると思った。

　剣は持ってきた。長年戦場を共にした唯一無二の愛刀だ。

「わざわざこんな所に呼びつけて」

　何の用だい？　そう言うより早くカーキッドが動いた。

　一気にグレンに向かって駆ける、抜刀する。横薙ぎに一閃。

　グレンは動かない。捕らえたと思った一瞬、だが斬ったのは、空《くう》。

　驚くより早く、カーキッドは剣を返す。そのまま叩きつけるように半弧走らせるが、それも避けられる。だがそれを予想してカーキッドは一歩左足を踏み出す。次に足を狙う。膝丈を狙い、一気に斜め下へ剣を走らせる。

　鳴り響く剣戟《けんげき》の音。カーキッドの剣はグレンの剣によって完全に止められた。

　だがカーキッドはニヤリと笑った。

「抜いたな」

そして力いっぱい、押し戻す。

だがカーキッドは、背筋に走った悪寒に思わず後ろへ跳んだ。次の瞬間、直前までカーキッドが立っていた場所を、右下からの突き上げが掠めていった。

完全に避けたと思ったが頬に斬られた痛みが僅かに走る。

面白ぇ、とカーキッドの目が一層輝く。愛刀を強く握り締め、グレン向かって再び走り込もうとした刹那。

「まるで狂犬だな。そしてお前の剣は乱れている」

グレンの言葉にカーキッドの動きが止まる。

「何だと」

「そんな剣では、わしは倒せんよ」

「……抜かせ」

「試合の時の太刀筋と幾分違うな。迷いがある」

カーキッドはグレンを睨んだ。だがグレンはその挑発には乗らなかった。

しばしそれを続けたが、最後にはカーキッドが折れた。

「迷い、かい?」

「ああ」

さすが、噂通りの男だとカーキッドは思った。

彼の武勇はカーキッドも聞いている。数年前に起こったハーランドと隣国との抗争、その際の彼の武功。まして御前試合六連覇の記録はまだ誰にも破られていない。

〝赤薔薇〟の中の〝赤薔薇〟。この国の英雄。そして武の象徴。剣で名をはせたヴァロック王ですら、生涯倒せなかった一人の剣士。

「だがさすがだ。鞘から抜く気はなかった。その腕前は真《まこと》のものだ」

カーキッドがあの試合に出た理由の一端に、この男の事があった。

この国で一番の剣士として知られる男。そいつと戦ってみたい、剣を交えてみたい。

数年前に御前試合からは引退したのだとも聞いていたが、今回はこれまでとはわけが違う。一縷《いちる》の望みを託し最後まで期待した。だが結果としてやはり武大臣は出てこなかった。

それに心底落胆し、口惜しくて仕方がなかったけれども、王の傍でずっと試合を見続けているグレンの姿を、カーキッドもまたずっと捉えていた。

　だから彼は剣を振るい続けた。対戦相手ではなく壇上に臨む武大臣に向けて。

「あんたと戦ってみたかった」

　言いながらカーキッドは、愛刀を鞘に収めた。それにグレンは笑って答えた。

「この老兵に、お前のような剣士は骨が折れる」

　よく言う、とカーキッドは苦虫を噛む。こいつは違う。一刀合わせただけでカーキッドは実力を決定的に知らされた。

　この男は知っている。剣の重み、それが奪う物、力の意味。命。

　そして戦いの本質。

「簡単に止めたじゃねぇか」

「それはお前の剣に迷いがあったから」

「ないね、そんなもん」

「その実をわしは知らん。己の胸に問うてみよ」

　食えない親父だと内心毒づき、改めグレンに向き直った。

「……それで、何だ用ってのは」

　普通の騎士間の上下関係ならば敬語は絶対であるが、傭兵に上下もくそもないとカーキッドは思っている。そしてグレンもまた、取り立てて彼の態度を注意しなかった。

「そなたに頼みたい事がある」

　グレンは抜き身の剣をゆっくりと鞘に戻しながら言った。

「頼み？　あんたがか？」

「そうだ」

　その内容にカーキッドはもう察しがついていたが、気づかぬ振りをした。

「武大臣殿直々に、一介の傭兵に一体何の用が」

　その時風が吹いた。天窓から吹き込んだ一陣の風が地面の砂を舞い上げる。

　砂の感触にカーキッドの記憶が微かにざわついた。転戦の記憶、砂漠での戦い……。

「お前の腕を見込んで頼みがある。これは私個人の願いだ」

　風のにおい、砂のにおい、汗のにおい。

　そして仄かに鼻腔を掠めたのは、薔薇のにおい。

武大臣は続ける。

「オヴェリア様に課された使命……黒い竜討伐の任に、そなたも同行して欲しい」

鼻についたのかもしれない、それくらいこの国は薔薇に溢れていた。こんなに花に囲まれた事は、カーキッドの人生で今まで一度もなかった。

感覚がおかしい。くすぐられる。

……理由はだけど、わかっている。

「俺に、姫様のお供をせよと？」

「そうだ」

答えずにいると、グレンは一度深く瞬きをし、唸るように言った。

「姫と共にかの地へ赴き、姫をお助けし、黒き竜を仕留めて欲しい。そしてもし姫に万が一の危険が及びし時は」

薔薇のにおいが、カーキッドの脳を揺さぶる。

「その身に代えても、姫をお守りせよ」

「それは、死ねって事かい？」

グレンは答えなかった。カーキッドは鼻で笑った。

しばしの沈黙。そしてその果てに、

「いいぜ」

すっとした声だった。

「ただし、それに見合う奴だと思ったら。俺の命を引き換えにしてもいい奴だと、それに足る人物だと思えたならば」

「……でなくば？」

「斬る」

「……」

「邪魔になるなら、斬る」

もういいかい？　そう言って、カーキッドは背を向けた。

「お前は何のために剣を振るう？」

そんな彼の背中に、グレンは問いかけた。

「何ゆえ力を求める？」

思わずカーキッドは歩を止めた。

それは——浮かんだ言葉を飲み込みゆっくりと振り返ると、カーキッドは答えた。

「俺のためだ」

「……」

「無様に死にたくないからだ」

そう言って口の端を歪めて見せ、彼は部屋を後にした。

鍛錬所を出ても、薔薇のにおいは消えなかった。

そのまま壁にもたれ、カーキッドは胸元から煙草を取り出した。

煙草のにおいに、少し気が紛れる。

天井を見上げると、銅《あか》のレンガ造りが延々と続いていた。その色は血にしか見えない。そう思うと少し煙草が不味くなった。壁でもみ消し窓の隙間から捨てる。

そして彼は歩き出した。

腰元の剣が少し鳴った。

煩わしくはない。だが少し重いなと、今日は珍しくそんな感情が淡く胸を過った。

かつてまじない師は彼にこう言った。

お前の生涯は、剣に生き、剣によって生かされる。

そして——。

城内をカーキッドはぼんやりと歩いた。

来た時と同様にすれ違う者は彼を振り返ったし、敵意に似た眼差しも向けられた。しかし彼はそれらすべてを受け流した。

小窓から空を眺める。淡い色の蒼に、雲が絹糸のように筋を引いている。それは女神の息吹のようであった。

しばらくそれを眺めていると、ふと彼の耳に音が掠めた。錯覚か？　とも思ったが確かに聞こえる。

これは歌だ。

カーキッドはその音に誘われるように、一歩、歩を進めた。

この国へきて一年。そういえばこんなふうに城を歩き回った事なんざなかったなと思いながら、見知らぬ廊下を歩き続けた。

どこをどう歩いたかわからない。来た道は戻れない。ただ音だけを頼りに城をさ迷い、迷い込んだのは庭園。

一面が白い薔薇に埋め尽くされたそこから歌が聞こえる。

衣擦れの気配がする。陽光はささやかに、焼け付くほどでもなく凍てつくほどでもない。

そこに純白のドレスの女が一人佇んでいた。

彼女は金糸の長い髪を風に遊ばせ、口元に笑みを浮かべていた。

この歌は……？　と思った刹那、カーキッドの歩がガサリと音を立てた。

女は振り返った。

視線がぶつかる。青い瞳だ。

空のようで海のような青い青い――いや、むしろその光はそれ以上の宝石のような強い光。

この目を彼は知っていた。試合の時見えたあの凛然たる瞳だ。

カーキッドは褐色の瞳で、奪われたように彼女を見つめた。

――ああ、あれは子守歌だ。

そう思った時、どこかで高くで鳥が鳴いた。

「よぉ」

オヴェリアは、白薔薇の庭園に一人佇んでいた。

供は誰もいない。ここに来る時は大概一人である。

ここは城の随分奥にあるゆえ、この庭園に来る者も滅多にない。わざわざここまで来なくても、薔薇が見える場所は幾らでもある。

この国は薔薇の国。しかしオヴェリアにとってここは特別な場所。いかに優美に咲き誇る薔薇の庭園がこの世に存在しようとも、オヴェリアにとってはここは唯一だ。

母が好きだった場所だから。幼い頃亡くした母がとても愛していた場所だったから。

そして白い薔薇は今日もそこに咲き誇っていた。

一点の曇りもない花が幾つも幾つも咲き乱れ、庭を真白に染めている。

その中にあり、オヴェリアは歌を口ずさんでいた。

最中、彼はそこにやってきた。

この白い庭園で場違いな黒い騎士服。正騎士のそれではない傭兵隊の物。

傭兵隊長、カーキッド・J・ソウル。あの試合の日以来の再会であった。

オヴェリアは少し瞬きをし、やがて居を正し小さく会釈をした。

「道に迷ったんだ」

彼女が何か言うより先に、カーキッドはそう言った。

明らかに自分が場違いだと、当人が一番わかっていた。

真っ白の世界。ここはあまりに純白できれい過ぎる。

汚れた自分に少し苦笑する。さっさと立ち去ろうとカーキッドは内心舌を打つ。歌の出所はわかったのだから。

なのに足は張り付いたように動かなかった。

「……そうですか」

「武大臣に呼び出されて来たんだが……ふらふらしてたらここに来ちまった」

歌に誘われたとは決して言わない。

城門は、とオヴェリアは腕を差し出し道を示した。

「わかった。助かる」

それを話半分で聞き、カーキッドは礼を言った。

オヴェリアは微笑んだ。

柔らかいその笑みは、この庭園にあるせいか白薔薇に囲まれているためか、花そのもののようにカーキッドには見えた。

美しい物を見ると汚したくなるとは、誰が言った言葉だろうか？

ハハハと薄く笑い、カーキッドは姫を見た。

——姫……そう姫だ。騎士じゃない。こんなきれいなお嬢ちゃんが剣を振り回し、竜を倒すって？

「あんた」

——そんなのどう考えたって、おかしいだろう？

「本当に行く気か？」

カーキッドの問いに、一瞬彼女は何を言われているのかわからないような顔をした。それに彼は少なからず苛立った。

「黒竜討伐だ」

次のその言葉に、さっと彼女の顔色が変わった。

「行きます」

――随分はっきり言いやがる。だが理解できているのか？　それがどういう事か。

「へぇ？　じゃぁ、お供は何人連れてくんだ？」

竜――この世界においてその生物は、最も獰猛《どうもう》で残酷で強靭な生物。

その寿命は長いものならば五〇〇年とも言われている。……もちろん本当か知る術はない。人にそれだけの時間を越える事はできないのだから。だがその生命力はわかり得る。普通の刀でその皮膚を貫く事はできないだろう。

まして、破壊力。

――なぁお姫様、あんたはそれを見た事があるのかい？　どんなもんだか、知ってるのかい？

伝承によれば、かつてその力により世界が壊滅せしめた事があったと言われる。たった一匹の竜により世界は炎と闇に包まれ、終焉を迎える一歩手前まで行ったのだと。国家規模の討伐隊が組織され、そして呆気なく散って行ったとも。

「供は連れて行きません」

なのに彼女はそう言った。

カーキッドは呆気に取られた。だが次の瞬間、

「ハッハッハ」と大仰に笑った。

「大した自信だ。一人で仕留めると？　それができると？　あんたはお姫様だろう？」

試合の時のあの剣技は、カーキッドも認める。女ゆえに剣圧は重くなかった。だがその分のスピードが並大抵ではなかった。

これまでどのようにして腕を磨いたのだろう、大っぴらに剣が振るえたとは思えない。女の身であそこまでの技量を身につける、それは尋常な努力では成し得ない事だと思う。

だが惜しむらくはやはり、女だという事だ。目の前の白薔薇の中に立つ者は確かに〝姫〟だ。

似合わない、と思った。

「お姫様はお城の中に引っ込んでろ」

あの折確かにカーキッドの胸は震えた。この娘の剣がそれほどの物であったからだ。最後の局面、相手が女だと知ったからと言ってカーキッドは手を抜かなかった、抜く事などできなかった。それは完全に彼自

身がその剣を認めた証拠だった。だが、

「黒い竜は、白薔薇の剣でしか倒せない」

「己一人で成し得ると？」

「……誰も、巻き込みたくない」

「だから？　傲慢《ごうまん》なお嬢ちゃんだ」

「……確かに私は、剣の腕はまだ未熟。あの試合だって本当は」

「……」

「あなたはあの時……準決勝で、シュリッヒ様の剣で脇腹を痛めて」

「何の事だ？」

「……」

「何にせよ、退《ひ》きな。あんたが否定すれば、誰も無理強いしないだろうさ」

「私が行かなかったら誰が？」

「世の中にはな、勇者になりたい奴は山のようにいるのさ。英雄だとか勇者って言葉は麻薬と一緒。その魅惑に囚われた者は簡単に抜け出せやしない」

「誰かが行くと？」

「ああ。それともあんたも、とり憑かれてる口なのかい？」

「……」

英雄になりたい？　勇者と呼ばれたい？

いや違う、この女の目はそういう類じゃない。ならば？

「悪い事は言わない。お前には似合わない」

カーキッドは努めて優しい声音でそう言った。

「白薔薇の騎士なんぞやめとけ」

騎士とか剣士とか、そんな世界に踏み入るな。その世界は尋常じゃない。正気の世界じゃないんだ。

「剣はままごと遊びじゃねぇ」

答えぬ彼女に、カーキッドはピシャリと言って背を向けた。

「……道案内、助かった」

そのままそこを立ち去った。背中に何か、妙な悲しみを残し。

そしてそれを踏み潰すように、強く、前に向け歩いた。


残された彼女は小さく呟いた。

「それでも……」

自分の分《ぶ》はわかってる。これが無茶苦茶だともわかっている。

白薔薇は真白に光る。

思い一つでその色は、決して、染まりはしない。


薔薇の御前試合から二週間が経った。そして未だに竜討伐に対する議論は結論を得なかった。

オヴェリアは御前試合に勝った。その場で公表もした、国民がその事実を知っている。だが本当に彼女を白薔薇の騎士としていいのか。もし本当に竜討伐に行かせるとして、誰を供にするのか。

「第一から第十三師団までを供として出すのは」

「それでは国ががら空きになる。攻め込まれればひとたまりもないぞ」

「だが伝承によれば竜の力は、国規模の兵力を持ってしてでも敵わぬと」

「ならば余計に、姫を行かせるわけにはいかぬ」

「……一体どうすれば」

「わかっている事は」

常人には倒せぬ。ありふれた剣では貫けぬ。

「隣国バジリスタは、言うまでもなく……」

議論は尽きぬ。昼夜区別なく、話しても話しても結論は出ない。

オヴェリア・リザ・ハーランド。彼女は現王のただ一人の娘、王の血を引く直系のただ一人の子供だ。万が一にもその血が絶えたらどうなるか。

だが彼女はその剣を抜いてしまった。この王国に伝わりし伝承の剣を。

白薔薇の剣は聖母の力を宿すという——聖母、サンクトゥマリアの力を。

ヴァロック王の腕が健在ならば、武で名をはせた王だ、違う路《みち》を選ぶ事もできたであろう。だが彼は病によってもう剣は振れぬ。

そしてその次なる持ち手として選ばれたのが、オヴェリア姫。

「……惨《むご》い」

文大臣コーリウスは、膝を折るようにしてため息を吐いた。

「神は我らに何をさせたいか？」

姫を戦場へ出せと？　こんな事は間違っている。この国のあり方は間違っている。

だが誰一人他の手立てが浮かばない。

こんな我らは、狂っているのかと大臣たちは思った。

狂った王国に未来はないのか？

だから姫が選ばれたのか？　もう途絶えよと、これが神の、聖母の思し召しか？

議論の終焉は見えない。

王は言葉少なくただ耳を傾け、最後は目を閉じた。

瞼の裏に笑顔が過った。その笑顔はもう、夢の中でしか見る事ができない。

王妃・ローゼン・リルカ・ハーランド。

あの時と同じ。

繰り返されるのか？

それがこの国の断ち切れぬ定めなのか？


その日の議会も結論が出ぬまま散会となった。

部屋に戻り寝台に横たわっても、王は眠れぬまま夜を過ごした。

どれくらい沈黙と闇の中ぼんやりと過ごしたかは知れない。もうじき夜が明ける、そんな刻限。

誰か部屋の外にいる気配を感じた。

「……誰だ」

番兵ではない。だがその気配を彼はよく知っている。

「父上」

音なく開いた扉から入ってきたのは一人の娘。

「オヴェリア……」

暗い視界にもわかる、彼女の姿は旅支度を整えたそれだった。

「出立のご挨拶に参りました」

姫の声が、王の記憶の中で一人の女性のものと重なった。

たった一人愛し続けた女性。そしてそれはこれからも永久《とわ》に。

その声が王に告げる。

「これより黒竜討伐に参ります」

「色々考えました」

ハーランド王はじっと彼女を見ている。オヴェリアは言葉を選びゆっくりと続ける。

「私に成せるのか……それに値するのか……答えは出ません。でも一つだけ確かなのは、私は白薔薇の騎士となる事を望んで試合に出ました」

父上は剣を捨てろと仰せだったのに、とオヴェリアは顔を強張らせた。

「どうしても、捨てられませんでした……」

「……」

「私には王位を継ぐ資格はない。それはわかっています。……でも私は……」

——あの剣を。父と母のあの剣を。

「………オヴェリア」

搾り出すようにハーランド王は呟き、小さく首《こうべ》を横に振った。

「お前は昔から、わしの言う事を聞かぬ」

「……申し訳ありません」

「幼き日のわしに瓜二つよ」

「……」

「お前は母にもわしにも、よう似ておる」

似ているがゆえに。

「……愚か者」

「申し訳ありません」

「そなたが決めた路《みち》よ」

「……」

「もうわしも止めぬ。行け。その代わり、必ず生きて無事に戻れ」

愚かな親だと笑え。だがもう、止められぬ。

路《みち》は自分で選ぶもの。誰かに決められるものではない。

そしてこの娘は選んだ。最も過酷な路、過酷な運命を。

「はい」

自ら望み、進んだ。

——切り開け。己の力で。そして跳ね除けろ。迫り来るすべての困難、障壁の数々を。

「行け」

「父上、どうぞ息災に」

「お前も」

嘆いてはならぬ。子供はこうして親から飛び立つ。そうやって一人前になっていく。行かねばならぬ。

「お前はわしの子だ」

そしてハーランドの娘。


去って行った娘が残した気配を胸に抱き、王は歌を口ずさんだ。

〝サンクトゥマリアの子守歌〟。

あの子をどうか御守りください、聖母サンクトゥマリアよ。

子に祝福を。よき光を。よき風を。

すべての災いが避けて通ってくれるように。そして再び、この地へ戻ってこれるように。

歌よ、あの子を守れ。

王は微笑み、静かに涙をこぼした。


今日は煙草がうまいと思った。

この味を覚えたのはいつだっただろうかと、カーキッドは目を伏せる。

だが完全に体が囚われるほどはまり込んでいるわけではない。これは毒だ。肺を痛めれば、剣士としては致命的になる。

だが最近少し本数が増えているなと、自嘲気味に笑った。

空を仰ぎ見ると夜空が少し薄まりつつある。もうじき夜明けだ。

少し冷えるが冬ではない。震えるほどではなかった。

街の出入り口に一人立ち空に向かって吹かすと、煙はすーっと虚空へ消えていった。

そして、外れかな、と呟き街の方を仰ぎ見た時。大通りに人影を見た。

商人は朝が早い。だがこちらに向かってくる姿はそれではない。

歩き方が、いでたちが、そしてその——目が。

軽装備だが鎧を身にまとい、腰にぶら下がる一太刀。

それを見、カーキッドは煙草の火を揉み消した。

「よぉ」

彼の姿を見止めた彼女は、驚いたように足を止めた。

「……なぜあなたがここに」

「お前こそ」

剣を持ち、男のような身なりをしているが、相手はこの国の王女である。

だが臆した様子もなくむしろ皮肉げな笑みさえ浮かべ、カーキッドは彼女を見下ろした。

小せぇなぁと思った。

「行くんかい」

それには答えず、オヴェリアは静かに視線を外した。

「あなたこそ、その荷物は?」

彼の足元に置かれた山なりの荷に目を止め、彼女は少し驚いた様子で聞いた。

「この街を出ようと思ってね」

カーキッドは、ケロっとした様子で答えた。

「この街は退屈だ。平和呆《ぼ》けして、剣が鈍《なま》る」

「……」

「久しぶりに剣を磨く旅に出ようと思ってな。とりあえずの所、修行と腕試しも兼ねて……竜でも倒しに行こうかと思って」

口元を歪める男に、オヴェリアは目を見開いた。

「……供はいりません」

「誰がお前の供をすると言った。俺は俺で勝手に竜を倒しに行く。それだけだ。俺は自分の剣にしか興味がないんでね」

そう言うカーキッドに、彼女はふっと笑った。

「……そう」

その笑みに一瞬カーキッドは目を見開き、そしてつられるように彼も笑った。

「そうだ」

かつて、まじない師は彼にこう言った。

お前は生涯、剣によって生き、剣によって生かされると。

そして最後は。

己が戦う本当の意味を知り。

愛する女を守って死ぬのだと。


「夜が明ける」

「……さて、行くか」

どうせ道は一緒だからな、とカーキッドは荷物を肩から掛けた。

オヴェリアはもう一度、来た道を振り返った。

街並み、そして遠く見えるハーランドの城。

――父上。

行って参りますと小さく呟き、行くべき道へと向き直る。

そんな様子をカーキッドはじっと見ていたが、

「あの歌」

「え？」

「この前歌ってた歌。あれ、歌え」

「……ここで？」

「景気付けに。いいだろう？　減るもんじゃないし」

戸惑いながらそれでも、オヴェリアはその歌を口ずさんだ。

「行くぞ」

旅立ちを彩る旋律。

二人は歩き出した。


〝サンクトゥマリアの子守歌〟

歩む子供を守りたまえ。

先は彼方に、困難も、行く手をふさぐ壁もあろう。

されど恐れず突き進め。

サンクトゥマリアの子守歌。

子らを導く、光となれ。

子らを導く、希望となれ――。

第二章
暁の森

どことも知れぬとある場所。

一点の光すらない闇だけが占めるその場所に、男は座して待っていた。

何の気配もない。男の気配すら無。

「来たか」

音も揺れも何一つなくとも、男は来訪者に気づき目を開けた。

「発ったか」

誰も何も答えぬ。返る音はない。だが男は「そうか」と口元を緩めた。

言葉がなくとも男にはわかる。ほのかに放たれた気配により。

男とその者はそれだけで伝わる、不思議な繋がりがある。絆と言い換えてもいい。

「白薔薇の騎士か」

して、その腕前は?

何かを考えているような沈黙。それに男は小さく笑った。

「よい、先行してザハを行かせた。その成果でわかろう。追って指示を出す。それまで待機」

また音もなく来訪者はそこから去った。それを汲み取り、男は腕《かいな》を掲げた。

「白薔薇の剣」

闇の中に腕はおろか姿も溶けているが、腕の軌道はそこに確かに何かを刻み込んだ。

男は闇の中で笑う。

——この世に、神の意志を継ぐ物など、

「ありはせぬ」

男は背を翻《ひるがえ》した。それを見た者も見る者も、先にも後にも誰もいない。


街道を一路北進。

王都を出たオヴェリアとカーキッドは、そこから三日間歩き続けた。

まだハーランドに近いという事もあり、道はきれいな方である。道沿いには城下の町として休息できるような場所もあったが、軽く寝食を済ませるのみでほとんどずっと二人は歩き続けた。

そして今日、昼を回った頃に街道を離れ森に入った。このまま道に沿って行くと西の港町に出てしまう。それを見越しての樹海入りであったが、

――そろそろ限界かな。

一歩遅れてついて来るオヴェリアを振り返り、カーキッドは心中でそう呟いた。

しかし女の身でよくついて来たと思う。彼は内心は感心していた。

最初は一日で潰れると思っていた。剣術と旅は違う、使う筋力からして別物。瞬発性と持続性のバランス。いかに名だたる剣豪とて、それが同時に登山家に成り得ないのと同じである。

しかもオヴェリアは女。

カーキッドは、元々早い歩調をさらに早めて歩いた。願わくば、さっさと音《ね》をあげて欲しかったがゆえに。潰れるなら、まだ戻れる内にと。

だが、オヴェリアはついて来た。

この三日ほとんど無言ではあるが、その根性に、やはりこいつは只者じゃないと思わざるを得ない。

「ぼちぼち日が暮れる。今日はこの辺にするか」

まだ日はあったが丁度川辺に出た。土地も幾分なだらかだ。ここが頃合いかなと思い、カーキッドは荷物を降ろした。

野宿は今夜が初めてである。

お姫様にはきついかなとも思いつつ、だがこれから先、必ず通らなければならない道である。カーキッドは慣れた様子で野営の準備を進めた。

「そっちの荷物に鍋が入ってるから、出しといてくれ」

「……あなたは？」

この声、鈴のような音。三日ぶりに聞いた気がした。

「食い物探してくる」

「昨日買った非常食は？」

「非常食ってのは、何も食べる物がない時に食うもんだ」

ここはどこだ？　とカーキッドはニヒルに笑って、

「森は食料の宝庫」

それだけ言うと、剣だけ持って森の奥へと消えた。

数分後、戻ったカーキッドが仕留めた兎を抱えてい

るのを見てオヴェリアは一瞬目をそらしたが、見せ付けるようにカーキッドは捌いていく。皮を剥ぎ、肉をばらす。

　火を起こし、別に採ってきた薬草ときのこを煮込んでスープを作り、肉は串に刺して焼く。

　よい香りが鼻腔をくすぐる。そうなれば自然と体が空腹を訴える。

　これが生きると言う事。

「ほら、食え」

　オヴェリアは王女である。だが生きている以上腹は減る。

　口にすると、肉汁が溢れる。

「うまいか？」

「……」

「そうか」

　そうして生きていくのだと、カーキッドは目を伏せ、自身も肉を頬張る。

「今後の予定なんだが」

　ひと時食事を楽しんだ後、唐突にカーキッドは口を開いた。

「このまま北進し、山を一つ越えて北にある第三街道に出てから――」

　その続きは紡がれる事なく、ピタリと止まる。

「……寝てやがる」

　見れば薬草ときのこのスープが入った椀を胸に抱いたまま、オヴェリアは木にもたれ寝息を立てていた。

　やれやれ、とカーキッドは息を吐いた。

　さすがに身に堪えたかと、椀を手からそっと取ってやり、自身が羽織っていた上着を肩から掛けてやった。

「……」

　さっさと音を上げろと思いながらも、その寝顔に、少しカーキッドは苦笑した。

「人形みたいな顔してるじゃねぇか」

　だがその傍らには、白く光る剣がある。

　これを手に入れるために彼女は剣技を磨きすべてを圧倒したのだ。

　――どこまで着いてこられる？

　俺をも上回った、その剣技。

　女の身であそこまでの剣を振るい、この国の頂上までのし上がったその魂。

見上げると、木々の間から見える空が茜から紺へと移り変わろうとしていた。

カーキッドは少しほくそ笑み、炎の中へ薪を放り込んだ。

周囲に薔薇など咲いていないはずなのに、なぜか匂いがした気がして、カーキッドは鼻を鳴らした。


そうして夜は、更けていった。

月が、真天井に昇る。

星は闇の中に輝きを増し、夜空一面に散りばめられていた。

森に梟《ふくろう》の鳴き声が木霊する。だがそれ以外は沈黙。

風も止まっている。木の葉は揺るがない。焚き火は小さくなったもののまだ燃え続けている。

その傍らでオヴェリアは眠り続け、カーキッドも膝に顔を埋めていた。

夜の帳《とばり》は安らかなる眠りと共に、二人を包み込んでいるように見えた。

だが、

……チリ——

炎が鳴った。ガサリと薪が音を立てて崩れ落ちた。

それを合図としたかのように、カーキッドは目を開いた。

一目、少女を確認する。眠っている。

小さくため息を吐き立ち上がると、衣擦れの音は風に溶けるようにスルリと消えていった。

グシャリと地面を踏み付ける。欠伸をしながら腰元の剣を確認する。

もう一歩、二歩、三歩。

やがて、炎の光が照らす範囲から抜け出ると、トントンと靴の先で地面を叩いた。

「おい」

虚空に向かって言葉を放つ。

「覗き見とは、いい趣味だな」

言葉はしっかりしていた。たった今まで眠っていた者から出るような口調ではなかった。

「鬱陶しくて、眠れやしねぇ」

言って笑うカーキッドに、傍らに姫君を置いて眠る意思が本当にあったのかは別として。

「出て来い。眠気覚ましに」

相手をしてやる。

言うが早いか、虚空よりヒュッと何かが飛来した。

カーキッドは僅かに首をひねってかわす。それはそのまま音を立てて木に突き刺さった。

針。だがそう言い切るには随分太く長い。刺されば場所によっては致命傷。

そしてその軌道はまっすぐ彼の目を狙っていた。

「面白ぇ」

彼が剣を抜き放つと同時、木の間から黒い影が襲い掛かってきた。

全身黒。目の部分以外完全に黒で覆ったその者は、短剣をかざしカーキッドに打ちかける。一撃目をカーキッドは鞘で受け止めた。

それを見越して、黒装束は体をくねらせ、もう一方の手に握った短剣を横から突き立ててきた。

それを抜き放った剣で受け止めたと同時に、カーキッドは上体をひねり蹴りを叩き入れる。

あばらは完全に砕いた。だが後ろへ逃げた黒装束の代わりに、別の黒が躍り出る。今度は三人同時。

それぞれが二本の短剣を同時に使う。それをカーキッドは一本の剣で器用に受け止め、流す。

木の裏へ逃げそこから反転させ下段から一人のアゴ先へと一閃入れる。

切っ先は掠めたのみ。それでも血は吹いた。返す刀で隣の黒装束へと蹴りを入れる。

そんな最中に針が飛んでくる。頭を落とし逃げるついでに前方の黒装束の足を切る。

「グギャァ」

「騒ぐなうるせぇ」

心臓に、一突き立てる。

その隙に後ろから斬り込んできた者を、たった今仕留めた黒装束が持っていた剣を奪い、目元を切り裂く。

血しぶきが舞う中、そのまま喉元へと止《とど》め。

その間に突き立てていた自分の剣を引き抜き、落ちていた短剣を取り木々の間へ投げ放った。

悲鳴と何かが転げ落ちる音。更に地を這うように走り来る黒装束の一刀を受け止め、そのまま押し倒す。

左からの二手目はもう想像の範囲内。腕ごと切り落とす。

悲鳴すら上げさせない。口に剣を突き立てる。

「……さて」

カーキッドはため息を吐き、背後を振り返った。

「後はお前だけだ」

一番奥に残った一人にニヤリと笑い、剣を向けた。

「何者だ？　俺達が何者か知った上での事か？」

だが黒装束は答えない。そしてその者は剣を構えるわけでもなく、両手はがら空きの棒立ち。

それでもカーキッドは思った。こいつはできると。

「答えろ」

背筋がゾクリとする。唇を嘗《な》める。

「でなくば」

「――」

剣を構えたカーキッドの身体から強烈な剣気が噴き出した刹那、黒装束はまるで鳥のように森の中へと飛び退り、そのまますぐに気配は消え去った。

「……チ」

カーキッドは追わなかった。ただ舌を打ち、気配が消えた方を睨んだ。

気づけば敵はすべて姿を消していた。事切れた物も手負いも含めてすべて。

「つまらねぇ」

そう言いつつも、その顔にはギラリと光る笑みがあった。

剣についた血をぬぐいオヴェリアの元に戻ると、彼女は寝入ったままだった。姿勢も寝息も何一つ変わらぬ。

カーキッドは呆れたように眉を上げた。

あの殺気の中で寝ていられるなど、やはり只者じゃない。

そう思い、彼女の隣に腰を下ろした。


「夜襲？」

「ああ」

翌朝。目を覚ましたオヴェリアは、すでにカーキッドが起きて朝食の準備をしてくれていた事に驚いた。

昨日のスープの残りと、非常用のパン。

城にいた頃とは比べようがないほど質素なものであったが、全く気にならなかった。温かく、美味しかった。

ただ、異性と二人だけで過ごした事がなかったオヴェリアは、寝顔を見られてしまった事に恥ずかしさを覚えた。それにより無言でスープを飲んでいたのだが、昨晩の事を知らされ、彼女は目を丸くしてカーキッドに聞き返した。

「一体誰が？」

「さぁ？　俺も聞きてぇ」

「……」

「王女誘拐、もしくは王女暗殺」

「そんな。もう私が旅に出ていると知れて？」

「どちらにせよ、てめぇが当代の白薔薇の騎士になった事は、先刻の大祭で公になっちまってるだろうが」

「……」

「その上で暗殺を企てるような輩も中々度胸があるって話だ。しかもあれだけひっそりと王都を出て、ろくな護衛もない。普通に考えたらどうかとは思うがな。まぁ、今頃ハーランドはお前がいなくなった事でてんやわんやだろう。その騒動で知れててもおかしくはないが」

「……一体、誰が」

「どちらにせよ、この先名乗る時は偽名を使おう。カイン・ウォルツでいいだろう。俺もカインと呼ぶ」

カーキッドはそう言い、胸元から煙草《たばこ》を取り出した。

その様子を見ながら、オヴェリアは少し目を伏せた。

「私の、命……」

「どうだか知れん。ただの盗賊、夜盗かもしれん」

と言いつつ、それは違うとカーキッドは踏んでいる。

あれはその道に特化した者……言うなれば、暗殺者。

彼らが使った針状の武器、異国で同じ物を見た事がある。

誰かが姫の腕前を知った上で、命を狙うべく仕向けたのか？

「まぁ、ただ、この先どんな時も気を許すな。いいな？」

「……はい」

確実に、奴らは二人の行動を見ていた。ただ視線に気づいたのは夜になってからの事。

　狙いの獲物かどうか様子を伺っていた？　何一つわからないが、これで終わりではないだろう……そう思いカーキッドは、姫にわからぬ程度に口の端を吊り上げた。

「あの……カーキッド」

「あん？」

「……昨晩は、ありがとう」

「何が？」

「もし、彼らの目的が私の命だったとしたら……助けてくれて」

　モゾモゾと言う彼女に、カーキッドは少し眉を上げて鼻で笑った。

「馬鹿、俺はただ、俺の安眠を妨害する奴を始末しただけ。お前のためじゃねぇよ」

「……」

「俺はお前の護衛じゃない。俺は俺の目的があってお前と同じ方向に向かっているというだけ。いいか、勘違いすんな？　俺に守ってもらおうなんて思うな。てめぇの命はてめぇで守れ」

「……はい」

　少し強く言い過ぎたかと欠片に思ったけれども、カーキッドは構わず煙草を吹かした。

　そしてその時であった。

　人の話し声が聞こえてきた。カーキッドはすぐさま火を消し辺りを伺った。

　男の笑い声がする。一つ二つではない。

「六……七か？」

　手早く荷をまとめ様子を伺いに行く。オヴェリアも後ろに続いた。

　木立《こだち》の向こうの獣道を、男達が歩いていくのが見えた。

「盗賊か」

　ポツリと呟いたカーキッドの横で、オヴェリアは思わず声を漏らした。男達が肩に担いでいた物は女だったのである。それも見える限りで三人。

「面倒くせぇ。やり過ごしてとっとと先行くぞ」

　これはただ事ではない。即座にそう感じたオヴェリアは、カーキッドの声を完全に無視し彼らの前に躍り出た。

馬鹿っ、と彼が目を丸くするのと、彼女が剣を抜き放ったのは同時だった。

「その女性、どうした」

「あぁ？　何だお前は」

「答えろ！　その人たちをどうするつもりだ？」

盗賊たちに向かってそう叫ぶオヴェリアにカーキッドは深くため息を吐き、まったく気乗りせぬ様子で彼女の元へと歩いていった。その足取りは、昨晩とは別人のそれ。不承不承を絵に描いたようなものである。

対しオヴェリアは燃えるような目でじっと剣を構える。

睨むは盗賊。そしてその肩に担がれた女たち。三人共に気を失っている様子、誰一人ピクリとも動かない。

人が物のように担がれている事、そして何よりオヴェリアの魂を揺さぶったのは、彼女たちの着衣が少し乱れていた事。ギリと、我知らずオヴェリアは歯を食いしばった。

「その娘達、置いて行け」

「お前、さっきから何だ」

「置いて行けッッ!!」

いよいよ剣を握る指に力がこもる。

だが、真っ向睨む彼女を前に、賊の一人は高らかに笑い始めた。

「お嬢ちゃん、その剣で何をしようって？　俺達六人を相手にしようってか」

「危ない危ない。怪我するぜ？」

「……よく見りゃ中々の上物じゃねぇか」

値踏みするように彼女を上から下まで舐め見、下卑《げび》た笑みを浮かべる賊連中に、一層、気高くオヴェリアは激怒した。

「女達を置いて去れ。さもなくばただでは済まさん」

そう言ってジリと足場を固めたオヴェリアを、背後からカーキッドは苦い顔で見ていた。

「この女も連れて行く」

「いいか、顔は傷つけるな」

前列にいた盗賊たちがパッと腰元のダガーを抜いた。

「……だから、関わるなっつったんだ」

こんな、雑魚連中。

今オヴェリアから放たれてる剣気すら、感じる事ができない者たちなど。

「後ろの男は殺せ」

「応」

「……おいおいおい」

　襲い掛かってくる盗賊連中に、カーキッドは非難の声を上げた。

「俺は別に何も言ってねぇんだけど」

　オヴェリアが、一人目のダガーを剣で受け流す。

「あー、面倒くせぇ」

　そう言いつつも、剣を向けられれば、この男の目がギラつかないわけがない。口の端に笑みを浮かべ、剣は抜かぬまま斬り込んでくる者たちを軽いステップでかわし翻弄《ほんろう》する。

「このッ!!」

　焦れた盗賊がいよいよ滅茶苦茶に切っ先を振り回そうとした時。

　カーキッドの目の色が変わった。

　パッと瞬間的に腰の剣の柄を掴むと、そのまま一気に抜き放ち、首を叩き落そうとした——その間際。

「カーキッド、殺すな!!」

「——ッ」

　オヴェリアから飛んできた声に、カーキッドは呆気に取られた。

「何？」

「絶対に殺すな!!」

「……おいおい」

　それでカーキッドは完全に士気をそがれた。

　剣から手を離し、切り込んできた者を蹴飛ばす。背後から突っ込んできた者は投げ飛ばし、蹴りも入れておく。

　オヴェリアの方は剣の腹を使い、うまくのしていっていた。

「野郎」

　言いかけた盗賊の鼻先に、剣の切っ先を突きつけ凄む。

「もう一度だけ言う。去れ」

「……ッ」

「去れッ!!!」

盗賊たちは互いに肩を貸し合い、女達を置いて去って行った。

その際全員が、恨みのこもった目で二人を振り返っていった。それを見やり、カーキッドは大仰にため息を吐いた。

「知らねぇぞ」

「……殺しておいた方がよかったと？」

「さぁ？」

肩をすくめたカーキッドに、オヴェリアは眉間にしわを寄せて言った。

「何でもかんでもすぐに剣を振り回し、斬ればいいという物ではありません」

いや、最初に抜刀したのはお前だろうと言おうとしたが、オヴェリアから放たれる高貴なる気配に、カーキッドは二の句が告げられなかった。

そしてしばらくすると、女達の目が覚めた。


彼女達は一瞬、目の前にいるオヴェリアとカーキッドの姿に怯えて逃げようとしたが、盗賊達が逃げていった旨を話すと、ようやく、少し安堵の表情を見せた。

それにより事情を聞くと、彼女達はこの先にある村の娘だという事だった。

村を襲う盗賊たちの要求により、村を荒らさない代わりと差し出されたのが彼女たち三人だという。

「村まで送りましょう」

泣いて礼を繰り返す娘達に、オヴェリアは少し照れた様子で笑って見せたが、カーキッドは興味なさそうに荷支度をしていた。カーキッドの様子は、オヴェリアには少し意外だった。

村人たちは戻った娘達に最初は戸惑いと驚きを隠せない様子だったが、事情を聞くと、オヴェリアたちを大歓迎で迎えてくれた。

さらわれた娘たちが家族と抱き合い再会を喜ぶ姿を見て、彼女は心底安堵した。

「女性の身で奴らを蹴散らしてくださるとは、何と頼もしき事か!!　何もない村ではありますが、是非ともしばらくご逗留願いたい」

「いえ、先を急ぐ旅の身ですので」

オヴェリアは困った様子でそう言ったが、村人に強く強く懇願され、結局その日はそこに留まる事となった。


「よい村ですね」

その夜。夕食に村長の家に招かれた帰り道、二人で村を歩きながら、彼女は満足げにそう呟いた。

王都を出て以来初めて過ごした安穏たる一日。オヴェリアは心底安らいだ様子で歌さえ口ずさんでいる。

晩餐《ばんさん》は王宮とはもちろん比べようもないが、目いっぱいの料理と感謝の気持ちは痛いほど伝わってきた。さらわれた娘達もその席におり、終始笑顔がこぼれていた。それだけでオヴェリアは、充分心満たされる思いであった。

「作物の実りもいい、のどかで優しい。いい村です」

宿までの道、オヴェリアの言葉に、カーキッドは答えなかった。

夕食の席でもそうだった。彼は一環して無口を貫いていた。

「こんな村を襲うなんて。あまつさえ、娘を要求するなど」

眉間にしわを寄せたオヴェリアに、カーキッドは初めて口を利いた。

「こんな村、だからこそじゃねぇか？」

「え」

「明朝発つぞ」

唐突な物言いに、オヴェリアは怪訝《けげん》な顔をした。

「なぜ？　そんな……慌てずとも……」

「あぁ？」

カーキッドは彼女をひと睨みする。

「馬鹿かてめぇは。一刻を争うんじゃねぇのか？」

「しかし……」

もう少し滞在してくれと村人達に言われている。理由はわかっている。盗賊たちの報復を恐れているのだ。

それがわかっているからこそオヴェリアも渋る。

「今日の明日というわけでは……」

「話にならねぇ」

オヴェリアはムッと顔を歪めた。

「しかし、あなたもわかるでしょう？　彼らが抱えている不安が。もう二、三日様子を見ても」

「二、三日様子を見て、何が変わる？」

「……」

「このまま北へ行けば第三街道に出る。そこから北進する。出立は明日だ。曲げねぇ」

「……」

一方的なカーキッドの態度に、オヴェリアは立ち止まり、初めて声を荒げた。

「なら、あなたはあの時彼らを殺しておけばよかったと？」

カーキッドは答えない。それが一層オヴェリアの癇《かん》に障《さわ》った。

「悪しきと認めれば、すぐに斬り捨てろと？　遺恨を残すなら斬れと？　それが剣士たる所業だと？」

「……うるせぇ」

「そんなの間違ってる。障害はすべて斬り倒して前へ行く、そんな未来に幸があるとは思えません」

カーキッドは、大仰にため息を吐いた。そして、

「理屈じゃねぇよ。ただ……」

「……何」

「……うんにゃ」

だが、その先は言わず、カーキッドは視線を逸《そ》らした。

「出立は変更なし。滞在は今夜一晩。明日村を出る」

オヴェリアは、形のいい唇を噛み締めた。そして仕方なしに空を見上げた。

星は満天。今夜は月がやけに光っている。


不服。その夜オヴェリアは、どうしても寝付けなかった。

寝台は固い。しかし地面で眠るのとは雲泥の差だ。体はこの数日の酷使に疲れ切っているというのに、胸をたぎるのは黒い感情。

怒り。それが沸き立ち、焦がし、眠れない。

カーキッド・J・ソウル——剣の腕は立つ、それは

認めている。だが。

何度目かの寝返りの末、オヴェリアはうっすらと目を開け思った。

あんな人間、今まで彼女の周りにはいなかった。第一に自分に対してあのような口を利く者などいようはずがない。姫様、オヴェリア様と傅《かしず》かれてこそ、「てめぇ」などと言われるはずもない。

対等か、むしろ馬鹿にしたようなあの口調。

だが彼女が抱いたのは怒りよりも驚き。オヴェリアにとってカーキッドの口調は新鮮で、無垢な彼女には内心、喜びのような感情も浮かんでいた。

自分にあのように物を言う人間、あり得ない、あり得ようもない。初めて一人の〝人〟として向き合ってもらえたような喜び。

しかしそれとは別にカーキッドという男の淡白さ、無情とも言うべき態度に戸惑いも感じていた。

「二、三日くらい……」

それぐらい良いではないか。もう安全だと認められるまで、ここにいたって良いではないか。

初めてだったのだ。あんなにも感謝されたのは。

姫として生まれ育てられてきた。それ以上も以下も望まれぬ城という箱の中で、目を盗むようにして鍛えてきた剣技が、こんな形で誰かの役に立ったのだ。

『剣は殺生の道具』

かつて彼女に、師であるグレン・スコールはそう言い聞かせた。

『されど、それのみにあらず。人を、物を壊す域でとどめるは、本当の剣技にあらず』

何かを壊す道具。されどその先に何かを生かしてこそ、本当の意味でその技は価値を持つ。

『力は人を虐げるために持つ物ではない。自分ではない誰かを生かすための物。誰かを守るそのために力を振るう事、それを学びなさい、オヴェリア姫』

人を生かす剣。故《ゆえ》に彼女は思う。

――……やっぱり、明日発つなんてできない。

王女としてではなく向けられた無数の笑顔が脳裏に浮かんで、オヴェリアはきゅっと口の端を結んだ。

明日カーキッドに言おう。そう心に決め、改めて目を閉じたその刹那。

ドンドンドンと乱暴に部屋の戸が叩かれた。咄嗟に

オヴェリアは剣を引き寄せ起き上がったが、

「おい!! 俺だ!!」

たった今まで思い浮かべていた男の声がして、オヴェリアはビクンと肩を震わせた。

「起きろ!!」

この村に入ってほとんど沈黙を守ってきたカーキッド。その男がこれほどの剣幕で怒鳴っている。ただ事ではないと悟り、慌てて上着を羽織る。

部屋の扉を開ける。それは王宮の自室に比べたら、これが本当に扉かと疑いたくなるほど軽く薄っぺらい物であった。だが紛れもなくこれが扉。そしてこれが、初めて知る城の外にある本当の世界。

「何か!?」

「様子がおかしい」

まさか盗賊の夜襲かと、オヴェリアは身構える。

「剣士様、剣士様!!」

そんな二人の元へ村人が数名、転がるように走ってきた。

「どうした、何があった」

「それがっ」

息を切らし、村人の一人が声を震わせながら言った。

「山向こうにある村から人が、……向こうの村が、羽蟲《はむし》に襲われていると」

「羽蟲!?」

首を傾げたオヴェリアを他所《よそ》に、カーキッドは強く眼光を光らせた。

「すぐに行く」

「申し訳ない」

足早に部屋に戻っていくカーキッドを、オヴェリアは慌てて追いかけた。

「カーキッド」

「お前はここに残ってろ」

「羽蟲とは!?」

オヴェリアの問いに、カーキッドは少し目を丸くした。

「王女様は知らんのか」

揶揄《やゆ》するようなその言い方に彼女は少しムッとしたが、次の言葉を待つ。

「人食い蟲だ」

「――――!」

「野生のギョウライイチュウ。それが変異して、人を襲う事件が頻発してるんだ」

「……そんな」

聞いた事も無い事実にオヴェリアは眉間にしわを寄せた。

姫様の耳に入れるような事じゃないだろうなと言い捨て、カーキッドは鎧を着込んだ。

「元々はもっと北の森に生息する大人しい生き物だったんだ。こんな所にまで出るようになったのか」

「……」

「山向こうか……とにかく急ぐか」

「私も行きます」

一人呟くカーキッドにオヴェリアはそう言い放ち、自室へと駆け行く。

「お前は残ってろ！」

走るオヴェリアにカーキッドは叫んだ。だがカーキッドが出立する時にはもう、用意を済ませた彼女はピタリと彼の傍らにいた。カーキッドはあからさまに舌を打った。

「村まではどれくらいだ」

「そう高くない山ですが、裏道を使っても大人の足で二時間はかかります」

「一時間で行くぞ。いいな」

カーキッドはオヴェリアに言った。

「遅れても待たん。置いて行く」

「結構です」

「……上等だ」

夜半過ぎ。そうして二人は村を飛び出した。

ギョウライイチュウ――通称羽蟲。元々は大人しい蟲であったのに、ここ数年凶暴化している。

この時期風は北から南へ吹きこむ。その風に乗ってきたのなら可能性としてはある……そう考えながらカーキッドは走った。

森を走るのは簡単ではない。村人が通るために多少草木を開いてはあるが、街道とは訳が違う。砂利と石が作る凸凹が足をからめとり、思いもかけない高低差も行く手を阻む。

まして今は夜。今宵は空が澄んでいるのか、月明かりが強いのだけが唯一の頼り。

その中でカーキッドは足を止める事なく走り続けた。オヴェリアが遅れようとも構わずに、だが気配だけは背中に正確に配りながら。

離されても立ち止まらなくても、こんな道にも関わらずオヴェリアはきちんとカーキッドの背中についてきた。

闇の中に一瞬だけ男の顔に笑みがこぼれたが、すぐに風のごとく消え去った。

そしてどれだけ走ったか、初めてカーキッドはピタリと足を止めた。

「臭うな」

その間にようやく追いついたオヴェリアは、息を切らしながら苦悶の顔で問い返した。

「……え??」

「生き物が焼ける臭いだ」

近いぞ、そう言ってまた走り出すカーキッドの背中を追いかけてさらに走った先で、うっ、とオヴェリアは思わず口元に手を当てた。

「何、この臭い」

硫黄臭にも似ているが、もっときつい脳天に響くような臭い。

「灯りが見えるぞ!!」

木々の隙間から漏れ見える光。揺らぎ揺らめくそれは陽炎《かげろう》。

オヴェリアとカーキッドがたどり着いた先にあったのは、炎。

「何、これ」

そして大量の蟲。

オヴェリアは息を呑んだ。

「これが、蟲……?」

「行くぞ」

大きさは、人かそれ以上か。

羽を持った異形のそれは、無数の大群となって村に飛散していた。

叫び声が聞こえる。慌て振り向けば、人が頭から食いつかれてもがいている姿があった。

蟲を恐れて火を使ったのだろう。その結果飛び火したそれは、燃え移り、村一面を紅蓮の渦へ飲み込んでいた。

　その中へカーキッドはためらう事なく飛び込んで行った。もう剣は解き放っている。まずは一刀、人に食らいついている蟲を両断した。

「来たなら手伝え!!　ぼさっとすんな!!」

　続けざま飛んでいる二体を斬りカーキッドは叫んだ。オヴェリアはハッとし、自身も剣を抜いた。

「おい、お姫様。一応聞くが。殺すなとか言わんよな?」

「愚問」

　言いつつオヴェリアも蟲を一刀する。耳に痛いほどの奇声が突き刺さるが、構わず蟲を斬りつける。まるで巨大な蝉のようだ。まだらの模様を描く奇怪な羽根が炎に照らされ薄く光っている。

「全滅させます」

「上等」

　答えてカーキッドは走り出した。

「すげぇ数だ」

　言いつつも、その剣は綿を斬るかのごとく蟲を斬り倒して行く。

　オヴェリアもまた、全力で剣を振るっていた。蟲の血が顔や髪、鎧を汚したが、構ってはいられなかった。手を止めた瞬間にも誰かが襲われるのだ。背中を引き裂かれそうになっていた子供を助け、首を引っ掛けられていた男を宙吊りになる寸前で助ける。

　恐ろしい光景だった。

　知らなかった。城では誰も教えてくれなかった。こんな物が村を襲い、人を襲い、こんな形で命が奪われているなんて事。

　すでに事切れた村人にたかる数匹を切り裂き、オヴェリアはその目に微かに涙を浮かべた。

　城にいたら永劫に知らずに終わったかもしれない。それは幸せか?　それとも不幸なのか?

　白い薔薇を抱くその剣は、闇に徘徊する無数の蟲を殺していった。


　やがて時間の感覚は消えた。オヴェリアとカーキッドの力により蟲は瞬く間に一掃された。

　その代わりに、燃え移った炎はやがて村を全て飲み込んだ。生き残った者たちは命からがら、高台へと逃げた。

　黒い煙が空へと還っていく。

　オヴェリアはその様を、魂を抜かれたように呆然と見ていた。カーキッドは内心でため息を吐《つ》き肩を叩いた。

「お疲れ」

　彼にしては珍しい、そして彼の中では最大級の労わりの言葉だった。

　カーキッドをよく知る人物ならば、「天変地異の前ぶれか？」と疑いたくなるほどの苦い顔を彼は浮かべていたが、オヴェリアがそれを見る事はなかった。ただじっと、崩れ行く村だけを見ていた。

　この村はもう終わりだ。

「どなたかは存じませんが、助かりました……」

　村人の一人が二人に声を掛けてきた。

　生き残ったのは怪我人を含めても僅か。彼女は村を走る最中、幾つも無残な光景を目の当たりにした。放心状態のオヴェリアに代わり、カーキッドがここにきた経緯を説明をする。

「蟲はほぼ斬ったと思うが……一体？」

「わかりません。我らも突然の事で、気づいた時には山から大量に押し寄せてきて」

「向こうの村も心配だな……オヴェリア、戻るぞ」

「……」

「おい、オヴェリア」

「あ、はい……」

　腕がきしんだ。足が悲鳴を上げていた。でも何より、オヴェリアは空気そのものが痛かった。

「だから待っとけつったんだ」

　カーキッドが漏らした言葉を彼女はどう受け止めたのか。正気を戻したその目は、傷ついたようにカーキッドを見上げた。

　月明かりにもその顔は汚れていた。

　あーあ、きれいな顔が台無しじゃねぇかと、カーキッドは息を吐く。

「……戻りましょう」

　クルリと向けたその背中を、カーキッドは苦い心持ちで見やる。

「とりあえず戻る」

「……ありがとうございました。真に、ありがとうございました……」

感謝の言葉を、オヴェリアは今、聞きたくなかった。


帰路は、来た時ほど急がなかった。走りはしたが、鬼気迫る勢いというほどではなかった。

蟲は倒した。山から向こうへ行った可能性もあったが……蟲は群れを成して動く。一匹二匹がはぐれて別行動をする事はあっても、二手に分かれて押し寄せる事はないだろうとカーキッドは踏んでいた。

疲労以上に、心の重さがオヴェリアの足を鈍らせた。

「オヴェリア、急げ」

カーキッドは走ったが、オヴェリアはやっとの様子で前に進んでいた。

無理もねぇかとカーキッドはそれ以上何も言わなかった。おそらく彼女は初めて見たのだ。人が死にゆく様を。

あんな無残な光景。蟲が人を襲うこと自体、今日初めて知り、目の当たりにしたのだろう。

剣士が……いや、戦士が誰しも通る最初の一歩。いかに優れた技を持とうとも、本当に意味を成すのは命の重みを知ったその瞬間から。それを知らぬうちはどれほどの技も無意味。

さぁどうする、オヴェリア・リザ・ハーランド。お前が選んだ道は、こういう道だ。

過酷すぎる最初の一歩。ここからが、本当の試練の始まりだぞ――。


どのぐらいの時間走っただろう。最初の村がようやく見えてきた。

炎は上がっていない。静かだった。

夜の帳と仄かに聞こえる虫の鳴き声に、オヴェリアは安堵した。

だがカーキッドはすぐに異変を感じた。

「待て」

村長の所へ向かおうとして、カーキッドは無理矢理オヴェリアの腕を掴み建物の陰に隠れた。

「……な、にを」

彼女の口を手で塞ぎ、カーキッドは険しい眼差しで建物の向こうを見つめた。

「聞こえないか」

虫の鳴き声が途切れて、代わりに聞こえてきた笑い声。

「――」

夜更けにそぐわぬ話し声。そして聞こえてくる音の感じが村人たちのそれとは違う。

穏やかな声ではない。殺気じみた凹凸の交る、不快な笑い声。

まさか、とオヴェリアは目を見開いた。

「だから残れと言ったんだ」

彼の手を振り払い、走り出した。

足が痛いとか腕がだるいとか、気が重いとか辛いだとか悲しいだとか、そんな思いはもう消えていた。それより何より胸を襲うのは。

「これ、は……」

火は上がっていない。轟音もそこにはなかった。

でも、人が倒れていた。色々な姿で。

月明かりの中、夜の闇が隠してくれる、無残な光景。

「お前は今朝の」

呟く間にも、男達に取り囲まれていく。

「村人は全員皆殺しだ。俺たちに歯向かった罰だ」

見れば、目の前に倒れていたのは今朝救った娘のうちの一人だった。

その目は月を眺めていた。オヴェリアが見つめても、返ってくる視線はなかった。

崩れるように跪《ひざまず》き、そっとその目を閉じさせる。

夕餉《ゆうげ》の時彼女は笑っていた。嬉しそうに、ありがとうありがとうと何度も感謝の思いを口にしていた。

「どうする？」

「殺せ」

総勢、三〇。

下卑た笑い声と、くぐもるように聞こえる音は、さながら猛獣の唸りのよう。

されど猛獣ならば気づいたはずだ、その気配に。

辺りは沈黙。虫は鳴き声を止めている。

その中で風が一陣だけ強く吹き殴り、オヴェリアはゆっくりと立ち上がった。

俯き、事切れた娘を見る。

刹那、襲い掛かってきた盗賊の一人目を、

「グギャァァァッッ!!」

斬った。

彼女から迸《ほとばし》るのは、空気をも切り刻むかのような深い深い、殺気。

その場にいた誰も、彼女が剣を抜いた瞬間さえ見る事できなかった。

何が起こったかもわからない。ただ、一人の盗賊が胴体から血を吹き、転げ回り、そこにオヴェリアが剣をぶら下げ立っていた。振り返った瞬間さえ見えなかった。

その顔に宿るのは感情というよりは、むしろ闇。

「こ、殺せ!!」

三人同時に襲いかかる。

カンッと初手を弾き飛ばし、地面にもぐり、そのまま正面の男の腹を横に薙ぐ。

血しぶきをきらいすぐさま後ろへ避けたそこへ、二人が突き刺すようにダガーで畳み掛けてくる。だがオヴェリアの方が早い。ことごとく空《くう》を突いていく。

その背中を一太刀。腰から一刀に薙ぐとそのまま返しの刀で三人目の首を一閃。

ここまでで、四人。

「この女ぁぁぁ!!」

一気に押し寄せる無数の刃にオヴェリアはひるまず剣を構えるが、横から一気に三人が倒れる。斬ったのはカーキッドだ。

そこにできた隙間からオヴェリアは囲みを抜け走った。

「追え!!」

場所を変える。走るオヴェリアの横にカーキッドも付く。

カーキッドはもう何も聞かない。ただ一言。

「行くぞ」

少し開けた場所に出た。オヴェリアは追っ手に向き直ると剣をかざす。そこにあるのは白い薔薇。

「オヴェリア・リザ・ハーランド。参る」

ハーランド——その名に驚愕を見せた盗賊に二の句は告げさせぬ。一気に二人斬り倒す。

彼女の動きは誰にも見えぬ。連撃で知られた騎士をも上回ったその剣技。この場の誰に止められようか？　いや、万が一にもその剣から逃れられようとも、脇に控えるのは異国で鬼神と呼ばれた剣士。

白い騎士と黒い剣士。二人を前に逃げる事は叶わない。

「敵前逃亡は男の恥だと、センセェに習わなかったか？」

笑いながら、カーキッドは逃げようとした一人の首を跳ね飛ばす。

三〇いた盗賊は瞬く間に半分になり、残り一〇人になり、五人になり。そして最後の一人となる。

「は、ハーランド……まさか、まさか」

「真実は」

カーキッドが剣を構える。それより早く、オヴェリアが横から一閃させた光が斜めに盗賊の頭を捕らえた。

「闇の中で神に問え」

もし存在するならばの話。

そしてカーキッドが止めにと心臓を一突き。

これで零。

全倒。

生きていく中で、運命の選択はそこかしこに散らばっている。

でもどれもこれも、これが分かれ道だなんてご丁寧に看板は立っていない。

小さな小さな選択に、まさか自分の運命が、まして人の命が関わっていようとは。

わかるのは、結果として、すべてが終わった後。

涙でも流すか？　己の選んだ道の顛末に。

それでもそれを踏み越えなければいけない。たとえ間違った選択をしたとしても、取り返しのつかない結果となっても。

道は戻れぬ。ゆえに、越えて行かなければならない。

悲しみすらも糧として、強さに変えて。

また一歩、踏み出す事をやめないように。

土を掘る。ひたすら掘る。

スコップを初めて持った。土のにおいは甘かった。

できた穴にカーキッドがそっと娘を入れる。これで最後。

顔についた血も泥も綺麗に拭いてやった。それを眺め目を閉じ、オヴェリアはそっと土をかぶせた。

すべてを終えると、十字架を立てる。

村人はこれで全員、土へ還る。

「ご苦労なこった」

カーキッドはため息を吐いた。

「何も盗賊まで埋めてやらんでも」

「……命は、命です」

「そーかい。そらお優しい事で」

命かとカーキッドは呟き、煙草に火を点ける。

「人の命と蟲の命、それにどんだけ差があるのかね」

盗賊を殺すなと言ったオヴェリア。そして蟲は問答無用で斬った。

最初に会ったあの時、もしも盗賊を逃さなかったら？　オヴェリアは目を閉じる。

彼女が考えている事を察したように、カーキッドは呟いた。

「まあ、同じだったろうがな。あの時あいつらを全員倒していたって、結局はこうなっただろうさ」

「……」

「だから言ったんだ、関わるなって」

「……それは、違う」

「あん？」

「同じ結果になったとしても……それは違うと、思う」

さらわれていく女達を、見なかった振りをしてやり過ごす事など出来ない。

「何が違う？」

「心」

「……」

「私の、心」

見捨てて後悔するくらいなら身を乗り出して戦う。

「だったら今度からは、諸悪は全部叩き斬れ」

「……」

俯《うつむ》く彼女に、カーキッドはやれやれと息を吐いた。

蟲の血と人の血に犯され、彼女は汚れきっていた。

そう思う自分も似たようなものかとカーキッドは頬を掻く。それにしてもせっかくのきれいな顔が台無しだ。

　でもこいつはきれいだと、思った自分自身にカーキッドは驚く。

　そして彼にしては珍しく。

「オヴェリア」

　カーキッドは彼女の名を呼ぶと、虚ろに顔を上げた彼女の鼻の頭についていた泥をそっとぬぐってやった。

「……まぁ、ご苦労さん」

　初めて命を絶った。人を斬った。その重み、カーキッドにも最初はあった。

　だがそれは言わず続ける。

「よくもまぁ、こんだけの人数の穴掘りしたよ。ほれ、夜が明ける。……長い夜だったな」

　言いながら、彼はポンと彼女の肩を叩いた。

「でもここからが、始まりだ」

　色々な意味で。旅も、そして戦士としても。

　山間から光がこぼれた。その眩しさに初めてオヴェリアは涙を流した。

　カーキッドは少し困り、戦士は泣くもんじゃねえと言おうとしたが、仕方なしにそっと抱きしめた。


　――あーあー、これだから女は困る。でも……。

「……よくやったさ」

　彼をよく知る者が見たら間違いなく今日は天変地異が起こると断言した事だろう。

　だが事実としてカーキッドは思っていた。こいつは中々面白い。姫様という事を差し置いても充分に。

「よくやった」

　そう言ったら一層泣くので、カーキッドは困り、それからしばらく泣き止むまで胸を貸さざるを得なくなってしまった。

　髪は汚れ血にもまみれているのに、不思議と彼女からはいい匂いが立ち込めてくる。

　姫様だからか？　女だからか？　カーキッドにはよくわからなかった。

　ただ腕を占めるその感触は、決して、悪いものではなかった。

「行くか」

泥まみれになった服と体を洗い、ようやく出立できたのは翌日。

オヴェリアは主のいない宿に頭を垂れ、首からかけていた十字架を握り締めた。

「北へ。第三街道へ出る。ちゃんとついて来いよ。あとそれから……」

カーキッドは彼女の鼻先に指を突きつけた。

「お前、今後人前に出る時は顔隠せ」

「……え？」

「いちいち女だ女だと騒がれたらたまんねぇ。顔隠せ。声も出すな。男の振りしろ。いいな？」

それにオヴェリアはいささかムッと顔を歪めた。

「カーキッド、それを言うなら、あなたもちょっと」

「あん？」

「あなた、私の事は偽名で呼ぶって言ってたけれどオヴェリアオヴェリアと。一言もカインと呼ばなかった」

「……そうだったか？」

「そう。私の顔がどうのと言うのなら、それはどうなのですか？」

「わーったよ。気をつける」

オヴェリアに一本。クスっと笑った彼女の顔に、カーキッドは知らず頭を掻いた。

「行くぞ」


旅の始まりは暁と共に。

背負った十字を胸に抱き、二人は歩き出す。

第三章
碧の焔石

明日になればきっと君は、以前のように笑うんだ。

だから俺も笑うんだ、もう大丈夫だよと。

あの太陽は君のために未来永劫上がり続けるから。

どんな不安や悲しみ、深い深い闇が君を押し潰そうとしても、必ず光はあるから。ずっと照らし続けてくれるからと。

光がないというのなら、俺が君の太陽になる。

君のため、君だけのための光になるから。


だから笑ってくれ。

もう一度、俺の前で。

どうか、笑ってくれ。


森を抜け一つ小高い山を越えると、間もなく綺麗な道へと二人は出た。

第三街道である。

王都を中心として築かれた六つの街道のうちの一つ。

この道は西の港町からくるもので、東へ進めばハーランドの城下へ戻る事もできる。

そこを二人は東ではなく北へと進んだ。

二人が目指すのは北の大地、ゴルディア。北の大国バジリスタとの国境に位置する渓谷である。

「それで、そのゴルディアの地まではどれくらいかかるのですか？」

街道を二人歩く。当初よりは幾分カーキッドが歩調を緩めたので、オヴェリアはついて行きやすくなった。体の負担も変わった。

「どれくらい？」

その質問に、カーキッドは明らかに怪訝《けげん》な顔をした。

「お前、最初、一人で旅に出ようとしてたよな？」

「ええ」

「……そもそも聞くが、どういう道で行こうと思ってた？」

オヴェリアはキョトンと首を傾げた。そしてしばらく考えた後、

「道伝いに行けば着くかと」

「………」

カーキッドは唖然《あぜん》とした。

その様子にオヴェリアは慌てて口を開く。

「でも、ゴルディアの事は知っています！　北の山中、深い渓谷。わが国の領土ではあれど、この数十年手付かず。人の力が及ばぬ土地だと……」

「教科書通りの答えだな」

フンと鼻を鳴らし、カーキッドはそっぽを向いた。

「ならば、本当はどういう土地だと？」

それにカーキッドは答えなかった。

まして、かつてその地を訪れた事があるなどとは、今ここで話して聞かせる事ではない。

「……とにかく、街道沿いにもう少し行ったら町があるはずだ。少し大きい町だ。今日は野宿せずにすみそうだな」

日があるうちに着くぞ、と歩調を速めた彼に、オヴェリアは小動物のように慌てて小走りで着いて行った。

そして一時間ほど歩いた後、二人は町に辿り着いた。

そこはここまで訪れた中では王都ハーランドを除いて一番大きかった。人も多い。そしてそれぞれが着ている物も華やかだった。

一瞬オヴェリアの脳裏に、先刻の村にいた娘達の事が蘇った。彼女達はもっと汚れた服をまとっていた。ましてこんなふうに飾り立てる事もしていなかった。

自分に言えた事ではないが、深い悲しみが心を過《よぎ》った。

それにより足の動きが鈍くなった彼女を「グズグズするな」とカーキッドが叱咤する。オヴェリアは無言で頷き後を追った。

彼女は今スカーフで半分顔を覆うようにしていた。「町に出たら顔は隠せ」とカーキッドに散々言われたためであったが、お陰で息が苦しかった。編みこんで頭にグルリと巻きつけてある髪を見れば、女である事は簡単に知れてしまいそうだが。

通りには色々な店が出ていた。食べ物の店、骨董の店。どれも初めて見る光景だった。

「揚げたてだよ、おいしいよ！　ほら、どうだいお嬢さん!!」

――ほら、やっぱり女と知れている。

けれどもオヴェリアはそれよりも、差し出されたおいしそうな食べ物に目が惹かれ、同時に生き生きと働く人の顔が新鮮で珍しく面白かった。なのでついつい道行く人の顔を眺めていると。

「オヴェリア！　さっさと歩け」

「……」

「……っと、カイン・ウォルツ、急げ」

カーキッドに話したい事はたくさんあった。聞きたい事もたくさんあった。でも今は人の中ついていくのでやっとだった。

　しばらく歩くと、宿に到着した。

　赤いレンガで造られたきれいな建物だった。入り口脇にはチューリップを模したオーナメントが飾られ、歓迎を現す文字がかわいらしく書かれていた。

　扉をくぐると、コロンコロンと涼しい音が鳴った。気持ちのいい音だった。

「いらっしゃいませ」

　入るとまず正面に赤い階段が見えた。二階も客室らしく人が行き来しているのが見える。その脇にはソファがいくつか置かれ寛《くつろ》いでいる者もいた。

「部屋は空いてるか」

階段にも入口と同じくチューリップが彫り込まれてる。オヴェリアはかわいい造りをニコニコと眺めた。

　風がどこからともなく甘い匂いを運んでくれる。パンが焼ける匂いだ。

　その甘い匂いに城での事が思い出される。城にいた頃はよくフェリーナがパンケーキを焼いてくれた。甘く芳しく、よく一緒に食べた。

　――フェリーナは、元気にしているかしら。

　旅に出ると決めた時泣いていた彼女の姿が脳裏を過《よぎ》り、胸が締めつけられた。

「あいにく本日は予約でいっぱいでございます」

「そうなのかい？　随分町も賑やかだったな」

「ええ。月に一度の市なんですよ。近隣から多くお客さんがおいでで」

「そうかい」

　宿の女将と会話するカーキッドの元へ行く。女将はチラとオヴェリアを見た上で、宿台帳をペラペラとめくった。

「あの……一部屋だけなら、ご用意できなくもないですが」

少し言いにくそうにそう言った。

「何だ、空いてんのか」

カーキッドはケロリと言い「それでいい」と話を進めたが、オヴェリアの方が目を丸くした。

「一部屋？」

それはまさか、この男と二人で一晩同じ部屋に？

明らかに固まったオヴェリアの様子に、カーキッドは面白い物を見るように目を輝かせた。この男が剣の事以外でこんな顔をするのは珍しい。

「どうする？　ん？」

「……」

「ちなみに他の宿は？　どんな感じだ？」

「この町に他に三軒ありますが、どこも似たようなものですよ。特に今日は大盛況でございます」

「そうか……だそうだ、オヴェ……いや、カインよ。どうする？　今日も野宿にしとくか？」

「……」

「今夜は少し西風があるから、冷えるかもしれんなぁ。この辺は夜になると野獣が出るとも聞くし。んん？　どうするよカイン・ウォルツ？？？」

茶化すように返事を促され。

「……わかり、ました」

オヴェリアは答えた。棒読みだった。

「よろしいですか？」

「ああ。手配頼む」

「かしこまりました」

女将が奥の者に声を掛ける。カーキッドはニヤつきながら煙草を取り出す。オヴェリアはピクリとも動かずそこに立ち尽くしていた。

元々彼女は少し、男性というものが苦手だった。

普段周りにいないというのも理由の一つだった。側にいるのはフェリーナのような侍女ばかり。近しい男と言えば、父であるハーランド王を除けば剣の師である武大臣グレンか、または幼い頃より知る文大臣コーリウスくらい。それ以外に若い男と接する機会は普段はほとんどなく、あったとしても夜会や宴の時くらいだった。だがそういう時彼女は気後れしてしまう。美男だろうが話題の貴族だろうが、声を掛けられダンスに誘われても、オヴェリア話す事もできないまま笑顔を張り付けるので目いっぱいだった。

笑うしダンスもたしなむ。でもどうしても〝男〟となると一線を置いてしまう。別の生き物として見てしまうのかもしれない。

だが剣を持てば別。先刻の御前試合の際はそこにいるすべてが男であったが、オヴェリアはためらう事なく打ち望む事ができた。

「ほう、存外広い部屋だな」

二階の一室。入るなりカーキッドは荷物を降ろし肩を回した。その傍らでオヴェリアは突っ立ったままである。

彼女の様子を見てカーキッドはまたしても意地悪に笑い、「ほれ、荷物降ろせ」だの「手伝ってやるか？」だのと手を伸ばした。

それにオヴェリアはあからさまに動揺し跳ね上がった。真っ赤になって部屋の隅へ逃げる。

ひっひっひと、カーキッドは笑いをこらえるので必死だった。

「べ、べっ」

「？」

「ベット、一つしか、ない」

「……」

いよいよ我慢できなくなり、カーキッドは大笑いした。

「てめぇが使え」

「……？」

「俺は床で寝るから。気にすんな」

「え？」

「野宿よりは雲泥の差だ。よかったな、部屋が空いてて」

ニヤリと笑い、床に胡坐《あぐら》をかいた。

「何だ、お前、俺に襲われるとでも思ってんのか？」

オヴェリアは赤い顔をさらに赤くしてカーキッドを睨んだ。

「バーカ。誰がお前みたいなガキを襲うか」

「クッ……無礼者……ッ!!」

また大笑いするカーキッドに、オヴェリアはムカっとして顔を染めたのであった。

「うまい」

夕時。オヴェリアとカーキッドは宿の隣にある食堂に来ていた。

「おいしい」

オヴェリアも思わずそう呟き微笑んだ。宿での一件以来ずっと強張ったような顔をしていた彼女から、やっとこぼれた笑顔に、カーキッドも我知らず口の端を吊り上げた。

オーダーは今日のおすすめ。白身魚のムニエルと赤鶏のワイン煮込み。スープはポタージュにフィムという香草が落としてあったがこの香りがたまらない。魚も鶏も口の中で溶けてしまう。絶品である。

「この辺は海からの便もいい。肉と魚、両方が手に入る。気候も今年はわりかしいいから、市があればそりゃ賑わうだろうよ」

お陰でこの町は栄えてる、町が賑わうのはいい事だ。そう言ってカーキッドは機嫌良さそうに酒を飲んでいた。

「出立は？」

「そうだな、明日は少し市が見たい。それからでもいいだろう」

珍しい。オヴェリアはポタージュに口を付けながら少し笑った。

それからしばらく二人はそこで過ごした。

カーキッドはすでに三杯目の酒を飲んでいる。一番大きいジョッキだ。対してオヴェリアは地元で取れたアルコールの低い果物酒をチビチビと飲んでいた。

ふと周りを見回せば、食事時という事もあり席は埋まっている。大声で笑う者、叫ぶ者、泣く者、暴れる者。喧嘩も起こった。でも店が壊れるような乱闘は起こらない。誰かが間に入って、すぐにまた笑い声が起こる。

温かい空気。食べ物の匂い。喧噪はあるけれども、まどろむような安らかな雰囲気がここにはある。

オヴェリアは、不思議と心地が良いと思った。

こんなにもたくさんの人がいる中で食事を取った事はなかった。城ではいつも、父と二人。向かい合って食べてはいたが、テーブル自体が大きい。向かいと言ってもかなりの距離があった。また、食事中に会話は行儀が悪いと言われ、常にその時間は静まり返っていた。

　フォークが皿に触る音だけの空間。食事は豪華だったかもしれない。ここで食べた何よりも手間がかかり、費用がかかり、高価で特別な物だったのだろう。

　でもその食事は美味しかったのだろうか？　考えた事がなかった。それは同時に、その言葉を口にした事がなかったという事。

『おいしいわ』

　そう言ったのは唯一、フェリーナが作ったパンケーキだけだったかもしれない。

「おいしい」

　楽しい。嬉しい。

　当たり前の感情。

　悲しい、辛い、苦しい、それすらも久しい。

　今まで私は何をしてきたのだろう？　初めて感じた事のように、いちいち心が躍る。

　見るものすべて、感じる事すべてが、彼女を虜にしていく。

　父上は今何をしているのだろう？　動かなくなってしまった体。私がいなければ、父は一人で食事を……。

　そう思うと、飲んでいた果物酒が急にほろ苦く感じられた。

「どうした」

　その様子に気づいたカーキッドが、思い出したかのように彼女に声を掛けた。

「ホームシックか？」

「違います」

「そうかそうか」

　小馬鹿にしたように笑う。オヴェリアは頬を膨らませた。

「それにしても……こんな時間なのに人は全然減らない」

「まだまだ宵の口さ。お子様は寝る時間だけどな」

「お酒、もう一杯いただきます」

「もうやめとけ。いくら度数が低いと言っても、そりゃ酒だぞ？」

　オヴェリア自身は気づいていなかったが、彼女の顔は真っ赤になっていた。

　仕方なく周りの人を眺めたオヴェリアは、色々な人がいる事に気付く。

　その中でオヴェリアがふと「おや？」と目を留めた一団がいた。食堂の隅にいる男たちだ。

　テーブルを囲んでいるのは五人。どちらかと言えば商人や一般の町人が多い中で、その五人の空気は異様。背格好は商人というよりは剣士……まるで戦人《いくさびと》のような風貌である。

「見るな」

「……？」

「あの隅にいる連中……」

　ゴボリと酒をあおり、カーキッドは反対方向を見て呟いた。

「あんまり見るんじぇねぇ……ありゃ違う」

　何が違うのかと尋ねようとしたが。それより早くカーキッドが立ち上がった。

「ごっつぉーさん」

　慌ててオヴェリアも立ち上がる。

「ありがとうございました」

　笑顔で答えた店の女将と主人に向かって、オヴェリアは心から「おいしかったです」と言った。

　笑顔には笑顔で返される。それにまたオヴェリアは幸せな気分で店を出た。


「だからあんまり飲むなと言っただろう」

　隣の食堂から宿に戻った時には、オヴェリアは歩くのもやっとの様子になっていた。

「だって」

　立ち上がり歩き出したら急に酔いが回ってきた。一人で歩けない彼女に仕方なくカーキッドが肩を貸す羽目になっている。

「ガキが、自分の酒量がわからんなら飲むな」

「だって、おいしかったもの」

　ジュースみたいだったしとボソボソ呟き、オヴェリアはガクンと膝を折った。

「馬鹿野郎、こんな所でへたばるな」

「……動けない」

「阿呆かてめぇは」

「……目が回る」

カーキッドは額に手を当てた。

宿の者が心配して駆け寄ってくれたが、それを制しカーキッドは仕方なく姫を抱き上げた。

「二度としないからな」

そう言うと、そのきれいな顔を睨みつけてやった。

だが、

「……寝てやがる」

信じられねぇとカーキッドはため息を吐きながら、二階の部屋までの階段へ向かう。宿の者たちの視線が痛すぎる。ため息をこぼしながら上りかけていると、不意に声を掛けられた。

「おやおや、大丈夫ですか?」

階段の脇にあるソファに掛けている男だった。

カーキッドは、おや? と思った。

「ああ、大丈夫」

「かわいい寝顔だ。手伝いますか?」

「結構」

見た所、神父なのか、聖職者の格好をした男だった。

この国の民を表す金の髪。少し茶がかっているが、これくらいの色合いならば充分見かける。その男は少し垂れた瞳を細め、お気をつけてと微笑んだ。

カーキッドは微かに頭を下げ、階段を上った。

このご時世、神父だろうが旅はする。だが何となく、その男の笑顔はカーキッドの脳裏に焼きついた。

そして部屋に着くとベッドに彼女をそっと置き、カーキッドはため息を吐いた。

あどけない顔をして寝ている。

オヴェリアにはああ言ったが、頬を紅色に染め肢体を投げ出すその姿に、少し心が揺すぶられた。

大体この姫様は、自分の使命が本当にわかっているのだろうか?

「黒竜討伐ねぇ」

無防備な顔しやがって……と思わずその頬に触れかけたが、カーキッドは慌てて手を引っ込めた。

「……」

いかん、今日は俺も飲みすぎた。ブンブンと頭を振って、逃げるように彼女から遠ざかる。

出入り口まで来ると適当に上着を引っ掴み、かぶるようにして壁にもたれた。

今宵はカーキッドも目を閉じて眠る。

ただし夢に落ちても愛刀は片時も離さず。

眠る……それだけを、自分に言い聞かせて。

酔いも気の迷いも夢の中へ持って行く。

カーキッド・J・ソウル。彼も一人の男である。


　翌日。二人は市に足を運んだ。食料の調達と旅に必要な消耗品などを揃える為、道に並ぶ出店を一軒一軒見て行く。

「ほぅ、これは中々」

「旦那、それは掘り出し物だよ。ここいらじゃ手に入らない一品だ」

「ナメシの皮か……青銅も使ってんのか」

「お目が高い」

　特にカーキッドは丹念に並べられた品を見ていった。

「こういう市の時には、通常ない珍しいもんも出る。特に遠方からこの時に便乗してやってくる行商人の店は狙いだな。たまにとんでもない掘り出し物があるのさ」

　キラキラと目を輝かせるカーキッドの姿に、オヴェリアは彼の意外な一面を見た気がした。

「お前の装備も整えないと」

「私はあの白の鎧があれば」

「確かにあれは材質がいい。女の装備には上等だ。しかしそれだけでは今後心もとない。それに目立ちすぎる。もう少し考えないと」

　特に顔だ、とカーキッドは鼻を鳴らした。オヴェリアは心外な心持であった。

　今日は鎧は置いてきた。服の下に鎖帷子《くさりかたびら》は付けているものの、一見では普通の町人と変わらぬ質素な形《なり》をしていた。

　カーキッドもそれは同じ。黒の上着にズボン。こちらも軽装である。

　しかし剣は肌身離さなかった。それはオヴェリアも同じ。

　宿に預けてこようかと思ったが、彼女の剣は特殊である。渡しても受け取れる者がいなくては話にならない。かと言って部屋に転がしておくには無用心だ。

「誰も持てねぇってのはいいな。盗まれる心配がない」

「そうかしら？」

「ああ。俺なんか、もしこいつが盗まれたらと思ったらゾッとするね」

そう言って彼は剣を掲げて見せた。

カーキッドの剣も他と比べると特異だった。鞘はもちろん刀身も黒塗り。異国の材質なのかそれとも何か特殊な物が塗り込んであるのか、作りこそシンプルだが他では見かけない代物である。

昨晩も彼はとても大事そうに剣を抱きかかえて眠っていた。それを言おうとして、オヴェリアはハッと口をつぐんだ。それを言ったら、夜中に彼を見ていた事がバレてしまう。

――別に他意があって見ていたわけじゃないけれど……。

夜中に目が覚めて宿に戻っている事に気づいた時、自然とカーキッドを探して見ていた。同じ部屋に男がいる事が何とも不思議で、戸口で眠る彼をぼんやりと眺めていたのだ。

こんな日が来るなど思ってもみなかった。王宮でドレスと輝かしい物に囲まれた毎日から一転、男と二人で旅をするなど。

「……お、ちょっとあのテント見に行くぞ」

人生わからぬ。一寸先は見えぬ。

人ごみの中、むしろ現実味がないほどの現実の中で、オヴェリアは少し深めに瞬きを繰り返した。

そんなこんなで、どれくらい店を回ったのだろう。出店は多く市は広かった。しかしオヴェリアはまったく飽きなかった。

色々な人がいるものだ。顔も形も表情も、子供から老人まで幅広い。声も様々。大きな声から鈴のような声まで多種多様。

笑い方も一人一人違う。その表情を追っているだけでも楽しくて仕方がなかった。

その間にもカーキッドは店で一品一品手に取り、店主と話しながら笑ったり怒ったりを繰り返していた。その顔も面白かった。

市とは面白い。物を買うとは面白い。

ましてこんなに多くの人が集う場所。最初は興味津々見ていたオヴェリアだったが、段々とそのめまぐるしい動きに翻弄されるようになった。

オヴェリアの変化に気付いたカーキッドが声をかける。

「どうした？」

「いえ、」

「人に酔ったか？」

「……？」

人に酔う？　何と答えたらいいものかわからず、オヴェリアはただ弱々しく笑って見せた。カーキッドは舌を打った。

「そこらに座っとけ。……本当に面倒くせぇ奴だな」

多く語らぬうちにカーキッドは人の中へと消えて行き、取り残されたオヴェリアは道の隅に腰を下ろした。

石肌が冷たい。人の声は静まらず、思い思いの感情が音となり行きかっていた。目を閉じていると「大丈夫かい？」と声を掛けられた。

見れば、彼女が座っていた横にあったテントの老人がこちらを覗き込んでいた。彼は目がかぶさるほどの眉の下から小さな瞳を覗かせ、心配そうに彼女を見ていた。

「あ、はい」

オヴェリアは少し戸惑い、そう答えた。

旅に出て一人になったのは今が初めて。ましてカーキッドがいない所で誰かと話すのも初めてだった。

「気分が悪くなったのかね？　何か飲むかい？」

「あ、いえ……大丈夫です」

笑って見せると、老人は「そうかい」と笑った。

「おや？　あんた剣を持っているのか」

老人は彼女が携えた剣に目を留め、身を乗り出してきた。

「ほう、変わった細工だ」

この剣は限られた人間しか見た事がない。しかしあからさまに目立つ白い薔薇の彫刻に老人は目を見開いた。

「白い薔薇……？」

オヴェリアは慌てた。白薔薇の剣、そしてその騎士である事。今ここで知れるのがいい事だと思えなかったのだ。

丁度その時カーキッドが戻ってきた。

「すまねぇ。俺の連れだ」

「……おやおや」

「店先ですまんな」

笑いながら、自然に二人の間に滑り込んだ。オヴェリアは安堵する。

「ほれ、水だ。飲め」

「……ありがとう」

「あなた方は旅の人かね？」

水瓶《みずびん》にオヴェリアはそっと口付ける。色々な意味で、ほっとする心持ちであった。

「ああ。ちょいと野暮用で北を目指している。あんたはこの町の商人かい？」

「いいや、東から来た。マルフ・フォンテッドからだ」

「そりゃ随分遠出してきたな」

カーキッドは、老人の目をオヴェリアから避けさせるようにテントの中へと移動した。

「どれ、何を置いてる？　ちょっと見せてくれ」

「何か探し物でもあるのか？」

「いいや。掘り出し物でもあれば」

二人が離れ、安心した様子で水を飲むオヴェリアにカーキッドは一瞥だけくれ、商品に視線を戻した。

「へぇ……ルビーか」

「この辺りでは珍しかろう」

「ああ。こういう造りの剣はないな。ルビーを埋め込んでるなんぞ、中々洒落《しゃれ》てる」

切れ味はそれほどではなさそうだ。長さも短すぎる。刃先の厚みも反りもカーキッドの好みではなかった。

ルビーの他に剣が四、五本。どれも実用品と言うよりは装飾品に近い。防具も同じ。真鍮《しんちゅう》の置物と髪飾り、細工の凝った壷も置かれていた。珍しい造りと材質ではあったが、今ここで買うような物でもないなと、カーキッドが適当にその場を離れようとした時であった。

目の端をかすめたそれに、彼は思わず視線を戻した。色とりどりの宝石の首飾りが無造作に並べられた中に、一つだけ青い宝石があった。

青……少し緑がかっている、言うなれば碧《あお》。手に取り光にかざすと、ほんのりと黄色い光が中に揺れている。

「変わった石だろう?」

すかさず話しかけて来た商人には答えず、カーキッドはさらに石を見た。回復したオヴェリアがやってくると彼女にもそれを見せた。

「それ、先日たまたま手に入れた代物でね」

「サファイア……じゃねぇな」

「材質はわからん。細工を施そうにも固くて固くて。まじないの代物だという話だが、さてはて、効力はいかがなものか」

カーキッドはもう一度興味深そうにその光を見ていた。

「どうだい?　五〇〇リグ」

「高いな」

「……じゃあ四五〇でどうだ?」

交渉決裂とばかりに、カーキッドは笑ってその石を返した。

「魔術師に連れはいないんでね」

それからその場を離れ、結局市では自分用に皮の手袋、そしてオヴェリアにマントを買った。

「首元がしっかりしてるから、ちったぁ顔も隠れるだろ」

色は茶。裾に刺繍がしてある。地味だがオヴェリアは嬉しかった。

「ありがとう」

笑って礼を言うと、カーキッドがぶっきらぼうに言う。

「さっさと着ろ。顔隠せ」

「……」

オヴェリアは頬を膨らませた。

朝から市を眺め、結局夕刻まで二人は町をぶらついた。

市には城で見る事のない珍しい食べ物もたくさんあった。芋を串刺しにして揚げただけの物が、とてもおいしかった。

「うまいか」

「……」

「そうか」

もしゃもしゃと食べるお姫様の姿に、カーキッドは笑いをこらえるので必死だった。

「城の料理とは比べられんだろうが。……そうだな、旅に出て今まで食った中で一番うまいと思った物はなんだ？」

気まぐれにカーキッドはそう聞いたのだが、オヴェリアは少し考え、そして、

「……スープ」

「ん？　昨日食堂で食ったやつか？」

「そうではなく……きのこと薬草のスープ」

カーキッドは目を見開いた。

「それは……野宿の時に食ったやつか？」

「ええ」

「……あんなもん、そこらに生えてたのを煮ただけだぞ？」

それはわかっている。味と呼べるような物でもなかったのだが、なぜかオヴェリアの心に残ったのだ。温もりと言い換えてもいい。

「物好きだな」

言いつつも、カーキッドは少し照れくさそうに目を伏せた。

並ぶ店舗がそろそろ店じまいを始めている。叩き売りを始めた所もあった。

それを遠目に眺めて、二人は川に架かる橋の上でぼんやりと頬杖をついていた。

水の匂いを運ぶ風は草原のそれとは違う。場所によって吹く風も変わるのだと、オヴェリアは初めて知った。

夕焼けがにじむように空を染めていく。

「明日の朝出立するぞ」

見上げたカーキッドの横顔も、夕に染まっていた。

夕焼けすらも見る場所によって違い、景色によって変わるのだ。

そしてもう一つ、誰と見るかによって違うという事も。……まだオヴェリアにはその意味を成さなかったが。

「今夜はゆっくり休め。また明日から北進だ。遅れても待たんぞ」

彼の物言いにもすっかり慣れた。

「はい」

強い瞳で答える様子に、カーキッドは「上等」と、こちらも満足げに笑うのだった。


「今夜は飲みすぎるなよ。昨日みたいなのは御免だぞ？」

「昨日？　私、何かしましたか？」

「……だから、お前、宿に着いた時にはぶっ倒れて」

言いながら。カーキッドはふと足を止めた。宿に荷物を置いて、昨日の食堂にくり出そうとしていた時である。

「ちょっと戻っていいか？」

「え？」

カーキッドは、店終いが進む市を振り返り、頭を掻いた。

「……やっぱり、少し気になる」

「？」

「さっきの石だ」

一瞬オヴェリアは、彼が何の事を言っているのかわからなかった。

「……ああ、あのサファイアのような？」

「ああ」

「まじないの道具は要らないと」

「そうは言ったが」

何となく、どうにも気になる。

「……理屈じゃねぇよ。先に行っててくれ」

だがオヴェリアがそれに応じるわけがない、しっかりと後ろについて行った。カーキッドも無理に咎めはしなかった。

「ああ、あそこだ」

遠目にその店を見つけた彼らが次に見たのは、店に押し入る集団。

「何だお前らはッ!!」

老人の叫び声がするより先に、カーキッドはもう走り出していた。

六人の黒い男達。全員が鎧をまとい腰に剣を携えている。

オヴェリアは走りながら「あっ」と声を上げた。あの男達は昨晩食堂で見た、カーキッドが見るなと言った一団だった。

「おい、お前ら何してる!!」

カーキッドの声に反応し、男たちは店から駆け去る。店主はその場にへたり込んだが、オヴェリアとカーキッドを見るなり声を上げた。

「ぬ、盗まれた!! 石！ あの石っ」

あの碧の石か。思うなりカーキッドは再び走り出した。

「カーキッド!!」

「石が盗まれたぞ!!」

――理屈じゃねぇ。だが、あの石はやっぱり何かある。

全力疾走。

逃げ行く戦士達の背中をカーキッドが捕らえたのは、それから僅か数刻の事であった。


何たる脚力か。

町の端で、戦士達はその男に完全に捕らえられた。

まず一刀横薙ぎに飛んできた剣圧に、戦士の一人はどうにか避けたが、転がるのを止められなかった。

そうなったら全員が足を止める。そして向き直ると抜刀した。

全員があからさまに息を荒げる中で、あれだけの疾走の後にも関わらず、カーキッドは息を乱すことなくただニヤリと笑って見せた。

「盗んだもん出しな」

誰も答えぬ。いや答えていた――剣が。

「いいぜ」

カーキッドは唇を舐めた。わかりやすい返答だ。

愛刀である黒の剣を構える。相手は六人、全員が鎧を身にまとっている。だがカーキッドは防具をまとっていない。あるのは剣一本のみ。

だがそれでも圧している。その剣圧と剣気が。

――石ころ一つと己の命。天秤にかける勇気がある者がいるならば、

「来い」

一人目が、奇声と共にカーキッドに斬りかかってき

た。彼はそれを笑いながら避け、軽く受け流した。

　そこへ二人目が剣を振りかざす。ガキィーンと、反響する音に、目覚めた瞳がギラリと光る。

　横から襲ってくる剣をひねってかわすと、正面にいた一人の懐に入って、剣の柄を思い切り叩き込む。呻きながらよろめいた男をそのまま蹴飛ばし、後ろに控えていた一人諸共押し戻す。

　その最中に上から降りかざされた剣を受け止め、弾き返した返す刀で喉元を掻き斬ろうとした刹那。

「斬るな、カーキッド!!!」

　飛んできたその声に。カーキッドは顔を歪めた。

「またかよッ!!」

　オヴェリアも剣を抜く。荒い息のままザッと腰を低くしてブレーキをかけると、足元に薄く砂埃が立った。

　白き剣を構える。薔薇の刻印が戦士達を一望する。

　カーキッドは背に背を合わせるように立ち、こちらも男達を不敵に笑って睨み付けた。

「教訓は、活かされないか？」

「何が？」

「先日の盗賊」

「話が別です」

　低く呟き、オヴェリアは息を必死に整えながら言った。

「盗んだ物を出しなさい。さもなくばただでは置きません」

　男達は答えない。見た所は傭兵のようにバラバラの格好をしているが、面相を隠していない点、そしてその構えが一様に同じ点から、導き出されるのは一つの結論。

「何の価値があるってんだい？　その碧い石」

　返事をしない彼らにカーキッドは言う。

「さながら、天地を揺るがす、石だとか？」

「――――ッ」

　――――ド素人が、そんなに簡単に顔色を変えてどうする。

　カーキッドは笑い、ジリと足場を変えた。

「邪魔をするな」

　するとその中の一人が初めて声を出した。すべての事象を突き返すような声だった。

　オヴェリアは少し双眸を潜めた。この男は昨晩食堂にはいなかった。

「我ら、密命を帯びている」

「密命ってぇのは……」

声の主を見やり、カーキッドはトントンと靴先を叩く。

「ホイホイと、人に話していいもんじゃねぇ」

「……」

「そして密命だろうがなんだろうが、人の物を盗むのは良くねぇな」

その言葉に、オヴェリアが頷きをもって同意した。

「見逃してはくれぬか」

「愚問」

「ならば」

仕方がない。空気が変わる、剣気が変わる。

途端にふわりと舞い上がった落ち葉と同時に、密命だと言った男が上段から剣を繰り出した。

オヴェリアがそれを受け止める。男の剣は重い。ギィンと鳴った剣と同時に、彼女はたまらず膝を落とした。そこへ敵が二人同時に襲い掛かるが、カーキッドがいる。彼がオヴェリアに黙って剣を向けさせるわけがない。わざと足場を払い砂埃を上げ、体勢を崩した一人を横に薙ぐ。

峰で打ちつけた。しかしカーキッドの剣である。その技は速くそして重い。鎧の上からだろうと、まともに食らって無傷でいられるわけがない。吹き飛んだその体に駄目押しの回し蹴りをくらわすと、そのまま刀を回転させて、オヴェリアと剣を合わせていた男に打ちかける。

「てめぇの相手はこの俺だ!!」

男は飛び退ってそれを避け、剣を構え直す。

「サーク、行け!!」

「ランドルフ殿!」

「行け!!　命令を遂行せよ!!」

させねぇとばかりにカーキッドは倒れこんでいる剣士の剣を拾い上げると、今まさに逃げようとしている剣士に向かってぶん投げた。

それをランドルフと呼ばれた男がガキンと弾き飛ばす。カーキッドは「お!?」とむしろ目を輝かせた。

そして彼が剣を構えると、その間に他の者達も逃亡をはかった。オヴェリアとカーキッドは後を追おうとしたが、ランドルフが仁王立ちでそれを遮る。

「通さぬ」

「退《ど》け」

「行かせぬ」

　こいつは強い、とカーキッドは舌を打った。だが顔は喜色満面。口の端を歪め目をぎらつかせ、今にも飛び掛る狂犬のごとく剣を構えた。

「何ゆえ、そこまでしてあの石を」

　オヴェリアはカーキッドを制するように、一人残った男に問うた。

「……答えぬ」

「何のために」

「貴殿らには関係ない」

　その時向こうから笛の鳴る音が響いてきた。警備の兵士だ。

　邪魔が入ったと思ったのはカーキッドの方だった。彼が舌打ちした隙に、ランドルフは仲間の後を追った。

　もちろんカーキッドも追いかけようとしたが、気づいた時にはもう姿は森へと消えて行ってしまった。

「一体……」


　駆けつけた警備兵に事の次第を説明し、オヴェリアとカーキッドは市に戻った。場はまだ騒然としていたが、テントはすっかり片付けられていた。

「あ、あんた方！」

　問題の石を扱っていた老人は、戻ってきた二人を見つけるなり駆け寄った。

「石は⁉」

「すまねぇ、逃がした」

「……そうか……」

　老人は落胆した様子だった。だがそれとは別に違う感情もその顔には浮かんでいた。

　言葉にするならば恐れに似たような。

「なぁ、じぃさん」

　声を掛けられ、老人はハッと顔を上げた。長い眉の隙間から覗く瞳は明らかに動揺していた。

「あの石、まじないの道具だって言ってたよな？　偶然手に入れたっつってたけど、どこで手に入れた？」

「……」

「まさかとは思うが」

あの石。

「〝碧《あお》の焔石《ほむらいし》〟とか言わねぇだろうな？」

その言葉に、老人は驚愕のあまりこれ以上ない程目を見開いた。

「ま、まさかッ」

オヴェリアには意味がわからない。だが何か大変な事が起こってる、それだけは二人の様子から見て取れた。

「そんな、あれは魔術師が使う魔力増強の道具だと」

「誰にもらった？」

「知らぬ、旅の途中で会ったまじない師からもらっただけだ」

旅のまじない師。その言葉にカーキッドは鋭く反応する。

「カーキッド、一体なんなの？」

問うてくるお姫様に彼は目だけで頷く。

「宿に戻るぞ」

そう言って歩きかけたカーキッドを、「待って」とオヴェリアは止めた。

「あの、ご主人。……先ほどのルビーの短剣はお幾らでしたか？」

「は？　え？　あれは……五〇で出しておりましたが」

「五五〇でいただきます。よろしいですか？」

おい！　とカーキッドが止めるのも聞かず、彼女は手持ちの金貨入れから銭を出し、サッと老人に渡した。

老人は呆然としている。

「ま、まいど……」

「ありがとう。良い買い物をさせていただきました。どうぞ息災に」

そう言ってニコリと微笑む。

「カーキッド、行きましょう」

「……馬鹿かてめぇは」

言われたが、オヴェリアは満足そうに笑うのである。

カーキッドはため息を吐いた。

「それで？　碧の焔石とは一体？」

部屋に戻り開口一番、姫はカーキッドに尋ねた。

「知らねぇか」

「知らないから聞いているのです」

そりゃまぁそうだなと肩をすくめるカーキッドに、オヴェリアは身を乗り出した。

「碧の焔石……別名を命の石と言う」

「命の石？」

「ああ。東の地で主に採掘される石さ。東の地にある……竜の墓場と呼ばれる所でな」

オヴェリアは目を見開いた。

「竜の墓場……」

「今より遡る事数千年前。この世界には数多くの竜がいた。長くこの地は竜によって支配され、その中で人の子孫は細々と暮らしていたわけだが……。その時何があったかは知らねぇ。ただ天変地異か神の悪戯か、突如襲った世界を揺るがす何かにより、竜はその多くが滅びたとされる。代わりにこの地を支配したのが〝人〟。一部生き残った竜の末裔は、人の及ばぬ未開の地にひっそり暮らすようになったと」

カーキッドは、どこかつまらなさそうにそう話すと、懐から煙草を取り出した。

「そして幾時間かが経ち、滅びた竜の亡骸は土へと還った。だが無数の時の果て、この地に君臨した人の一族が進化の過程で土を掘り起こし、偶然にもその亡骸を見つけたのが事の始まり」

「……それで？」

「そこから掘り起こされたのが、化石となった竜の残骸と……一つの石」

「……」

「竜の心臓だ」

オヴェリアの声が曇る。

「竜の心臓……」

「そう。主が死してもまだ光を放つ石。本来心臓があったであろう場所に、まるで凝縮されたかのように小さな輝きを放つ石があった。碧の中に炎のようにきらめくその石を、人は〝碧の焔石〟と呼ぶようになった。竜の魂、命の炎を宿す石さ」

慣れた様子で点けたマッチを、カーキッドはオヴェリアの前にかざして見せた。

「それが、昼間見たあの石だと？」

「さぁ？　俺も実物を見た事がないからな」

ただ、とカーキッドは呟く。

「あんなの、初めて見た」

それはオヴェリアにとっても同じ事。王宮では毎日きらびやかな物に囲まれていた。宝飾品も様々見てきた。それ一つ一つに彼女が興味を持っていたかは別として、あのような不思議な光を放つ石は見た事がなかった。

あの光は炎のようだったと言えなくもなかった。石の中できらめく光は不思議な揺らめきを放っていた。

「噂では、石は持ってる者を火と水の災いから守ってくれるんだと。そしてもう一つ」

そう言ってカーキッドは一服吹かす。

「真実はわからねぇが……もしもその石を真っ二つに割る事ができたら。その時は……中から炎があふれ出すんだと」

え、とオヴェリアは顔色を変えた。構わずカーキッドは続ける。

「竜の魂という炎を宿した石。それが割れたら、そこから炎が噴き出し、大地は火の海と化すと」

「……それは、」

「知らねぇよ？　真実か否かは。ただそういう噂があるっていうだけ」

実際にカーキッドは、謎の業火で滅びた国があるという話を聞いた事がある。

「まぁ、こけおどしのでたらめかもしれんがな」

竜の心臓ってだけでも物騒な物だ。誰かがそんなオマケを付けてもおかしくはない。ハハハと軽く笑ったカーキッドにオヴェリアが言う。

「それは、大変な事ではないですか……」

事を重大に受け止め、眉間にしわを深く深く寄せた。

「いやだからあくまで噂で。本当かどうかは、」

「しかし！　火のない所に煙は立ちません‼」

もし万が一盗んだ者達がその石を使って厄災を招こうとしているというならば——。

「大変なことになるではないですか……！」

カーキッドは思った。大変な事になろうとしているのは今、この日この時俺達の方ではないかと。

「待てオヴェリア。どっちにせよもう手遅れだ。奴らの行方はわからん」

「行方ならわかるかもしれません」

言い放ったオヴェリアは、少し緊張した面持ちで続ける。

「あの剣士……ランドルフと呼ばれていましたか、あの人と打ち合った時、彼の剣にスズランの花の紋章があるのが見えました」

「スズラン？」

「剣に章を描くのは特異。ましてあの者達の剣技は全員同じ型でした」

その点にこいつも気づいたか。カーキッドは内心で薄く笑った。

「そして彼らの言葉遣い。あれはただの剣士にあらず。鍛えられた技はきちんとした指導を受けたもの」

いわば――、

「騎士のように」

「……」

「そして西のレイザランの地を治める領主ラーク公爵は、家紋にスズランを抱いている」

あーあーとカーキッドは思った。

「奴らはその公爵様の所の騎士じゃないかと？」

「わかりませんが」

難しい顔をするオヴェリアに、カーキッドは頭《かぶり》を振って否定をした。

「待て待て!! どちらにしたって俺達には関係ない事だ」

「しかし、」

「その石が何だろうが、その公爵様が差し向けた者だろうが、俺達の任務には一切関係ない。いいかオヴェリア？ 俺達の旅の目的は何だ？ 焔石を見つける事か？ あん!?」

「……そうですが」

「もう忘れろ。第一に、その石を何のために盗んだかもわからないくらいだぞ？ 悪用するとは限らん、別の理由があるのかもしれん……例えば、実は元々はその公爵の持ち物で、なくしてしまった物を探していただけかもしれねぇ」

「盗んでまで、ですか？」

「世の中には色々な奴がいるんだ。そういう方法しか取れん気の毒な奴だっているんだろうさ」

「……」

　カーキッドの言葉に、オヴェリアは黙り込んだ。その様子にカーキッドは小さく息を吐いた。これで議論は終わりだ。

「食堂に行くぞ。たらふく食って明日からに備えるぞ」

　そう言って立ち上がり戸口へ向かおうとした彼に、オヴェリアはその背を振り向きもせず虚空を睨んだまま言った。

「ねぇ、カーキッド」

「あん？」

「あなたが言いそうな事を、ここで私が言うとしたら」

「？」

「私はお金を払いました」

　カーキッドは振り返った。彼女は彼に、真っ向その青い瞳を向けた。

「先ほどの商人に、五〇〇リグ。私はあの石を買い取った事になる」

「……」

　その目はまるで、昼間見たあの石のよう。

「だから、石の持ち主は私」

「お前、」

「私の持ち物は、今現在、あなたの持ち物も同然なのでは？」

　あの石よりもっと青い瞳の奥に輝く光がある。さながらそれは、炎のよう。

「自分の荷物を取り戻しに行く。あなたは、奪われたままで平気なのですか？」

　カーキッドは言葉に詰まった。

「……お前が勝手に自腹切ったんだろうが」

「でもあなただって、本当はあれを譲ってもらおうと思っていたのでしょう？」

　やはりこの女、只者じゃないと思った。

　根負け。カーキッドはガックリと頭を落とした。

「……チッ。面倒くせぇ」

「決まりです。西へ」

「……はぁ。ったくよぉ」

「うふふ。では食事に参りましょう」

完全にしてやられた。一本取られた。だがカーキッドはさほど悔しくない自分に気づく。

――あの男、ランドルフと言ったか……もう一度あの男と剣をまみえられるか……。

それは、この後の手間も石の真偽も押しやるほど、カーキッドの心を少し疼かせた。

楽しみだ。しかしそれを口にする事はしない。オヴェリアに負けたと認める事になるから。


そんな二人の部屋の外にじっと立つ者がいた。

男は目を閉じたまま壁にもたれて息を吐く。

「碧の焔石」

これは――。

「いかなる神の所業か」

開く、その双眸。

普段から笑っているように見えるその垂れ目勝ちの瞳が、一層ニッコリと微笑む。

そのまま彼は身にまとう神父のローブを翻すと、階下へ消えて行った。

姿が見えなくなる直前に、彼が呟いた言葉は。

「……白薔薇の騎士」

第四章
魔窟の争

手に残るあの時の感触。

されどそれをこの男だけには知られたくない。

カーキッド・J・ソウル。ただ一人、この男だけには——。


暗い。

足場、岩肌、かろうじて松明《たいまつ》が照らす範囲はわかるが、光が及ばぬ闇がある。

洞窟。向かわなければならないのは、その闇の先。

オヴェリアは唾を飲み込んだ。息が荒くなるのは自然な事かもしれない。

小さな水音と足場のぬめる感じは、一々反応をしても仕方がないほど。しかしそのたびにカーキッドは振り返り、ニヤリと笑う。

「怖いか?」

何度目かの問いにいよいよオヴェリアはムッとした。

「怖くありません」

「じゃぁ先に行け。俺は後についていってやるから」

「……」

意地悪である。

この闇の中、男の背中を追うだけでもやっとなのに、一人で先へ行けなどと。

それにムッとした顔を見せると、カーキッドは一層笑いながら言う。

「行くぞ、グズグズすんな」

足早に歩き出すその背中から逸れぬように、懸命に追いかけて行く。

そもそもなぜ二人がこのような場所を歩く事になってしまったのかと言えば。

「橋が壊れてるだぁ?」

前日に立ち寄った村で告げられた事実。

「その橋渡ればすぐの所なんだろ?　レイザランは」

ラーグ公爵が治めるその地。

「先月の大雨で崩れてしまいまして。今月に入ってようやく復旧作業が始まったばかりなんですよ」

「開通までには?　俺達は急いでるんだ」

「開通までには……二、三週間は掛かると思いますが」

そんなに待ってられるかと悪態をついたカーキッドに、困った村人が教えたのがこの洞窟だった。

川をまたぐ山を掘り抜いて作った道で、橋がなかった頃によく使われていたのだと村人は言った。

松明を用意し、いざ二人で乗り込んでみたが、当たり前の事ながら中は一切の光入らぬ闇の世界。昔は使われていたというだけあって道こそあるが、こんな閉ざされた闇の中をオヴェリアは歩いた事がない。

城にいた頃は夜であっても常時かがり火が焚かれていた。傍には誰かが必ずいたし、まして城の中にも警備の兵士は随所に立っていた。

だがここは本当の闇、そして人もいない世界。それは彼女の足をすくませるには充分であった。

唯一の頼りは、カーキッドが握る松明の小さな炎のみ。これがもし消えたらと思うと、またオヴェリアの足はひるんでしまう。

カーキッドも少なからず嫌気がさしているようで、さっさと出てぇと何度もぼやいていた。

「行程はどれくらいだっつってたか」

「一、二時間はかかると」

「……長げぇなぁ。橋だったらものの数秒だろうが」

さすがに数秒って事はなかろうが、カーキッドは深くため息を吐いた。

ピチャン、と、どこかで水が滴る音がした。

二人が黙れば沈黙が落ちる。それはあまりにも痛かった。

暗闇に加えての沈黙には耐え切れず、「あの、」とオヴェリアは口を開いた。

「カーキッドは、ハーランドに来る前はどこに？」

「あん？」

「その……どこかに仕えていたとか？」

一瞬だけカーキッドは彼女を振り返り呟く。

「傭兵。あちこち渡り歩いてた」

何となくその言い方に、オヴェリアは壁のような物を感じた。

——触れてはいけない事だった？

そう感じたオヴェリアは質問を変える。

「それでは……どこで剣を覚えて？」

沈黙が怖くて口を開くという事もあったが、オヴェリアの中で彼の存在が少しずつ変わり始めているのも事実。自分の事を同等か、見下すように扱ってくるこの男。彼女は生まれてこの方誰一人としてこんなふうに扱われた事がない。

　しかし、ぶっきらぼうな態度の中に気遣いを感じる事もある。それは言うなれば優しさ。

　この人の事をもう少し知りたいとオヴェリアは思った。それはこれから先も旅を続けるからというだけじゃない、もっと純粋な好奇心。

「剣か……」

　カーキッドは前を向いている。オヴェリアからは表情は見えない。

「……そうだな。息を吸うようには、いかなかったな」

「……？」

　それだけ言って彼は小さく笑った。

「むしろ、お前は？」

「え？」

「お前の師は武大臣殿らしいな」

　それにオヴェリアは闇の中目を丸くした。

「誰に聞いたのですか」

「ご本人さ」

　出立前、カーキッドはもう一度グレンに会いに行っている。その折に聞かされた。幼少より彼女に剣を仕込んだ事。最初は拒絶したが、姫がどうしてもそれを熱望した事。そして最後には、グレン自身がそれを望んでしまった事。オヴェリアの素質はそれほど素晴らしい物だったとグレンは言った。

　だが彼はカーキッドにこうも言った。

『姫に剣を持たせた、それは罪』

　ここまでの剣士へと仕上げたのは、わが人生最大の罪だと。

『いずれその大罪を償わねばならぬ日が来る』

　この身この命、生涯、すべてでもってして。

　あんたの罪がこのお嬢さんに剣を教えた事だというのなら……カーキッドは思う。

　――俺はこれから、どんな罪を背負わなきゃならないっていうんだろうな。

「グレンに会ったのですか？」

「ああ」

　オヴェリアは少し目を伏せた。

「何か、言っていましたか？」

「姫を重々よろしくだと」

「あなたは……グレンに頼まれて私と共に？」

あ、とカーキッドは思った。ちと口が滑ったか。

「そうでしたか……」

オヴェリアの声が少し沈む。カーキッドは振り返らずに言った。

「誤解すんな。確かにグレン公には頼まれた。竜退治に行くお前の供をせよと」

その身を盾にしてでも守れと言われたなどとは、口が裂けても言わない。

「だがな、俺は人に命令されて動くのは大嫌いなのさ」

「……？」

「黒竜討伐。美味しすぎるだろうが」

そんな稀有《けう》な事。

「俺自身が剣を交えたいと思った。竜だぞ？　剣士として戦いたいと思うのは当然の摂理。てめぇのお守なんぞ知るか」

「……」

「お前は国のため使命を持ってこの旅に挑んでるんだろうがな。俺は正直、国も世界もどうでもいいのさ。ただ俺自身がどれだけ命を燃やせるか」

胸を滾《たぎ》らせ剣を振るえるか。強いものと戦いたい、ただその一心。

己の腕がこの世界でどこまで通用するのか。限界を超えたその向こうまで——万が一その過程で命を落とそうとも、それはそれで本望。

「竜と戦いたい。……それだけさ」

かつて数多くいた竜の中でも最も獰猛で残忍と謳われた、黒い竜ならば本望。

——面白ぇじゃないか。なぁ？

「お姫様は城に戻っても結構だぜ？」

その言われようにオヴェリアは少しムッとしたが、続けて問う。

「あなたは、なぜ強さを求め続けるのですか？」

「？」

剣において、戦いにおいて、何のためにと問うのは滑稽だとはわかっていた。それは自分自身もそうだったのだから。誰にも勝る力を手に入れなければ守れないと思ったから。

前を行くカーキッドの背中。それは広く大きくて、とても堂々としたもの。

彼はその瞳にこれまで何を映してきたのだろう？　とオヴェリアは思う。

——この人は、似ているのかもしれない。

どこか、自分と。

そしてどこか、……自分が愛してきた者たちと。


どれだけ歩いたか。昼前に入ったはずだが、光のないここでは時間の感覚は曖昧だ。

分岐を間違えたか？　行けども行けども光は見えてこない。

村でもらった地図を見る。この山はかつて炭鉱でもあったらしい。その名残か、単なる通路というには入り組んでいた。

橋がなかった頃はもっとわかりやすく案内もされていただろうが、今は放置されて久しい状態。

「少し休むか」

一刻も早く出たいが歩き通しである。明らかに疲れた様子のオヴェリアにカーキッドはそれとなく言った。

「腹も減ったしな」

丁度水場に出た。大きくはないが川が流れ、橋が渡してあった。

「こんな事なら、いっそ泳いで渡ればよかったな」

「それは村人に止められたでしょう？　深いし流れが急だからやめておいた方がいいと」

「俺一人ならなんとでも？」

ニヤリと笑うと、オヴェリアは少し傷ついたような顔をした。

気に留めずカーキッドはカバンから食料を取り出す。固形燃料に火をつけ、薄く切ったハムを炙った。それをパンに載せてやり、その上にチーズ。洞窟に入る前に摘んでおいた野生の薬草をよく洗って乗せてやる。この薬草は疲労回復の薬草としても利用されており、粉末にされた物を市場でもよく見かける。

燃料に火をつけたついでにスープも作る。粉末の出汁にコーンと豆を入れて、村でもらったたまねぎも半分ばらし放り込み煮込む。すぐに辺りにいい匂いが立ち込めた。

「ん、いける」

ついでにリンゴも剥いてやる。

そんなカーキッドの様子を、オヴェリアはただじっと見ていた。

「カーキッドは……」

「あん？」

「剣士になる前は、何だったのですか？」

「は？」

また、よくわからない質問だ。

「じゃぁ、もし剣士じゃなかったら？　他の仕事を選んだとしたら？」

「……何じゃそりゃ」

カーキッドは呆れた。

「剣士になる、それ以外に考えた事なかったよ」

「料理人、とかは？」

「は？　俺が？？？」

カーキッドは腹を抱えて笑い始めた。

「俺が料理人か⁉」

「だって、慣れてるもの」

「料理が、か？」

「ええ」

「これは放浪生活が長いから、それで身についたってだけだ」

「それに、おいしいもの」

そうかいそうかいと、カーキッドはパンを渡した。

「食え」

「……」

「うまいか。そりゃよかった」

「……何も言ってません」

「じゃぁまずいか」

「……」

「だろう？」

それにしても、俺が料理人ねぇ？　カーキッドは笑った。

料理なんぞと考えた事もない。ただ空腹をしのぐためだけに身につけた事だったのに。

――うまい、か……。

初めて人に食わせた。それがこの姫だった事を、カーキッドは後々になってよかった、と思う事になる。


「さて、行くぞ」

「……」

「満腹になったからって、寝るなよ」

オヴェリアが欠伸をしたので一応釘を刺しておく。

彼女は心外そうに「寝ません」と言い切った。

「さっさと抜けよう、こんな穴ぐら」

言いながら、彼はチラとオヴェリアの背後に視線を流した。

そこにあるのは黒。灯りはない。

だが、何か感じる。気配。言うなれば……視線。

「放置されてから獣や蟲が住むようになったと、村人どもが言ってたよな？」

「蟲……ですか？」

オヴェリアが、何かを思い出したかのように表情を強張らせた。

「まぁ大丈夫だろう。とっとと行くぞ」

「はい」

二人は歩き出した。

そ知らぬ顔で前へ進む彼の隣に、オヴェリアはサッと寄り添い、ヒソリと小声で囁く。

「カーキッド」

「ん」

「先ほどから、何か」

「……」

お？　とカーキッドは目を見開いた。

「ああ。何か後ろにいる」

「……！」

「態度に出すなよ」

つけられている。オヴェリアもその気配を感じた。

カーキッドは我知らず口元を歪めていた。これは獣ではない。端的に言えば、人だ。

手に取るようにわかる、背後の気配。それに強張るオヴェリアの顔。これも実にわかりやすい。

カーキッドはすべてを悟りつつ、のんびり構えて前に進んでいく。

「っと、この交差路は」

地図を頼りにしようにも、もう大体の見当でしかわからない。だが川は越えた。後は出口を探すのみ。

「左――」と言いかけて、カーキッドの気配がガラリと変わった。

「カー……」

言いかけたオヴェリアの口を乱暴にふさぐ。驚いた彼女の目に、目で物を語り、その肩をドンと軽く後ろへ押した。

壁に打つなよと思いながら剣を抜く。カンカンカンと、刀身に何かが当たる。

針だ。太く長い、暗殺で使われる物。

「へへへ」

ギラリ抜き放ちながら、松明を地面に置く。

「暗闇では、明るい服を着ましょうって、センセェに習わなかったか？」

黒装束の軍団。いわばこれは、刺客。

「カーキッド!!」

「飛び道具に気をつけろ!!」

闇の中へ突っ込んでいく彼に、彼女もまた慌てて剣を抜き放った。背中にゾクリとした物が走る。

――まさか、挟み撃ち？

一方、カーキッドが横に薙いだ剣を、黒装束はスルリとかわす。

そのまま振り切ったら岩を叩く事になる。カーキッドは間髪、切っ先を反転させて突いた。刺客は一歩奥へと飛び退って逃げた。奥にあるのは闇だ。

そして別の闇の中から、両手で繰り出される短剣がカーキッドに襲い掛かった。どうにか愛刀でやり過ごすが、この男にしては珍しくその顔が苦く歪んだ。

苦戦しているのである。

襲撃者にとは言いたくはない。これは闇のせいだ。白昼、そしてこんな狭い所でなければ後れを取る事など絶対にない。だがそれが単なる言い訳だとは、カーキッド自身がよくわかっている。密閉空間は長剣にとって不利な場所。刺客ならばそこを狙ってくるのは必定。

高く振りかざすには上が足りない。かと言って、横に薙ぐには立ち位置が関係してくる。相手の数もわからぬ。無論意図も。

でもわかっている事は。

――あいつがいる。

先日の夜襲の際、最後に消えたあの黒装束の者。あれがリーダーだ。恐らく今日も必ずここに。

迫り来る短刀を、カーキッドは剣を盾にして防ぐ。

そこへ横から別の刺客が姿を現す。ギリギリ鞘を引き立て流すと、そのまま横に蹴りを入れる。脚は宙を裂いた。そこに生まれた隙を刺客は打ちかけてくる。

「甘ぇ!!」

だがカーキッドは、壁に手をつけ、反動を利用して回し蹴りを見舞う。

一人の首はもらった。完璧な感触だった。

だがその間に、スルリとカーキッドの脇を抜け、黒い影が彼の背後へ回った。

カーキッドは咄嗟振り返った。

――マズイ。

「オヴェリアァッッ!!」

顔を隠せ、正体を悟られるな、本名は使うなと散々言っているカーキッドから、こぼれた音は警告音。

カーキッドの背後でまだ事の成り行きに戸惑いを見せていた彼女は、闇から現れたその黒い影に一瞬ひるんだ。

だが右から左からと突き出された剣に、体が勝手に反応をする。風のごとき手さばきで何とか受け流す。

だがそれは単純に剣だけ。刺客の体勢までは崩れてはいない。刺客は弾かれた剣を持ち替え、再び彼女に飛ぶようにして襲い掛かる。

何、この剣は、とオヴェリアは思った。

これまで彼女が扱ってきたのは騎士道、そしてその剣技。対長剣用の正当な打ち合い、それに対応する技。

だが今打ちかけてくるこの技は、打って返す剣の技にあらず。

これは殺すための技だ。

それは剣技という意味では同じなれど、もっと端的に相手の命を仕留《しと》めるために昇華された技。

オヴェリアは生涯で初めて、自分に向けられた単純なまでの殺意を感じた。

この黒装束の者は、今、間違いなく自分を殺そうとしている。それを実感した直後、ブンッと下段から剣が突き上げられた。

ギリギリでかわす。そこへ真正面からオヴェリアの双眸目掛けて短刀が突きつけられる。

「あ」

瞳と切っ先は一直線に結ばれる。

だが今この瞬間オヴェリアが剣を振れば、彼女の速力ならば相手の腹はがら空きのため、確実に捉える事ができた。

けれども彼女は愕然と見ていた。切っ先の向こう側にある死を。

「ぼさっと……」

だが、それを背中から叩き斬ったのはカーキッドだった。

「すんなッッ!!」

斬った、だが刺客は倒れない。身を回転させカーキッドに刃を向ける。

それを受け止めたものの、彼が相手にしているのはその者一人ではない。闇からウヨウヨと、次から次に刺客は彼目掛け襲い掛かる。

いや正確には違う。オヴェリアへ向かおうとする者を、彼はただ一人で打ち止めていたのである。

「オヴェリアッッ!!」

ガッと刺客の一人を頭上から叩き割る。血が吹いた。

「しっかりしろッ!!」

オヴェリアは小さく呻く。

戦わねば、剣を振るわねば、カーキッドが危険にさらされる。今やらなければならない事は一つ。その間にもカーキッドの剣を潜り抜けた刺客が、彼女の元へと走る。

「剣を握れ、オヴェリアッ!!!」

カーキッドは叫ぶ。彼女は剣を構える。

だがその瞳は揺れていた。

振るった剣と短刀が、打ち合い火花を散らす。

オヴェリアの足場が揺れる。それでも何とか崩れずこらえたその足元を、刺客が払うように蹴りつけた。呻きながらよろめくが、剣を返して下から一閃させる。

両手で剣を握り、もう一太刀振るおうとしたその刹那。

「あ」

剣が壁に当たる。腕に衝撃が走り思わず手を放した。瞬間、白薔薇の剣が宙を舞った。

その好機を刺客が逃すわけがない。頭上に振り下ろされる短刀を、オヴェリアは咄嗟に腰のもう一本の剣で受け止める。

それは先日の町で手に入れた短刀。ルビーをあしらった装飾品のような美しい剣だ。彼女はあれ以来、白薔薇の剣と共にこのルビーの剣も帯刀していた。カーキッドには「荷物を増やしてどうすんだ」と小馬鹿にされたが。

ギリと歯を食いしばり耐える。押される剣を力の限り受け止める。

切っ先が彼女の目の前にある。耐えなければ、こらえなければ、ここで死ぬ。

死ぬのだ。

――母上。

頭を過るは、母の最期。

だから、……だから、剣を鍛えたのではないか。

食われそうになったから――闇に。

速さではオヴェリアの剣は一流。誰にも負けなかった。

けれどもその腕力は別。彼女は女なのである。力勝負は分が悪い。

カーキッドはその様子を確認し、慌てて目の前の刺客を斬った。

オヴェリアは押され、壁際まで追い詰められている。白薔薇の剣は床に転がっている。

「退《ど》けェッェェェ!!」

カーキッドは剣を振り回し吠えた。

らしからぬ、形振り構わぬ剣技。ひるんだ黒装束たちが一歩退いたのを確認するまでもなく、オヴェリアを襲うその刺客を上から両断しようと剣を滑らせた時。

ズダン――。

一陣の風。

一瞬何が起きたのかカーキッドにもわからなかった。

ただ次の瞬間わかった事は、オヴェリアを襲っていた黒装束の首から、棒が生えていた事。

矢だ。

「松明を!!」

目の前でたった今まで自分を殺そうとしていた者が崩れていく。わけもわからぬままオヴェリアが声のした方を振り向くと、人が走り来る所だった。

その姿、神父の平服キャソック。

彼はカーキッドが転がしておいた松明を引っ掴むと、持っていた棒に火を移し、そのまま闇に向かって放り投げた。

炎があれば光となる。光があれば闇は散る。闇がなければ黒の装束とて如実に姿を現す事となる。

神父は木々に炎を灯し辺りに撒き散らした。

見渡せるような空間ができる。闇の中だった戦場が、いつしか光の中へと姿を変える。

目で確実に相手の動きがわかる空間となれば、カーキッドの剣は早い。ザクリと続けて二人まとめて斬る。

「オヴェリア!!」

そう言ってカーキッドは、白薔薇の剣を持ち主の元へと蹴飛ばした。

彼女は息を荒げながらそれを拾い、剣を構える。

目を閉じる。

彼女の剣は早い。

刺客が剣を繰り出すその四歩手前で、もうその手首は宙へと飛んでいる。そして自分の手首がもがれた事を知る間もなく、背後からカーキッドに一突きにされた。

「お前ら……」

背中を踏み込み剣を引き抜き、カーキッドはゆったりと振り返った。そこに居並ぶもの達は一様にジリと足元を鳴らした。

「生きてここから、出られると思うなよ」

なぜ彼が「オヴェリア」とその名を何度もはばからず呼び続けたのか。それは、生きてここから出すつもりがないから。

目で捉えられる姿は、七。

剣をカーキッドは一瞬後ろへ引き、そこから一気に走り駆ける。視野が確実ならば、ふり幅の調節もできる。

狙いは一番奥にいる者。すべてを飛び越し、その肩に斬りつける。

その最中、手から針が落ちたのは見逃さない。そのまま返す刀で胴体を一薙ぎにする。

「そっちに行くぞ!!」

残してきたオヴェリア向かってに叫ぶ。飛び越してきた黒装束たちが、カーキッドとオヴェリアの二手に分かれる。

　オヴェリアの方には神父もいる。彼女は神父の前に出ると剣を構え、一気に白薔薇の剣を突き立てる。

　足場が滑ったのが幸い、ザッと浅く二人の膝を切る。だが向こうの動きは緩まない。飛ぶように頭上から襲い掛かってくるそれを、構えた剣で一刀。風速を伴い腰を真っ二つに切り裂く。

　吹き荒れる血飛沫に目を閉じながら、感覚だけで死角から襲い来るもう一人の喉を切り裂いた。

　後は黙っていようともカーキッドが斬る。

　総計一二の屍が転がる。


「危ない所でしたね」

　息を切らすオヴェリアと、まだ剣気を消さないカーキッド。二人を前にして神父はほっとした様子でそう言った。

「あれは一体何者……」

　戸惑うように彼が言ったその刹那、カーキッドは鋭いままの双眸を神父へと投げた。

「てめぇは何者だ」

　スッと剣先を神父に向ける。それに彼は驚いた様子で、大げさなくらい目を見開いた。

「私は旅の神父」

「ずっと、つけてたな」

「……カーキッド？」

「そうだ。俺達をつけてたのはこいつだ」

　そう言って彼は双眸の殺気を強めた。オヴェリアを庇うように立つと、今にも飛びかからんがごとく剣に力を込めた。

「もう一度聞く。何者だ？　こいつらの仲間か？」

「……はは、ご冗談を」

　すると彼は薄く笑った。

「黙って後をつけたのは失礼をいたしました。だがこれだけは絶対、その黒い面々と私は一切関わりありません」

「どうだか」

「……実を申せば私もこの先に用事がありまして。だが道はこの洞窟しかないと聞き困っていた所。一人で洞窟に潜る勇気もありませんので。閉所と暗闇はどうも苦手です。そんな時、洞窟へ向かうあなた方をお見かけし、便乗してそっと抜けようと思った次第。声を掛ければよかったのだが、あまりにお二人が仲睦《なかむつ》まじい様子だったので、邪魔になるかと思ってついつい」

「誰が、仲睦まじいだって?」

いよいよ本気で斬りそうになるカーキッドを、オヴェリアが止める。

「神父様。何はともあれ助かりました。ありがとうございました」

「いやいや、私は何もしておりませんよ」

言いながら笑う。元々笑ったような目が、一層曲線を描いた。

神父はそのまま、自分の弓によって倒れた屍に寄り、矢をグイと引き抜いた。

「あー、ダメか。これはもう使えないな」

「お前、前に会ったな」

オヴェリアは態度を和らげたが、カーキッドの殺気はまだ消えない。

「はて? そうでしたか?」

「三日前、町の宿だ」

焔石の一件があったあの町。酔い潰れたオヴェリアを抱えて部屋に戻ろうとした時、声を掛けてきた旅の神父。あの時の笑顔は、カーキッドの脳裏にしっかりと焼きついている。

「あれからずっと、つけてきやがったのか?」

カーキッドの問いに、神父は目尻を細めて返した。

「あなた方が行く道と私が行く道が同じだった、それだけの事」

「……」

「改めてお願いしたい。この洞窟を抜けるまで、ご一緒させてはいただけませんか?」

オヴェリアはカーキッドを見上げた。彼はまだ神父を睨みつけている。

「カーキッド」

オヴェリアは小さく呟き、頷いた。

「一緒に参りましょう。この闇の中で一人は、さぞかし心細い思いをされた事でしょう」

「ありがたい」

「……おかしな真似をしたら、即、叩き斬る」

カーキッドの言葉に神父は本音を漏らし苦笑した。

「恐ろしや。まるで狂犬のようだ」


それからしばらくして。三人は無事に洞窟を抜け出す事ができた。

「ああ、太陽はいい」

出るなり神父は背伸びをし、うーんと唸った。

「助かりました。ありがとうございました」

洞窟の向こうに広がっていたのは草原。脇には川が流れている。

カーキッドは出るなりすぐさま、川へ向かった。血を流したかった。オヴェリアも同様に返り血を浴びてひどい様だった。

「それでは私はここで。またどこかで会える事を祈って」

そう言って笑顔で立ち去ろうとする彼にオヴェリアは尋ねる。

「神父様、お名前は？」

神父は驚いた様子で彼女を見つめ返したが、すぐにふんわりと笑って答えた。

「デュラン・フランシスと申します」

「デュラン様」

「それでは。オヴェリア様、カーキッド殿」

カーキッドがハッとする間もなく、デュランと名乗った若い神父は足早に駆けて行った。その背中には矢束が背負われていた。

「弓持ちし、神父……次会ったら斬る」

「……カーキッド」

オヴェリアは嘆息を吐いた。

「助けてもらったのは事実です」

助けてもらった？　確かに……カーキッドの脳裏には一瞬苦い思いが過る。

——平和ボケしてたかもしれん。

こういう場所の危険性は充分わかっていたはず。心にあった油断。それはカーキッド自身が感じていた。

——だが、あいつは、わざと……。

デュラン・フランシス。彼はわざと気配を隠さなかった。自分の存在を気づかせたかったがごとく。

黒装束の刺客と、現れた神父。

「食えねぇ」

「?」

「……いや、いい」

何かある。

第一にあの黒装束は一体何者で、何を狙っているのか。

「……オヴェリア、顔洗え。そのままじゃ町があっても入れん」

「あ、はい……」

「いっそ脱げ。川に飛び込め。そうすれば気持ちいいぞ」

「イヤです。何のために迂回路を使ったというのですか」

彼女が浮かべる苦笑に、カーキッドの中に渦巻いた殺気も少し薄らぐ。

むろんそれは我知らず。

第五章
鈴打ち鳴りて、閉眼の錠

「姫」

　黙して語らぬ彼女の前に、男は懐より包みを差し出す。

　白き布を広げれば、そこには石があった。

　光によっては緑にも見える、碧《あお》の石。ようやく彼女はその双眸を男へと向けた。

「ランドルフ」

「お探しの物でございます。すぐに知らせを立てましょう」

　姫と呼ばれた女性の瞳から涙が零れ落ちた。光るその雫は、男にとっては宝石に見えた。

　それは胸を揺さぶる至宝の欠片。そして落ちてはならぬ悲しみの光。

　……震えた胸に、腕が戦慄《わなな》く。

　されどこの手は伸ばせない。抱きしめたくとも、彼にできるのは微笑むのみ。

「さぁ、姫」

　名を呼ばれる。笑顔が映る。

　側に仕える事、果てしなくそれが。

　胸を転がす鈴となる。


「ふぅー、着いた着いた」

　町の入り口が見えるなり、カーキッドは荷物を降ろしグルグルと肩を回した。

　洞窟を出て一路さらに西へ。日があるうちにどうにか二人はレイザランの町にたどり着く事ができた。

　夕焼けに染まる町並みは高い建物も多く人も多い。

「さぁ飯だ」

「あの、カーキッド」

　意気揚々町へ乗り込んでいくカーキッドに、オヴェリアは少し言いにくそうに小声で囁いた。

「何だ？」

　立ち止まる二人の横を荷馬車が通り過ぎていく。人の話し声と笑い声に、オヴェリアはさらにもじもじと身を縮こませた。

「あんだよ」

「……」

「は？　聞こえねぇ」

「……………」

お風呂。

「は？」

「…………」

大仰に顔を歪める彼に、一層オヴェリアは赤くなった。

洞窟での争いで、オヴェリアも血を浴びた。多少は川で洗い流したものの、衣服も汚れている。まして川で髪は洗えない。

「私……」

対し、カーキッドは平然と頭から水に浸かっていた。そしてもうすっかり乾いている。気楽なものである。

汚れた姿で人の中に入る事、まして自分は血まみれじゃないかという事。

そしてもう一つは、血の匂い。

「面倒くせぇ奴だなぁ」

「……」

本当はこんな姿で町にすら入りたくない。人の目にも触れたくない。

「顔は隠せよ」

言われなくても、今日のオヴェリアはいつも以上に顔を隠しきっている。逆に隠しすぎて、足取りも怪しい。

それを見て嘆息を吐き、カーキッドは荷を背負った。

「すまんが、宿を探してる」

道行く商人を捕まえて開口一番そう尋ねた。その様子にオヴェリアはまたもじもじとマントを引き上げた。


「高ぇ宿だ」

部屋に入るなり、カーキッドはため息を吐きオヴェリアは荷物を降ろした。

ちなみに部屋はまたしても一つ。二人同じ部屋である。これにまたオヴェリアは顔を赤くして反論しかけたが、「二部屋も取る金はねぇ」と、カーキッドは財布の中身を理由に一部屋を断行した。

だが本当の理由はそれとは別にもう一つ、あの刺客の事があったからである。

彼らが何の目的で自分達を襲ってくるのかはわからない。だが、確実な狙い打ちだ。

森での一件は人違いの可能性もあった。だが今度は違う、待ち伏せたかのように彼らは襲ってきた。しかもカーキッドは彼女の名を呼んだ。その名を聞いても動きを変えなかったという事から、導き出されるのは。

――オヴェリア狙いか？　はたまた、俺狙いか。

どの道、そうであるならば油断ができない。

カーキッドは内心深く考え込んでいたが、そんな様子は一切顔に出さず眠そうに欠伸をして見せた。

「ん？　どうしたお姫様」

「……」

そしてそんな傍らでオヴェリアは、荷物を降ろした状態で時間が止まったかのように立ちすくんでいた。

「どうした？　風呂に入りたかったんだろう？　せっかく風呂付の部屋を取ってやったんだ。さっさと入れ」

「……カーキッド」

「あん？」

「……」

「何だよ」

「…………覗かないでくださいね」

その言葉に一瞬カーキッドは固まったが、間髪「ぶっ」と失笑した。

「馬鹿かお前は。誰が覗くか」

「……」

「さっさと入れ。阿呆」

「……」

オヴェリアは少し口を尖らせ、すぐさま浴室へと消えて行った。

「覗くか、阿呆」

言いながらも、どこかわざとらしく浴室からは目をそらし、カーキッドは懐から煙草を取り出す。

部屋に浴室があるような宿は稀である。小さい村や町ではよくて大浴場を抱えるくらい。宿によっては町村経営の大衆浴場を案内される事も多い。

それは一般家庭も同じ。最近では家ごとに浴室を取り入れる事も多くはなってきたが、貧しい所では風呂場のない家もまだ多い。浴場へ向かうか、たらいで簡単に済ませるか。普及したとは言え、風呂場はまだ贅沢品の一つとされていた。

旅を始めて彼女は、初めてその事を知った。お城には当然風呂もあり、王族専用のそれは大浴場以上の広さと絢爛で完備されていた。

むろんそれは一人で入るには広すぎる。体を洗ってくれる専門の者、拭いてくれる者、衣服を着せてくれる者……身の回りのすべて何から何まで、城にいた頃は仕える侍女たちが行ってくれていた。

それが普通ではあったが、普通ではないという事も承知していた。

グレンの屋敷に出かけた時の事。剣の修行をすれば汗もかく。泥にもまみれる。浴室を貸してもらった時、最初はその小ささにオヴェリアは驚いた。一般家庭ではなく武大臣の屋敷でさえだ。

ましてここでは体を磨いてくれる者もいない。

グレンには妻がいなかった。屋敷仕えの者が数人いたが、男と老婆。老婆はオヴェリアの世話をかって出たが、結局、ただ一度切りで彼女はそれを断った。

知ったからである。これは自分でやる事なのだと。城での自分の環境こそが特異で、自分が何も知らないカゴの中の鳥であるという事を。

もっと色々な事を知りたい、外の事が知りたい、世界を知りたい……その頃から彼女は薄々とそう思っていた。

――でもまさかこんなふうに旅をする事になるなんて。

ザッと湯を浴びながら彼女は少し笑った。

そしてこの手で人を殺める日が来るなんて。

まとめた髪を解くと、金糸はするすると背中へ流れる。

だが同時にその瞬間、一瞬香った血の匂い。すぐに湯が洗い流してくれたけれども。

血。

鼻には臭いがこびりついている。

オヴェリアは目を閉じた。眉間には自然と深い深いしわが寄った。

手に残る感触。剣の重み、そして切り裂く感触――肉を、命を。

だがそれはわかりきっていた事。剣技を磨いてきた、その理由は何？　武術大会で優勝するためだけじゃない。

剣の腕、その最終形態は、いかに秀でて人を殺せるようになるか。

『剣は殺生の道具』

『されどそれのみにあらず。人を、物を壊す域でとどめるは、本当の剣技にあらず』

　オヴェリアは額に手を当てた。わかっていたはずだ、人を壊すとは殺す事だと。

『力は人を虐げるために持つ物ではない。自分ではない誰かを生かすために振るう物。誰かを守るそのために力を振るう、その術を学びなさい、オヴェリア姫』

　オヴェリアは頭から湯をかぶり小さく呻いた。

「グレン……」

　わかっていた。わかっていた事なれど。

……少し重ぃ。

　初めて人を斬ったその時から、彼女が内に抱えていた問題。

　辛い、苦しい。自分が行った事に対する懺悔、悔恨、憎悪、重圧。

　されど……斬らねばならなかった。ずっとその葛藤が胸に渦巻いていた。

　でもそれを、カーキッドには知られたくなかった。これは自分の問題だから。自分の心の問題だから。自分の心は、自分で何とかするしかないのだから。

「母上……」

　母さまは……越えられましたか？　虚空に向かって問いかける。

「母さまは、初めて人を斬った時」

　その重みに耐えられましたか？


「……遅ぇ」

　覗くなと言われた。でもいい加減遅すぎる。

「腹が減っただろうが、あの馬鹿」

　暇を潰して剣を磨いていたが、すでに彼の剣は一点の曇りもなく光り輝いている。ついでにオヴェリアのルビーの剣まで磨いたほどだった。

　白薔薇の剣には手を出してはいない。あの剣はオヴェリアにしか持てない。彼女には自分自身で磨くように言い聞かせている。

「それにしたって、遅ぇ」

苛々とカーキッドはいよいよ痺れを切らして浴室の前まで行った。

「おい、オヴェリア！」

返事は返ってこない。

「オヴェリアッ！　カイン・ウォルツ！」

ここでその名を言った所でどうしようもないが、カーキッドはその両方の名を呼び続けた。

だがやはり返事はない。浴室は静まり返っている。

「まさか!?」

不意に嫌な予感が脳裏をかすめ、カーキッドは浴室の戸を開け放った。

途端、湯気が大量に彼に襲い掛かる。最後のベール、その中にいる至宝を守るかのように。

オヴェリアはいた。浴槽に浸かり、目を閉じたままの姫君。

「おい、オヴェリア」

「……」

「……寝てやがる」

いいや、カーキッド。それほど近くで名を呼べば、いきなり寒気が身を襲えば結末はあきらか。風呂場の眠りなど浅いもの、さすがの彼女とて……。

「……ん」

目を覚ます。

茶褐色の瞳と青い瞳が重なる。

「あ、」

「お、」

我に返れば当然ながら、浴室に彼女の絶叫が木霊する。


「信じられない」

はちきれそうなほどのソーセージにフォークを突きたて、オヴェリアはソーセージに負けないくらい頬を膨らませた。

「あれほど覗くなと言ったのに」

「馬鹿野郎、人聞きが悪いぞ」

そう言って口を尖らせるカーキッドの頬には、赤く平手の跡がある。

「呼んでもてめぇが返事をしないからだ」

「……」

「覗かれたくなかったら、風呂場で寝るんじゃねぇ」

顔をしかめ明後日の方向を見つつ、麦酒をグイと飲んだ瞬間。

「あなた、風呂場を覗いたんですか？」

耳元で囁《ささや》かれ、口に含んだそれを思い切り噴き出した。

狼狽。ここまで彼が顔を赤らめる事は滅多にない。

慌てて振り返ったその先には、

「やあ、お元気そうで何よりです」

「てめぇは」

デュラン・フランシス。

彼がニッコリ笑ってそこに立っていたのである。

「またつけてきやがったか」

「それを言うなら、そちらでございましょ？　私はあなた方より先に行ったのだから」

「何でここにいる」

苛々とカーキッドが尋ねると、彼は微笑み「お仕事で」と言った。

そのまま空いていた椅子に腰掛けると、丁寧にオヴェリアに礼をした。

「またお会いできて光栄です」

「……こちらこそ」

邪気のない笑顔を向けられ、オヴェリアはいささか頬を赤らめた。

「髪を結い上げたお姿も美しいですが……まさに至宝の花のごとし。美しい。あまりの美しさに、わたくし、正視できません」

「……ありがとう」

「しっかり見てるじゃねぇか！　顔隠せ、オヴェリア」

食事中に無茶を言う。

苦笑を浮かべたデュランに向かい、カーキッドはあからさまな剣気を向けた。殺気と言い換えてもいい。

「何者だてめぇ」

「……だから、見ての通り旅の神父ですよ」

カーキッドの牙のこもった瞳をさっと受け流し、神父はテーブルにあった料理を口に運んだ。豚肉でチーズとポテトを包んで焼いた物だ。甘めのソースに少量かかった唐辛子がピリっと舌で弾けて風味が広がる。

「ん、うまい」

「勝手に食ってんじぇねぇ」

「面倒くさいなぁ、この人」

苦笑して見せ、オヴェリアにはウィンクをする。

「ねぇ？」

どう返していいものかわからず、オヴェリアは戸惑うばかりである。とりあえず微笑んではおく。それがまたカーキッドの癇に障った。

「出ろ、ぶった斬ってやる」

「あなたは理由もなしに人を殺めるのか」

「理由なら色々ある」

「当方にはあなたと戦う理由がない。斬られる覚えもない。……おっと失礼。約束の時間だ」

デュランはオヴェリアにニコリと笑って見せた。

「私は三軒先の宿におります。また会える事を願い」

そう言ってオヴェリアの手の甲を取り口付けた。オヴェリアは「それではまた」と笑って見せた。

「待て」

店の外へ出て行くデュランを、カーキッドは追いかけた。

「すぐ戻る」

「だめよ!?」

「わーってるよ！」

殺すな殺すなと鬱陶しい。カーキッドの苛立ちはピークに達し、もはや舌打ちで流すには限界だった。

「待てつってんだろう、デュラン・フランシス！」

店の外に出るなり、カーキッドは声を荒げ叫んだ。

「破戒僧デュラン」

その時通りにはたまたま人がいなかった。デュランは仕方なくといった様子で振り返り、肩をすくめて見せた。

「こんな所でやめてくれないか？　鬼神カーキッド・J・ソウル」

「お前こそ」

「知ってやがったか」

鬼神。その言葉にカーキッドは唇の端を持ち上げた。

「弓を持った神父なんぞ、他に知らねぇ」

「どうだろう？　旅には危険がつきものだからな」

神父だから不殺生など時代遅れも甚だしいよと、何食わぬ顔で言う彼に、カーキッドは少し落ち着きを取り戻し向かい合う。

「てめぇ何でここにいる」

「言っただろう、仕事だって」

「教会か」

「私も使われの身だからね」

「だが、お前が俺達をつけていたのは事実だろう？」

その問いにデュランは一瞬眼光をきらめかせたが、すぐに流した。

「うぬぼれ屋だなぁ……だが確かに、興味がないと言えば嘘になる。しかし私の事をとやかく言う前に、お前こそ、行くべき方向が間違ってるんじゃないのかい？」

「……なんだと」

「君らが目指すはもっと北。違うか？」

「お前」

腰の剣に意識を伸ばす。それを察したか、デュランは不敵に笑った。

「君らは少し、無防備だ」

「……」

「いかに君らの名が……言い換えるならば、白薔薇の騎士オヴェリア・リザ・ハーランドの名が世に知れ渡りつつあるか……それをもう少し考えた方がいい」

「――」

そう言って笑い、「おっと時間時間」と慌てた様子でデュランは駆け出した。

その背中を今度は追いかけず、黙ってじっと見つめ続けた。

「……わーってらぁ」

忌々しげに呟くと、カーキッドは空を見上げてため息を吐き、やがてぐっと目を閉じた。

胸に入る空気に夜風が染み込んでいる。

煙草を吸う気にはなれなかった。


カナリアは嫌いである。

昔はよく眺めたけれども、もう今は好んで見る事はない。

臭ってくるから。そこから死が。

だが神父はそんな感情をおくびにも出さず、垂れた瞳を一層細めた。

「かわいいですね」

そこにいた騎士は不器用に口元を歪めた。

「ここで少々お待ちを」

「かしこまりました」

男が去り部屋に人気《ひとけ》がなくなると、神父、デュラン・フランシスは首を左右にコキと鳴らした。

一つある窓には分厚いカーテンがひかれている。隙間から外を見ると、空は一面黒一色。ガラスには室内の光が反射して、とても星が見える感じではない。

少し息を漏らし、デュランはカーテンを閉めた。そして室内を眺めた。

絢爛である。さすがはレイザランを治めるラーク公の屋敷。

絵画を眺め、花瓶を見つめ、調度品を一望し、デュランはだが興味なさげにまた首を鳴らした。

そうこうするうちに、先ほどの男が再び姿を現した。

「こちらへ」

男に従いデュランは廊下に出た。

扉を閉める間際に、あのカナリアは……と思ったが、わざわざ開けてもう一度見るような真似はしなかった。

男について歩く事数分。

「お入りください」

ここか、とデュランは平服の襟元を正した。

「失礼します」

レイザランの領主ラーク公。

「ようこそお越しを」

だがそこにいたのはラーク公ではなく。一人の女性。

「ラークの妻、テリシャと申します」

「……デュラン・フランシスと申します。この度は教会の使いで参りました」

美しい女性だ。だが目が曇っている。その理由は直に知れるが、勿体ないとデュランは思った。

「わが主カイルは所用で出ておりまして」

ラーク公。代々続く名門公爵家。現当主はカイル・グルドゥア・ラーク。今年で三三となる若き主である。先代当主は妻テリシャの父。カイルは婿養子としてこの家に入った。

「わたくしが名代とさせていただきます」

デュランは頭を垂れ、胸に手を当てた。

「まずは先代公爵の突然のご不幸、誠にお気の毒でございました。心中お察しいたします。若きご当主の才は聞き及びます。教会内でも評は高く」

テリシャは静かに微笑んだ。

「それで、今回の用向きはどのような？」

デュランは背後に意識を向けた。さっきの騎士が戸口でじっと立っている。

「実は、依頼を出したのはわたくしで」

「あなた様が？」

何ゆえに？　デュランは小首を傾げた。

教会。そこはこの国において最大の宗教母体。

「これは内々にお願いしたい事でございまして」

声を潜める姫君に、デュランはニコリと微笑んだ。

「当然ながら。ゆえに、私が参りました」

「……デュラン様と申されましたか」

「秘密はお守り致します。これは必ずです」

「……」

「姫様」

デュランはこれ以上ないほど優しい笑みを浮かべ、テリシャを促す。

「お美しいあなた様を悩ます罪深き事象のすべて、私めがこの身に変えましても解決いたしましょう」

「……」

デュランの微笑みは甘い。この笑みで溶かせぬ者はいないと自負もしている。

「……お助け願えますか、デュラン様」

「当然」

そのために参りましたゆえ。そう言って彼は、姫の手の甲に口付けた。

テリシャが抱えた悩み、それは――。

「半年前からでございます。わが子が目を開けぬのです」

テリシャが呼ぶと、乳母が赤ん坊を抱え現れた。

「それだけではなく、泣きも動きもせず……」

どのように乳母があやしても、赤子は布にくるまれたまま何ら反応を見せない。布に包まれ動かぬその様はまるで人形のようだ。実際肌の色は赤子とは思えないほど真っ白であった。

デュランはそっと鼻元に顔を近づけた。寝息はする。

「眠っていらっしゃるご様子」

「ずーっとでございます」

ずっと、ずっと。

ぼんやりとそう言い、テリシャは乳母から赤ん坊を受け取った。

「わが子、クレイ。いかなる医師に診せても原因はわからず。生まれて直に二年。とうに立って歩いて、話し出しても良いものを……」

なのにこの子は目も開けてくれない。テリシャは赤ん坊の肌に頬をつけた。

「クレイ、クレイ？」

良い子、良い子、目を開けよ。

テリシャの目から、涙が零れ落ちた。

「何ゆえに、このような事が……」

「少しよろしいでしょうか？」

そう言いデュランは手を伸ばした。

「御子をお貸し願えますか？」

「……」

「おうおう、口元が姫様によく似ておいでだ」

大きくなったらさぞや美男になりましょう。そう言って微笑みながらゆったりと腕に抱き、デュランは赤子を見つめた。

生まれて二年……それにしては、まだ生まれて間もないくらいの大きさである。

ゆりかごのように、右へ、左へ、揺らし意識を集中させていると。

「……ん」

不意に、その眉間が寄せられる。

「寝台へ」

赤子を横たえ、改めてデュランはその体に触れる。

「……デュラン殿？」

「……これはこれは」

デュランは呟いた。

「どうやら、私が来て正解だったようだ」

「……？」

「これは呪術……この子は呪いを受けている」

デュランの言葉に、テリシャは口元を押さえた。

「の、呪い……!?」

「ええ」

赤子の胸に手を当てたまま、デュランはすっと双眸を細めた。

「それも随分悪趣味な」

「……デュラン様、その呪いを解く事は？」

問い掛けにデュランは答えなかった。ただじっと目を閉じ、その手に赤子の鼓動を感じ続けていた。唇が僅かに動く。彼が呟く言葉、その音は誰にも聞き取れない。

されど彼は繰り返す。

――ラウナ・サントゥクス、ラウナ・サントゥクス、ミリタリア・タセ、エリトモラディーヌ
それは聖なる言葉。この言語を操れる術者は、今この世にたった一人。

「……む」

「デュラン様」

「……少し、道を開けました。呼吸が楽になるでしょう」

慌てテリシャは赤子を覗き込んだ。確かに先ほどまでとは変わり、肌に薄すらと赤みがさしていた。

「一体これは」

「喉の奥にある気道、呼吸を司る道がございますが」

体を起こしたデュランの頬を汗が流れた。

「徐々にそれが塞がる術がかかっておりました」

「それは、」

「この後二週間もすれば、完全に塞がる所でした」

危なかったですなと彼は笑い、姫君は絶句した。

倒れ掛かる彼女を支えたのは戸口にいた騎士。音もなく寄り添い、その肩を抱いた。

「よい……ランドルフ、大丈夫」

その様にデュランはほんのり目を細めた。

「今一時、呼吸に関わる術は解きましたが。時間の問題でしょう。術はまたかけられる。元を断たねば。赤子の目は永遠に閉じられたまま」

姫の顔に影が落ちた。

「テリシャ様、術者の心当たりは？」

続け彼はそう聞いたが、テリシャは答えなかった。

代わりに騎士が彼に尋ねる。

「貴公に術は解けぬのか」

「赤子の閉眼《へいがん》の錠ですか」

「我らが教会に頼んだのは、並み以上の術者。その呪いはそなたには打ち砕けぬか」

デュランはポリポリと眉を掻き、少し笑った。

「まぁその旨は。当然の事ながら」

「可能なのか」

「私を誰だと思っておいでか？」

「……」

「この術は解ける。私なら容易い。ただ問題はそれだけでは足りぬという事。元凶となる術者をどうにかせねば術はまた繰り返される。ここで私が解けば、術者は更に強力な術をこの赤子に仕掛けて参りましょう。その時この子の体が持つのか。……まぁよいでしょう。ひとまずは解呪の儀をいたしましょう」

「……デュラン様」

胸元から護符を取り出した彼にテリシャは言った。

「姫、」

「……ランドルフ、デュラン様をあそこへ」

「――」

「デュラン様。あなた様に今一つ、見て頂きたいものがございます」

姫を見つめる騎士の目と、泣きもしない赤ん坊。そして目を潤ませる姫君。ただ事ではないと思いつつも、デュランは平然とした様子で「何でございましょうか？」と言った。

導かれるままにデュランはその場所へと至った。

地下。

テリシャはおらぬ。供はランドルフという名の騎士のみ。

それに最初こそ不満げだった彼も直にわかる。テリシャがこなかった理由が。いやむしろ、遠ざけたのは騎士の方かもしれない。

ここは公爵家の地下室だ。上は絢爛豪華、すべての物が一見光り輝いていた。

「何だこの臭いは」

だが地下に立ち込めていたのは腐臭。服の袖でデュランは鼻を隠した。

この臭いはまるで獣の……彼がそう考えたその直後。

「あちらでございます」

騎士が促した方向、暗闇の中にそれはあった。

牢。公爵家の地下に牢がある、それにはさほど興味はわかなかったが、問題はそこにいたもの。

「……れは、」

「デュラン・フランシス様。お尋ねしたい。あなたはあれをどう見るのか」

デュランは呆然と立ち尽くした。その顔から、それまで彼が浮かべていた余裕めいた笑みは完全に消えていた。

彼は頭《かぶり》をふり、「馬鹿な」と呟いた。

「これは……ランドルフ殿と申されたな、これは一体どういう事か!!　これは……」

「デュラン様。これが、わが姫が抱えているもう一つの悩み」

「――」

「これが何なのか、あなたはわかるというのか？」

「これは」

デュランは呆然とそれを見、ランドルフを見、目を閉じる。

蘇る、あの日の記憶。

大嫌いなカナリアが、胸の奥でまた鳴く。


「姫」

「神父様は？」

「仰せの通り、客間に」

「それで？」

「あの神父……一目にて気づきました」

「そう……」

「姫に再度の面会を要望されましたが、姫はもうお休みになられたと伝えおきました。明朝一番の面会を求めております」

「わかりました」

言い、テリシャは瞼を伏せた。

「それで神父様は何と？」

尋ねながら、テリシャは同時に首を横に振った。

「いい。明日直接聞きましょう」

「御意。それでクレイ様は」

「……」

「姫」

「……わかっている。わかっているが……」

「期日は残り二週間。神父が申した日にちとも完全に合致いたします。選択の余地は」

「わかっている……ああ、使いを立てよ。明朝……いや、今すぐに。馬を走らせよ」

「御意」

「……ランドルフ、私の選択は間違っているか？」

「……」

「私の選択は――」

「いいえ姫」

「……」

「何より、クレイ様のお命が大事。他の事は考えてはなりませぬ」

「……」

「クレイ様を救えるのは、姫様のみ」

姫は両手で顔を包んで泣いた。

そして最終的に、ランドルフの胸へと身を寄せたが、ランドルフは眉間にしわを寄せながら目を閉じ、首を振った。

「姫」

そしてその肩を優しく撫でてやる。

そっとそっと。手折ってはならぬ至宝の花を包むがごとく。

「ランドルフ」

どれほど身を寄せても抱いてくれぬ騎士に、姫は少し傷ついた顔をして彼を見上げた。

それにズキリとしたが、ランドルフは優しく微笑んで見せた。

「早急に手配をいたします。姫は手紙を」

「……ええ」

苦い。

部屋を出ながらランドルフは、胸に言いようのない苦く苦しいものを感じた。

その時、気まぐれに見た廊下の隅に、花が活けてあった。

それは薔薇だった。

そこにあるのは赤い薔薇。だが彼の脳裏に浮かんだのは白い薔薇。

「……」

――あれは白薔薇だった。

数日前、石を手に入れた時打ち合った剣士。金の髪と碧眼のあの剣士が持っていた剣……柄にあったのは、

「白薔薇の剣……」

ランドルフの心を過る一つの結論。だが彼はそれをテリシャに伝える事はしなかった。

今、これ以上あの方を悩ませるような事はしたくない。せめて自分にできるのはそれだけ。そう思いランドルフはそっと自分の手を見、握り締めた。

爪が肉に食い込み跡を作ったが構わず。

その手を、呪うがごとく。

オヴェリアとカーキッドが宿に戻ったのは、デュランと別れてから少し後の事であった。

「飲みすぎるなよ」

何度も何度もそう言ったお陰か、今日は自分の力で宿まで戻れたオヴェリアであったが、部屋に戻り、カーキッドが汗を流すために浴室に入り……出た頃にはもう、彼女は寝台に突っ伏すように寝入っていた。

その様は到底、姫様とは思えぬ。

カーキッドは嫌そうな顔と苦笑の中間を行ったり来たり浮かべ、仕方なくきちんと寝台にその身を横たえてやった。

着替えはさせない。そこまでは知らん。受け持てない。

「……ったくよぉ」

呟きながら、彼ももう一つの寝台に足を組んで座る。寝息を立てる姫様を眺めながら、カーキッドは思った。

オヴェリアは酒を、うまいから飲んでいたというよりは無理に飲んでいた。今日はそんなふうに見えた。

少し考え、やがてカーキッドも横になった。

窓から月が見えた。今宵は半月だった。

それを逆さに眺め、目を閉じた。

ラーク公の元へは明日の朝行こうと決めた。突然の面会に会えるかどうかはわからない。なるべくなら、オヴェリアの事はさらさずに進めたいが、多分無理だろう。王女の来訪という理由がなければ会えない。

あの石は何だったのか。そしてなぜ盗んでまで手に入れたのか。

カーキッドは、自分たちが関わる事ではないとも思っている。しかし理屈ではなく、ただ、におうのである。無性にきな臭い、……言うなればそれは嫌な予感。

　眠りに落ちる間際までカーキッドは考えていた。だが彼の場合嫌な予感も、胸を躍らせる一つの欠片。眠りに落ちる彼の口元は、ほんのりと笑みを浮かべていた。

　面倒ならばぶった斬る。単純明快な考えしか彼の中にはなかった。

　そして、異変はカーキッドが浅い夢の中を漂っている最中に起こった。

　まず最初、彼は音によって目覚めた。

　戦場を寝床としてきた彼の眠りは常に浅い。音一つ、気配一つで彼の意識はすぐに覚める。ましてここに至るまでのあの奇襲。油断できるわけがない。聞こえた音にカーキッドはすぐさま目を覚ました。そのまま辺りの気配を探る。部屋には侵入者の形跡はない。

　だが音の出所はすぐにわかった。オヴェリアだった。

　何だこいつの寝言か……と一瞬肩をおろしかけて、すぐにカーキッドは気づく。

「うぁ……あぁ……」

　うなされている。

「オヴェリア」

　彼女は眠りの中にいる。呼んでも気づかない。だが彼女は呻いているのだ。

「いや……いや……ぁぁあ……」

「おい、オヴェリア」

　その様子が尋常じゃなく、カーキッドは彼女を覗き込んだ。

「オヴェリア、おい、オヴェリア」

「うぁ……ぁぁ……」

「オヴェリア」

「ぁ……ははぅぇ……」

　母の名を、彼女は空ろに呼んだ。閉じられた瞳から涙がこぼれた。

「オヴェリア」

　肩を掴んで無理矢理揺り起こそうとした時、ハッと、彼女の目が見開かれた。

　月の明かりだけでもその瞳は青に光を放ち、カーキッドは一瞬時が止まったようにそれに見入った。

……だが、夜、二人だけの部屋。

目を覚ましたら目の前に男がいて、それも自分の肩を掴み覆いかぶさるようにしていたら……。

「かっ!?」

オヴェリアが驚かないわけがない。そしてカーキッドも次の瞬間、自分の置かれた状況を悟り、顔を引きつらせた。

風呂場で平手打ちにあった頬はまだ痛む。

「い、いやっ」

彼女の口元からまたしても叫び声が上がろうとしかけたその時。

「——待て」

カーキッドはその口を乱暴に塞いだ。

「!?」

男の大きな手。それにオヴェリアは目を白黒させたが、カーキッドの異変に気付く。

「……何か聞こえる」

「?」

「……笛の音か?」

確かに、オヴェリアの耳にもピー……という音は届く。外からだ。

そして、何やら何人もの人間が走るような音も。

「何?」

カーキッドの手が退けられると、ほんのり顔に寒さを感じた。彼の手が随分と温かかったと気づく。

「夜周りの警備兵か?」

「何かあった?」

「さぁ?」

だがすでにカーキッドは身支度を始めている。その顔は薄く笑っている。彼のその様子にオヴェリアは少し呆れた。

「放っておけばいいのに」

「まぁな。お前はここで残ってろ」

そうしたいのは山々だけど、

「行きます」

「物好きだなお前も」

「……あなたに言われたくありません」

それに、とオヴェリアは心の中で続ける。

——今夜はもう、眠れそうにない。

体がジトリと濡れている。その感触と、胸にこびり付いた映像。

「カーキッド」

「あん？」

剣を手に取りながら、オヴェリアは尋ねた。

「……私、何か言ってましたか？」

「あ？」

「……いえ」

うなされてた事をカーキッドは口にしなかった。

「行くぞ」

宿から出て二人は町を走り出した。

仰ぐと空は東から徐々に色を薄め始めている。日の出は遠くないが、まだ充分に暗い。それでも通りが見えるだけましとも言える。

カーキッドが走り出す方向へ、オヴェリアも懸命に走った。

そして直に、建物の影に身を潜めるようにカーキッドが止まる。その向こうを幾人かの兵士が横切った。

「あれは？」

「衛兵……か」

様子を伺う二人の耳に彼らの会話が飛び込んでくる。

「いたか!!」

「探せッ!!」

「急げッ!!」

ただ事ではない。オヴェリアは息を呑んだ。

「一体何が……」

「行ってみるか？」

「どこへ？」

「ラーク公の屋敷だ」

大まかな場所はもう宿で尋ねてある。

「そう、ですね」

彼女が答えるや否や、カーキッドは走り出した。

ラーク公の屋敷は遠くはなかった。町の中心に位置するその周辺には衛兵と騎士が集まり、開け放たれた門の向こうには爛々とかがり火が焚かれていた。

「……んだよこりゃ」

周辺に漂う緊迫感に、カーキッドは薄く口の端を釣り上げた。

「あ、おい見ろ」

物陰から様子を見る二人は、居並ぶ兵士の中に知った顔を見つけた。

「捜索の範囲を広げろ!!」

そう叱咤《しった》していたのは、石を奪った戦士の一人。筆頭と言った方がいいのか。

「ランドルフ、だったか?」

オヴェリアは目を見開いた。だがその時である。

「貴様ら、ここで何をしている!!」

背後から飛んできた鋭い声に、瞬間、カーキッドは身を翻した。

「……ッ!　貴様はッ」

「おっと、また、見覚えのある顔だな」

カーキッドが答える間にも、相手は抜刀した。その男も石を盗んだ戦士のうちの一人だった。

「お前も騎士だったか」

「貴様らッ、まさか我々を追って」

打ち合い必至の局面で、オヴェリアは慌て咄嗟にそれを制する。

「待て!　一体何があった、これは一体どういう事だ」

「……ッ」

「我々はそなた達を追ってきた。しかしこの状態は何だ、一体何が――」

「問答無用ッ!!」

襲い来る騎士に、カーキッドは舌を打ちながらオヴェリアを跳ね除ける。

「邪魔だっ!!」

「カーキッド!!」

壁に身を打ちつけながらも、オヴェリアは叫んだ。

「ダメ!!」

「うるっせぇ!!」

第一刀をまみえ、返す刀で第二刀の金属音が通りに木霊《こだま》する。その音を聞きつけた衛兵達が驚いた様子で駆けてくる。それにオヴェリアは眉間にしわを寄せながら、「待て!!」と声を張った。

「我らに他意はない!!　そなたらに危害を加える者ではないッ!!」

だがそう言いながらも彼女の連れは、喜色満面で騎士と打ち合いをしている。その鋭い横薙ぎに、騎士はたまらず吹っ飛ばされた。

「サーク様!!」

その様を見た衛兵が、即座に抜刀する。オヴェリアにも打ちかけてくる。そうなってしまっては、彼女も不承不承剣を抜くより他にない。

「やめろッ!!」

剣を構えながらも叫ぶ。

だが一気に押し寄せる五人の兵士に、言葉を呑み込み、オヴェリアは目尻に苦渋のしわを寄せた。

だが五人だろうが何人だろうが、雑多の兵士に彼女が捕らえられるわけがない。

その剣は、目下、この国最強の称号を持つ物。疾風の一薙ぎ。風が吹いたとしか思えないその一閃に、五人のうち三人はたたら踏んだ。

「!?」

そして何が起こったかわからないままに、己の革の鎧に深くくっきりと剣戟の跡がついている事に気づく。

残り二人はそれをかわしたが、次の瞬間、下から斜めに振られた剣に足を取られる。

刃を立てていなくても疾風たる彼女の剣で無傷でいられるわけがない。

兵士が上げる悲鳴にオヴェリアは一瞬ビクリと肩を揺らしたが、どうにかこらえて、剣を構える。

「退《ひ》けッ!!」

この場、ここで彼らと戦う理由はない。

――退かせる手段は一つしかないか……。

オヴェリアは目を細める。

「聞けッ!! 我はハーランド王が娘!」

正体を明かすしかない、そう思い、高らかに言い放とうとした時。

「全員退けッ!!」

彼女に代わって彼女よりも大音量で叫ぶ者がいた。

カーキッドではない。驚きオヴェリアが振り返ると、そこには見覚えのある剣士がいた。

「ランドルフ様……」

「全員剣を収めよ。この二人、剣を交える相手にあらず!!」

「……てめぇ」

「そなたもだ、黒の剣士」

言われ、この場で一番剣を振るっていたカーキッドにランドルフは言った。

「剣を収めよ。各自持ち場に戻り、捜索を再開せよ。急げッ!!」

ランドルフの言葉に、その場にいた兵士達は去っていく。怪我人も担がれ、屋敷の中へと走り去って行った。

事態は収まったが、カーキッドは面白くなさそうだった。

「また会えたな」

「……そなたら」

ランドルフはカーキッドを見、そしてオヴェリアを見下ろした。

「何の騒ぎだこりゃ」

「……貴殿らに関わりはない」

そう言って二人に背を向けた彼に、オヴェリアが問うた。

「ランドルフ殿。先日の石が関係しているのか?」

「……」

男は答えなかった。

だが彼女は構わず続けた。

「これは尋常ではない。何を探している?」

「……何も申せませぬ」

「この地で何が起こっている!?」

「……」

「答えよ、ランドルフ」

オヴェリアは言った。その口調は逆らう事許さぬ王族たる者のそれ。

ランドルフは彼女を向き直り、居を正した。

「やはり、あなた様は……。屋敷へご案内致します。わが主の元へ」

二人はランドルフの後を追い、ラーク公の屋敷の中へ向かった。

オヴェリアは神妙な面持ちなれども、カーキッドはいささか不満げだった。その顔にはくっきりと彼の心が浮かんでいた。

公爵様の謁見なんぞ面倒くせぇだけだ。それよりやっと見《まみ》えたこいつと、剣を交えたいのに……と。

二人が通されたのは美しい部屋。

レースのカーテンと見事なシャンデリア。大きな暖炉に刻まれた模様は縁取りの豊かなスズラン。そしてその花は部屋の随所に描かれていた。ランプに絵画、ティーカップ、飾り用の剣に至るまで。

部屋の隅にはカナリアがいて、こんな時間の来客を不思議そうに眺めていた。

「お待たせいたしました」

二人がここにきてから数分後。少し慌てた様子で女性が現れた。

「カイル・グルドゥア・ラークが妻、テリシャでございます」

テリシャは胸に手を当て深々と頭《こうべ》を垂れた。

「この度はかような所に畏れ多くも……オヴェリア姫様」

震えた口調で言うその女性の姿に、オヴェリアとカーキッドは顔を見合わせた。

「私はまだ名乗っておりませんが」

「貴方様のその剣を見れば一目瞭然」

答えたのはランドルフであった。彼はテリシャの一歩後ろに立つと、こちらも深く礼をした。

「先日の無礼、誠に申し訳ございませんでした。御前試合の事はこの地でも聞き及んでおります。よもや姫様がかような地にお越しになられるとは」

ためらうようにランドルフと、カーキッドの目が合った。カーキッドはムスっとしながら軽く舌を出して見せた。

「貴殿は……、確か、傭兵隊長だったと聞き及んでおるが」

「んな事ぁどうでもいい」

今大事なのは俺達二人の事じゃねぇ、とカーキッドは語気を強めた。

「そんな事よりも。一体どういう事だ。説明しろ」

オヴェリアも頷く。

「先刻の石の事もそうですが……今何が起こっているのですか？　こんな夜分に一体何を？」

今度はテリシャとランドルフが顔を見合わせる。

「答えなさい、テリシャ」

権威は使いたくない。だがオヴェリアは語気を強くした。事はひっ迫している。

それにテリシャは少し身を固くし唇を振るわせた。

彼女に代わりランドルフが、彼女を庇うように立ち位置を変えた。

「当屋敷の地下に捕らえていた獣が逃げましたゆえ。兵力を結集している所存でございます」

「獣？」

オヴェリアは目を見張る。

「それは一体？」

「詳しくは申せませぬが、地下に閉じ込めていた野獣が手違いで檻から逃亡。屋敷内での捕縛を試みましたが、結果として数名の兵士が殺され……止める事叶わず。町へ取り逃がす事態となってしまいました」

「……なんと」

驚きを見せるオヴェリアに対し、カーキッドは平然と目を細めた。

「へぇ？　そりゃ一体、どんな獣だい？」

「……」

「モノによっちゃぁ、手伝ってやらん事もないがな」

「いえ、それは。あなた方の御手を煩わせるような事は」

ランドルフが答えたその直後。

「それってまさか、さっきのアレとか言いませんよね？」

そう呟いた者がいた。

驚きランドルフが戸口を見る。

「デュラン様」

「何やら騒がしいと思って来てみれば」

デュラン・フランシス。

乱れなきキャソック姿で彼は小さく欠伸をし、その場に集まった一同を眺め見た。

「おやおや、お二方」

「てめぇは」

「ごきげんよう、オヴェリア様」

「デュラン様、なぜここに」

彼女に問われ、デュランは僅かに肩をすくめて見せた。

「お仕事でこちらにお邪魔していた所でございます。

さてさて、改めてお聞かせ願えますかな？　テリシャ様」

デュランはゆったりとした足取りで部屋に入ると、ニコリ笑った。

「地下に捕らえてあった獣……アレは一体なんなのか」

「……見たのかお前」

「ええ。頼まれましたので」

警笛が聞こえる。

「あれは何なのか……いや、〝誰〟だったのか」

「――！」

話が見えない。苛立たしげにカーキッドはデュランに食って掛かる。

「どういうこった」

「……まぁ、私がわかる範囲内でならご説明いたしましょう。よろしいですか？」

「……」

「沈黙は諾と承りましょう。……地下に捕らえられた獣、あれは元々は獣にあらず。姿形は獣と化してはおりましたが、元は人」

地下でデュランは檻に入ったそれを見た。獣であった。格子を掴み、牙を剥き、唸り声を上げていた。

おぞましい光景であった。

だがもっと、彼がおぞましいと思ったのは、顔。

全身は毛むくじゃらで獣にしか見えない。しかしその顔だけは、陶器のような肌を持った〝人〟のそれ。

牙さえなければまごう事なき、

「人間だ」

「……」

「第一にあの部屋に充満した腐臭。あそこからは、魔術の臭いもいたしました」

デュランは傾けた口元の向こうに嫌悪をにじませ、テリシャに向き直る。

「そこでお尋ねしたい。貴方の主、ラーク公は今いずこに？」

空気が変わる。様相が変わる。オヴェリアは息を呑む。

「デュラン様、何を……」

「お答えいただけますか？　テリシャ様？」

人が獣人化した？　そしてそれはラーク家の当主？

何の仕業か、何の所業か。

「……」

テリシャの体がガクリと揺れ、そのまま彼女はその場に膝を付いた。

「お見逃しを……」

「できません、ねぇ？　オヴェリア様」

振られ、オヴェリアは慌てて頷く。

「テリシャ様、その上あなたの赤ん坊は呪いにかけられている」

「デュラン様」

「尋常な沙汰ではありませんよ、姫君」

「……」

誰かが唾を飲む音。それは息だったのかもしれぬ。

「姫」

ランドルフが、崩れたテリシャに寄り添った。

「ランドルフ殿。黙って通せるとお思いか？」

「……」

苦渋の決断。

ランドルフは重い口を開く。その声は苦悶で満ちていた。

「……御子に異変があったのは、半年ほど前」

ある日突然、目を覚まさなくなった。

何かの病気かと思い、医師に見せたが原因はわからず。

一〇日経っても目を開けぬ異変に、ラーク公とテリシャは慌てて国で名医と呼ばれる医師を呼び寄せたが、原因はわからなかった。

この地に使者がやってきたのは、それから一〇日ほどが経った頃だった、

「一体誰が？」

オヴェリアの問いに、だがテリシャは震えるように首を横に振った。

「……申せません。誰かに申せばクレイの命はないと。ただその使者は手紙を置き、去りました」

手紙に書かれていたのは赤子に呪いをかけたという事。そしてそれを解いて欲しければ、ある物を探せという内容。

「まさか、それが？」

「……」

碧の焔石、だと？

「……こんな不条理な事が許されるわけがない、なぜ我らがこのような事……わが殿は怒り、手紙の送り主の元へ兵士を引き連れ参られたのです」

　そして結果は。

「その数週間後、カイル様はこの地に戻られました。その間何の連絡もなく、何度も安否を尋ねて手紙も書きましたが返答もなく……心配に心配を重ねていた時でございました。だが戻ったのはカイル様のみ。供の兵士は誰一人戻らなかった。そして戻ったカイル様の身にも異変が」

　レイザランの地に戻ったラーク公は、屋敷の者とほとんど口を利く事ができないまま突然呻《うめ》き出した。周りの者が驚く間もなく、その身は変化し、そして……。

「カイル様は……我を、失ってしまわれた」

「……」

「我らにできたのは唯一、地下の牢に閉じ込める事だけ。魔術か何らかの薬物か……誰にもわからない。医師に見せようにも近づけない。どんな魔術師も原因はわからぬと」

「……」

「そしてまた使いは現れました。猶予は四ヶ月。それ以内に碧の焔石を見つけられぬ場合は、赤子を呪い殺すと」

「……」

　恐ろしい話である。だが何よりもオヴェリアの胸を貫いたのは、

「誰が」

「……」

　ランドルフは黙して動かない。

「答えよ、ランドルフ。手紙の送り主、そしてラーク公が赴きし場所」

「……オヴェリア様の命令と言えど、その儀は」

「言いなさい」

「できませぬ」

　万が一それで、テリシャの身を危うくするような事になったら……。オヴェリアとランドルフが睨み合う。

その様にデュランは眉を掻いた。

「ならばとにかく現状は、獣人と化したラーク公が町へと逃げているという事ですな？」

「……はい」

テリシャが頷き認める。苦渋に満ちていた。

「獣となったカイル様はもはや手に負えぬ。牢に入れる際も、何人の命が絶たれたか」

「そうか、そんなに面倒な奴か」

そう言うと、カーキッドは扉へと動き出した。

「カーキッド」

「手伝ってやるよ」

「……」

「一応聞くが。斬っていいのか？」

黙したテリシャとランドルフに代わり、デュランが口を開いた。

「カイル公にかけられた術……目を開けぬ赤子にかけられた術とは違う。もっと何か、直接的な事をされている」

「……具体的には？」

「呪いだけではない。言わば、人体そのものに及ぶ何か」

「それは、元に戻るのか？」

デュランは答えなかった。それが答えだった。だが側にいるテリシャのために、渋々言葉を続けた。

「時があれば。医学の進歩、魔道の進歩、何らかそうしたものが進めばあるいは」

「アバウトだな」

「……」

「斬るぞ」

それが結論。

言い放ち、部屋を出ようとする彼を呼び止めたのは、ランドルフだった。

「待て。斬らないでくれ。どうかカイル様を……無傷で」

「無傷で、だぁ？」

オヴェリアも、扉に向かって歩き出す。

「お前らどういう目に遭った？　そいつに何人も殺されてんだろ？　そして元の姿に戻る保障もない。いいか、生かしておく事が万事において正しいとは限らんのだぞ？」

「……」

「死だけが唯一の救い、そういうもんだって」

この世には、あるんじゃねぇか？

「周りのエゴで決めていい問題じゃねぇ」

「……行きましょう、カーキッド」

彼を追い越し、オヴェリアが出て行く。

舌を打って彼も後に従う。

「待てよ、オヴェリア。てめぇの事だ、殺すなとか言うんだろ？　あん？」

「……」

オヴェリアは小さく呟いた。

「わからない。とにかく見つけよう……新たな犠牲者が出ないうちに」

そんな二人を後ろから、デュランも追いかけた。


ピーという警笛が聞こえる。

町の異変に人々も起き出してきている。それを兵士達が必死に止めている。

「家の外に出ないように!!」

空はさっきよりも明るくなっている。見通しも違う。通りを走る兵士の数も多くなっていた。

「いたぞー!!」

飛んできたその声に、一番にオヴェリアが反応した。彼女に並び、カーキッドが走る。その後ろから二秒程遅れてデュランが走った。

そして目にした光景に、オヴェリアは口元を押さえた。

彼女の目に蘇る巨大な蟲に襲われた村。異形の存在。そしてまたしてもここでそれが、忽然と立っていた。

これが人であったというのか？　背丈は人の倍以上、横幅も同じく。全身逆立つような毛に覆われたその体。だが頂点にある顔のみが、体全体からすれば異様なほど小さかった。それが一層獣を異形に仕立てていた。

オヴェリアは剣を抜いた。

あれがラーク公なのか。彼の事はオヴェリアも知っている。先代当主の突然の死により、急遽この地の領主となった若き公爵。だが彼女の覚えではカイルという男はもっと細く、端整な顔立ちだった。

『まるで役者のような方でございますね』

フェリーナがそう言っていた事を思い出す。だがもうその面影は……。

「デュラン様、もう一つ尋ねたい事が」

「何でございましょうか」

息を乱しながら答えるデュランに、オヴェリアは獣から目を離さずに問うた。

「ラーク公の……カイル様の自我は？　本当にもう、ないのでしょうか？」

……時少し遅れて、ランドルフも屋敷を飛び出していた。

テリシャは信頼できる部下と侍女達に任せた。絶対に屋敷から出ないようにと念を押して。

看守の話では、獣は泣いていたという。

獣は、急に体をよじって苦しそうに呻き出したかと思うと、テリシャ、テリシャと泣き出したのだと。その姿にたまらず檻を開けた途端、看守の一人はその場で食われた。

「カイル様……」

「見ろ、ご対面だ」

軒を連ねる屋根の上に、闇に溶けるかのように二つの黒い影がある。

その影の一つは言葉を話す。遠く伸びない声なれど、そこに密かな笑いを含ませていた。

その声は男。彼が見下ろすその先には、獣と思しき塊とそれを取り囲む兵士の姿。そしてその兵の中に混じり、剣を抜き放った女性の姿がある。

「いかように戦うか」

オヴェリア・リザ・ハーランド。現ハーランド王国において〝白薔薇の騎士〟の称号を持つ者。

「……」

一切言葉を紡がぬもう一つの影は動きもせず。ただそこにあるのみ。

だが注ぐ視線の先にあるのは、やはり同じ光景。

「お前が来るなど、珍しい」

「……」

「伝令は承知」

影は何も話さない。だがその存在だけで知れる事がある。

そして、影はただ、じっと、眼下の白き剣士を見つめ続けていた。

獣は高く咆哮を上げた。

それに呼応するかのように、腕を振り上げる。

振り上げた先、腕の背後には、星が一点。

明らかに一等星の輝き。だがその星の名まではオヴェリアにはわからない。

そしてその星を愛でる事など今は許されない。

振り下ろされる腕は、存外、早かった。

サッとオヴェリアとカーキッドはその場から飛び退さると、彼らを通り越した腕は、地面に振り下ろされる。

それがズドーンという音を立てて地表に亀裂を生み出すと、カーキッドはヒュゥと口笛を吹いた。

兵士達が一斉に斬りかかる。緩慢な動きで獣は振り返るが、その動きほど腕は緩くはない。

地面から引き戻された腕は水平線を描きグンっと半弧を描く。

その速度を想像できなかった者が数名、体を二つ折りにされて飛ばされる。

闇夜の空を無作為に、ゴキリという嫌な音と共に飛んでいく。そんな仲間の姿に奮起した数名の兵士が挑むが、剣が立たない。

その獣の腕は存外長く、伸びる。うまくその間から剣を伸ばせた者がいても同じ事。

「グッ!!」

「剣が利かない!?」

いや違う、とカーキッドは思う。あれは体毛のせい。

鋼鉄の身などありはしないが、恐らく体を覆っている体毛が硬く、並みの刃では届かない様子。

「意外と、面白くなりそうじゃねぇか?」

カーキッドはニヤリと笑って剣を構えた。地面を蹴るように飛ぶと、まっすぐ獣に向かって斬りかかる。

まずは足を一薙ぎ。だが感触はやはり鈍い。多少は斬れたが、獣は揺るがない。カーキッドへ向けて腕を振り上げる。

それを笑いながら避け、今度は右から斜めに一閃。

感触は鈍いが、だが確かに入った。血も飛ぶ。

しかし獣はやはり動じない。よろける事もなく、まるでカーキッドの真似でもするかのように、両手を組んでそのまま斜めに打ち下ろした。

一瞬カーキッドの目が驚愕に染まるが、そこで捕まる男ではない。パッと避ける彼に向けて、剣に見立てた腕を尚も左から右へと振り回す。

カーキッドは器用にかわしていく。だが腕が長すぎる。周りにいた数人の兵士が巻き添えをくい、吹き飛ばされていった。

直撃受けたら、ただじゃすまねぇなと思いながらも、カーキッドの顔は喜色満面である。

遊ぶように後ろへジャンプすると獣は足音を打ち鳴らし地響き立てて追いすがった。

ゴァァァァァァ。

悲鳴とも怒声とも歓喜ともつかない、謎の雄たけびが空に向かって響いていく。

「カーキッド、遊ぶな!!」

叱咤し、真空から舞うは白薔薇の剣。両腕で渾身、オヴェリアは右の脇腹を狙った。臓器の一つがそこにあるはず。うまく入れば、これ一撃で悶絶。

剣の腹で叩いたが、手ごたえはゼロ。

いやむしろマイナス。思った以上に弾力ある胴体に弾き返された剣が、宙に浮いた。

そこを縫うように、背後を振り返ってもいない獣の腕が、オヴェリア目掛けて振り回された。

咄嗟彼女は剣を立て、それを受け止めようとしたが、

「よけろ!!」

刹那の言葉に体が反応する。地面を転がって逃げた。

唇を切った。口の中に錆のような味が広がる。だが構っている暇はない。オヴェリアに振り向いた獣は、地面に転がる獲物を見つけ狙いをつけると空を飛んだ。その動きはまるで、鼠を襲う猫が如く。

オヴェリアは地面を転がり必死に逃げるが、逃げた先に手が伸びる。

五つの指と長い爪。それはまるで、五本の槍が同時に突き出されるのと同じ。立ち上がるにも転がるにも間に合わない。オヴェリアの背に悪寒が走った。

だが、瞬間、その腕が止まった。

「オヴェリア様!!」

矢音。

デュランが放った矢が、獣の左目に直撃していた。

「てめぇの相手はこの俺だ!!」

カーキッドの黒き剣が一閃、その身に入る。血飛沫が飛んだ。

だが、獣は何事も起こっていないかのごとくそこに立ち、不思議そうに、自分の左目に突き刺さった矢を抜いた。

体液が飛び散った。しかし獣は首を傾げ、少しだけ唸っただけだった。

「こいつ、痛覚がないのか？」

オヴェリアの元へと駆け寄ったカーキッドが呟く。

「オヴェリア様、ご無事で？」

デュランも走り寄る。オヴェリアは乱れた息で「助かりました」と礼を言った。

「さぁどうする」

「……」

「もう、行くしかないな」

斬っても斬っても倒れない。この後この獣を止めるために取れる行動はただ一つ。

命そのものを止める事。

「オヴェリア、いいな？」

「……」

問われるが、オヴェリアは迷っていた。

「いいな？」

念押し。彼女はデュランを振り向きもう一度尋ねる。

「自我は」

「わかりません」

「それがあったとして、何がどう変わるってんだ？」

夜空に向かって獣が吠えた。固まる三人の元へ猛然と畳み掛けた。

さっと三人は飛び散るが、その間に、斬りかかった他の兵士が頭を捕まれ振り回される。

「あの怪力は人間じゃねぇ」

「でもっ……人間です！」

オヴェリアは叫んだ。

「この方はレイザランの領主」

「獣だッ!!　割り切れッ!!」

今ここだけでも何人死んだと思ってんだ!?　とカーキッドは剣を立て肩口目掛けて斬り込む。渾身の一刀は普通なら腕をそいでいただろうが、半分でとどめている。それにカーキッドは自身の剣に珍しく舌を打った。

「心臓狙うぞ!?」

「しかし、もし自我が少しでも残っているというのなら――」

「話になんねぇッ!!」

カーキッドの剣が光る。

黒塗りの剣とその瞳が次に狙うは喉元。胴体と頭の繋ぎ目掛けて、駆け走る。

長身の彼の身の丈でも、そこは頭上。真上。一度右へと身をくねらせ、腕が飛び来るのを避けてから正面に立つ。柄と切っ先、両手で持ちすえたそれを喉目掛けて突き上げ――ようとした刹那。

横から斬り込んできた刃に、カーキッドは咄嗟身を反転させた。

すると獣の腕も戻ってくる。瞬間的に剣で受け止めたが、相手は怪力。カーキッドでも、吹っ飛ばされる。

「カーキッドッ!!」

オヴェリアが叫ぶ。そのまま建物に打ち付けられそうになった刹那、デュランが懐から護符を取り出し投げ放った。

すると魔術の類か、一瞬だけ建物がグニャリと曲がる。そして、飛んできたカーキッドの身を受け止めるように弾んだ。

「……痛てて」

「カーキッド!?」

駆け寄ったオヴェリアを邪険に払いのけ、カーキッドはすぐに立ち上がる。そして視線を感じる方を見た。

建物の脇から現れたのは、

「……ランドルフ、だっけか」

その男が重い足取りで鎧を打ち鳴らせ、現れる。

「何だ、今の」

言いながら、ニヤリとカーキッドは笑った。

「あともうちょっとでこいつを殺せたのに」

次の瞬間、剣が一振り飛んできた。

「やめてもらおう」

「あん?」

「斬らないでくれと言ったはずだ」

ハハハとカーキッドは、大声を上げて笑った。

「お前、目、見えてるか?」

「……」

「夜明け前を理由に見えないとか抜かすなよ？」

この現状。ここまでの数分の間にも、どれだけの事が起こったのか。

転がるのは無数の兵士。息がある者、動けず呻いている者、そしてもう二度と起き上がれぬ者……。一瞬にしてできたこの惨状を見てなお、言えるのか……斬るなと。

「殺られてんのは、てめぇの身内だぞ!?」

「……」

「領主だとか、自我があるとかないとか。そんなもん言い出したら」

ここに倒れた者達は、何のために死んだ？

それを言い出すというのなら、

「てめぇは黙ってこいつに殺されても、文句は言わねぇってのか!?」

「……」

「やだね俺は」

もがきもせず、抗いもせずに死を受け入れるなんて。

口実をでっち上げて、戦いもしないなんて。

「だが、この方はカイル様だ」

「うるっせぇ!!」

「テリシャ様にとってたった一人のお方なんだッ!!」

「――」

「テリシャ様が生涯を誓った……ただ一人のお方なんだッ……」

ランドルフは剣を構える。向けるのは傭兵カーキッド。

斬撃は高く虚空に響き、夜の空気に火花を散らす。

「テリシャ様はこの方に仕えるとッ、この方に生涯を託すと……」

『ランドルフ』

彼の脳裏に、声が響く。

『父上が勝手に決めたあの方、最初はあまり好きになれなかったけれども』

ガキン、ガキンと金属音はよどみなく鳴る。

『私、あの方の事、好きになれそうな気がする』

……生涯誓って愛すると。貴方だけを愛すると。

貴方が誓った相手を、自分も生涯お守りすると。

貴方のため。ただそれだけのために。

刀の音は甲高く。

まるでそれは、少し無骨な、鈴の音。


「ゴォオオオオオオオ」

咆哮に、二人はハッとし距離を開けた。

そこに腕は振り下ろされる。地響きが起きる。

だがランドルフは剣を止めない。狂ったようにカーキッド目掛けて振りかざす。

さすがにその太刀は早く重い。カーキッドがもう一度見《まみ》えたいと思っていただけの事はある。

同時に獣を相手するのは彼であっても難儀。ニヤリと笑ったが、首筋に汗が光った。

「退いてくれ、カーキッド」

「てめぇが退け」

その二人を見、オヴェリアはどうしたらいいのかわからず立ち尽くしていた。

馬車がきたのは、その折である。

馬車に記されていた家紋はスズラン。中から飛び出すように出てきたのはスズランの姫君。

「テリシャ様、ここはッ」

驚き、姫の元へと走ったオヴェリアに声が届く。

「オヴェリア様ッ」

テリシャは彼女の肩を掴み、もがくように叫んだ。

「お願い、いたします……」

「——」

「あの方を……カイル様を」

斬って、と。

悶えるように涙を流しながら。姫君は、泣いてオヴェリアに懇願をした。

困惑と驚愕を浮かべるオヴェリアに、デュランが最後の言葉を示す。

「オヴェリア様、自我はあるかもしれない、そしてないかもしれない」

「……デュラン様」

「ですがもう、戻れませぬ」

「……」

「見てごらんなさい、あの獣を」

言われ振り返ると、獣は雄たけびを上げながら涙を流していた。

牙を剥き、唸り声を上げ、腕を振り回しながら涙を流す獣。

世界を映す事ができるただ一つの目で、東の空を見上げる。

きっとそれは待ち望んでいる。もうじき現れる、太陽の光を。

夜明けを。

ずっと地下に閉じ込められて、もはや見る事できなかった光を。

……最後にその目に。

テリシャは、もう一度言う。

「どうか、あなたのその剣で」

聖母サンクトゥマリアの剣。

この剣を握る事、この剣に選ばれた事。

オヴェリアは剣を持ち直すと瞳を上げた。その目は薄ら潤んでいた。

持たねばならぬ覚悟がある。決めなければならない覚悟がある。

走り出す。獣目掛けて――いいやそれは、人。


「カイル殿」

たとえ目を背けたくなる光景、足がすくむような現実を前にしても、道に涙が弾け飛ぼうとも、揺るぎなきよう、走れ。ひた走れ。

怯むな。

「オヴェリア・リザ・ハーランド、参る」

心、前へ。

負けるな、何より、己自身に。

オヴェリアの体が宙を舞う。

その姿、一輪の花。

花が吹雪くがごとく、風に舞い上がったその体は、

「――ッッッ!!」

横一線。獣の喉を断ち切った。

「あ」

カーキッドは唖然とするランドルフを蹴飛ばすと、最後の悪あがきをしようとする巨漢の心の臓目掛けて剣を突き立てた。

カイル・グルドゥア・ラーク。

齢《よわい》三三。

コトンと、最後から二番目の鼓動が打ち鳴る。その折、東の空から太陽は解き放たれた。

　そしてコトンと響かれた最後の鼓動で見た者は、馬車と、その側に膝を付いた姫の姿。

　カイルは笑った。

　そのまま、その身は地面にドォと倒れ伏す。

　これにて――閉眼の錠。

「……あーあー、やっちまった」

　ため息を漏らしながら。しかしカーキッドは満足そうに呟いた。

「お前はまったくよぉ」

　斬るな斬るなと人に言うのに、おいしいトコは持って行くじゃねぇかよ。……そう言おうとして気づく。

　カイルを斬ったオヴェリアは、地面に膝をついたまま動かず。

「ハァ、ハァ……」

　荒い息のままじっと、地面を見つめていた。

　その背中が語るものは苦痛。

　そして、覚悟。

「……」

　カーキッドはそれを見つめ、やがて鼻から長く息を吐いた。

　そして肩をポンと叩いた。

「お疲れ」

　カーキッドは今倒れたばかりの獣人を振り返る。

　体に密集する針のような体毛を見、そして頭部を見る。閉じられた双眸とその顔は解き放たれた者だけが持つ穏やかさをたたえていた。

　そう見たかっただけか？　それは生者のエゴか？

「カイル様……」

　そしてその亡骸を前にランドルフは、呆然とへたり込んだまま主の末路の姿を見ていた。

　頭を垂れるその姿にカーキッドは目をそむけた。腹立たしい思いはある。ここでぶっ飛ばしたい気持ちもあった。だがそれ以上に、見たくないとそう思った。

　目をそむけたカーキッドの代わりに、デュランがランドルフに近づく。

「ランドルフ様、項垂れている場合ではございますまい」

「……」

「あなたには、すべき事があるでしょう？」

　ゆっくりと諭すその瞳が、すっと向けられた彼方。馬車の傍で膝を付いて、テリシャが泣いていた。

「姫」

　慌てランドルフは彼女の元へ駆け寄る。

「やれやれ」

　呟きながら、デュランは今度はカーキッドを見た。

「貸しだ」

「……あん？」

「先ほどの援護」

　デュランはニコリと笑って、地面に落ちた護符を拾った。

　カーキッドは心底嫌そうに舌を打つと、デュランに背を向けて剣を鞘に収めた。

「オヴェリア様、大丈夫ですか？」

　デュランがオヴェリアに声を掛ける。

「……大丈夫」

　テリシャがランドルフに肩を抱かれるのと、オヴェリアが一人で立ち上がったのは同時だった。

　彼女は立ち上がると最初に、カーキッドを見た。

　彼は仏頂面のまま、少し面倒くさそうに頬を掻いた。


　それからすぐに、カイルの遺骸はそこから移される事となる。民にこの有様を見せるわけにはいかなかった。

　デュランはその様を一部始終見届け、オヴェリアもそれに倣った。

　ひとまずラーク家の屋敷に移された所で、三人はテリシャに、話があると呼ばれた。

「……このたびは、わが主のために」

　客間に居並ぶのは、オヴェリア、カーキッド、デュラン。

　テリシャは深く頭を下げた。その顔は憔悴《しょうすい》しきっていた。

　最後に部屋に入ってきたのはランドルフ。彼はテリシャの様子を見、心を痛めた様子で彼女の脇についた。

「それよりもテリシャ様、今一度お聞きします」

ピシャリとそう言い放ち、デュランが口を開く。

「カイル様はいずこへ行かれた？　どこより帰還した後あのような事に？　そして、手紙の主は誰でございますか？」

「……」

だがなおも答えぬ姫の様子にデュランは、彼にしては珍しく少し苛立った様子を見せた。

「ならば申しましょう。あなたの御子にかけられた呪い……あれは禁じられた古《いにしえ》の術法」

テリシャが顔を上げる。その目をじっと見つめ、デュランは告げる。

「闇の魔術です」

「……ッ」

「昨晩は簡単に申しましたが、私はこう言いましたね？　赤子にかけられた魔術は、徐々に喉が閉じて呼吸ができなくなっていく物だと。それが何を意味するかお分かりか？」

ジワリジワリと時間をかけて息ができなくなっていく。この世界に溢れる空気を、搾り取るようにしか吸えなくなっていくその様。最後にあるのは、ただひたすらの苦悶。

「かつて、拷問に使われた魔術ですよ」

「――ッ!!」

「……今から数百年前、魔術は栄えた。だが同時に生み出された物の中には人道に反する物も多くあった。その中から特に秘密裏に生み出され……際立って人道に反するとされた魔術。悪魔との契約によって得られた禁断の黒魔術。その性質ゆえに禁忌とされ、使った者は即刻死刑とされた魔術の中の一つ……それが、あなたの赤子にかけられていたものですよ」

テリシャとランドルフ、そしてオヴェリアもが言葉を失う。

「その上、ラーク公のあの有様だ」

人を獣に変えるなど。

「それもまさか闇の魔術？」

オヴェリアの問いに、デュランは少し考え首を横に振った。

「悪魔をも凌ぐかもしれない」

「……？」

「テリシャ様、再度お尋ねします。誰ですか？　そのような魔術を、しかも赤ん坊にかけるような輩はッ」

　激しい怒りが声に溢れ出ていた。テリシャの全身が震え始めた。それをランドルフが支える。

「私は、私は」

「テリシャ」

　そんな彼女をじっと、オヴェリアが見つめた。その瞳は青く透き通っていた。テリシャの波立つ心臓が、その光に、落ち着きを取り戻していく。

「我が殿が行かれたのは」

　促されるようにテリシャは言葉を紡いだ。

「北の、フォルスト」

「……フォルスト」

　その地名に、オヴェリアは目を見開いた。

「フォルストの領主は……五卿の一人、カーネル様」

「書状には、宰相ドーマ様の印が。ゆえにカイル様はドーマ様を尋ねてフォルストへ」

「……」

　唖然とするオヴェリアの隣で、デュランは唸った。

「御子の命、カイル殿の命、果てはレイザランの命運……すべてのために石を探せと、そのドーマという者が命じたか」

　苦しげにテリシャは頭を下げた。

「それで問題の石は？　まさかもう……」

「いえ……ただ、知らせを。昨晩のうちにすでに、早馬をフォルストに」

　現物はここに、と彼女は懐から包みを取り出した。布の中から出てきたのは、確かに市場で見た物だった。

「ならば追ってもう一報早馬を。石は教会に渡したとお伝えください」

　デュランの言葉に全員が目を見開いた。

「碧の焔石、竜の心臓……割ればそこから溢れた炎が大地を焦がすと言われている、そのような危険な物を、かような輩に渡すわけにはいかない」

　責任は我ら教会で負います。そう言って彼は手を差し出した。

「こちらへ」

　その様をカーキッドは他人事のように見ていた。だがここに一人、他人事では済ませられない者がいた。

「お待ちください」

オヴェリア・リザ・ハーランド。

「その石、私が預かります」

ハーランド王の唯一の娘にして、〝白薔薇の騎士〟。

「何を申されるか」

「その石は元々私《わたくし》の物」

「？」

「すでに商人より買い取っております。現在の持ち主は私」

カーキッドが慌てて彼女を止めようとしたが、彼女は構わず続けた。

「その石をどうするかは、私が決めます」

「ならばオヴェリア様、買値の倍をお支払い致します。失礼ながらお譲りいただけないでしょうか？」

オヴェリアはデュランを無視し、テリシャに言った。

「早馬を立ててください。石は直接お届けすると」

「――ッ!?　まさか、」

この時一番驚いたのはカーキッドだった。

「私が直接参ります。行って事の真偽を確かめます」

「待て待てオヴェリアッ!!」

誰よりも早く非難の声を上げたのも無論カーキッド。

「俺たちの役目は何だ!?　オヴェリア」

周りをはばからず、彼はそう言ったが、

「許せません」

カーキッドに言葉を失わせるほど、彼女の目は怒りに満ちていた。

「あのような事。人を獣に変えるなど……しかも公爵を」

「オヴェリア」

「カーネル卿は私の叔父です」

その名を辱めるような真似は許せぬ。

「宰相ドーマ、私が直接問いただします」

カーキッドは思った。最悪だと。

「それにカーキッド、私たちの向かうべきは北」

フォルストも北。

「道は、違《たが》ってはいません」

カーキッド・J・ソウル。彼は決して筆まめではないけれども、ここで初めて、武大臣グレンに手紙を書こうかと思った。面倒くせぇ事になりそうだぞ、と。

「わかりました。石はオヴェリア様に託しましょう」

渋々といった様子でデュランは首を振った。

「オヴェリア様！　しかしそれではあなた様が危険な目に」

悲鳴を上げるテリシャに、だがオヴェリアは優しく笑うのである。

「私は大丈夫。私には屈強な仲間がいますゆえ」

「……」

「カーキッド・J・ソウル。彼がいるから、大丈夫です」

そんな事言われてしまっては、

「……クソったれ！」

露骨に嫌な顔をしながらカーキッドはそっぽを向いた。

だがその表情には半ば、諦めのようなそれも浮かんでいた。


出立間際。

「道中でお召し上がりください」

宿に戻り荷をまとめ、もう一度ラーク家の屋敷に行くと、テリシャから包みを渡された。オヴェリアがそれを嬉しそうに受け取ると、中からふんわりと甘い香りが溢れ出した。

「必ず御子の元凶、断ち切って参ります」

「オヴェリア様」

テリシャは何とも言えない顔をした。その傍らでデュランが言う。

「私も御子の呪いを解いた後、フォルストへ向かいましょう」

不満顔のカーキッドにできたのは、

「来んな」

デュランにそう言う事くらいだった。

「オヴェリア様」

いよいよ出発というその段階で、テリシャはオヴェリアに問うた。

「あなたはなぜ、そんなにお強いのか……」

意味がわからず、オヴェリアは首を傾げた。

「向こうは、人智を超えた術を使う輩」

御身とてただでは済まないかもしれないのに。

「あなたはなぜそんなにお強いのですか？」

羨ましいほどに強くそして自由だと呟き、テリシャはすでに歩き出している傭兵の背中を見た。

　オヴェリアは首を傾げてこう答えた。

「確かに私は、強さを求めて剣の技を磨いてきました。でも……手に入れたのは強さではなかったかもしれません」

「？」

「責任です」

　そう言ってオヴェリアはふんわりと笑って、テリシャ達に背を向けた。

「……不思議なお方だ」

　オヴェリアが先に歩く傭兵を追って駆けて行く。

　二人が町を去って行く。その背を眺め、テリシャの傍らでデュランは呟いた。

「取り急ぎこちらは術払いの儀を行いましょう。カイル様亡き今、御子にどのような術がなされるかわからない。対魔術の陣を張り、でき得る限りの防御をした後、私もフォルストへ向かいます」

　私とて捨て置けませんゆえと言い置き、神父は屋敷へと消えて行った。

　残されたテリシャとランドルフは、彼方の空を眺めた。

「泣いてはおれませんね」

「……」

「私たちも戦わねば」

　そして彼女は「ランドルフ」とその名を呼んだ。

「殿の埋葬の準備を」

「は」

「……ランドルフ、この後も——」

　私についてきてくれますか？

　無言でそう問いかけるテリシャに、ランドルフは頭を振った。

「このランドルフ、生涯、テリシャ様にお仕えいたします」

　——あなただけのために鼓動打ち、あなただけのために剣を振るう。

　あの二人のように、肩を並べて歩く事はできないか

もしれない。でも、

「行きましょう」

テリシャはランドルフに微笑みかけた。

……去り行く王女の姿に背を向け、あの人のように強くなろうと誓う。

その鼓動が鳴り止むその日まで。

秘めた思いを、胸に抱き。

第六章

人買いの馬車

Sword of white roses

碧の焔石。見ていると不思議な気持ちになる。

中を覗けば確かにそれは、光が揺らめいているように見える。

石は持つ者を火と水の災いから守り、だが一度《ひとたび》二つに割れし時は、中から溢れ出した炎によって大地は紅蓮に染まるだろうと。

ならば、とオヴェリアは思う。日にかざすと光は優しく彼女に降り注ぐ。

一つの疑問に囚われる。竜の命を宿した石、この石が眠っていたという竜の亡骸は本当に死んでいたというのだろうか？

本当は眠っていただけで、骨となり土となってもその命は、大地を守る光となりて——。

彼女が石を眺めていると、カーキッドは少し面倒くさそうな顔をして、

「厄介な事にならなきゃいいけどな」

と虚空を睨むのである。

レイザランを出て二日。オヴェリアとカーキッドは北へと歩を進めた。

その最中、道は森へと続いた。

旧街道の一つだろうとカーキッドは思う。道は雑然としているがきちんとならしてある。

そこを、カーキッドは少し足早に歩いた。その足取りはここまでで一番早く、オヴェリアは息を切らし、最後には小走りでなければついていけない程になった。

「カーキッド、待って」

ここまでただ一度も言った事なかった言葉を、オヴェリアはついに口にした。

だがカーキッドは彼女をチラと振り返り「急げ」と呟くだけだった。

レイザランを出てからカーキッドは少し機嫌が悪い。この森の中の道に入ってからはそれが一層増したように感じられた。

広い背中から放たれているのは、明白なほど強い警

戒心。

オヴェリアは彼に駆け寄り、ためらいがちに問いかけた。

「カーキッド、どうしたの？」

カーキッドは答えなかった。

前方に道はまだまだ続いている。森の終わりは見えない。

「とにかく急ぐぞ。さっさと森を抜ける」

「？」

「この道は、やばい」

こんな四方を森に囲まれた場所。絶好ではないか。

襲撃するならば。

――俺ならここで狙う。

周りは森。木々の間からいつ襲い掛かられてもおかしくない。

ましてこんな場所では野宿もできない。

刺客に狙われているとわかっている今、ここはあまりにも危険な場所。

自分だけならまだしも……オヴェリアも一緒にいる以上はと。その思いがあるからこそ足取りは早くなる。

だがオヴェリアはカーキッドの心情を知ってか知らずか、小首を傾げている。

だからこそカーキッドは警戒を強めているのである。

一人ではないからこそ、姫を抱えているからこそのプレッシャー。

――面倒くせぇ。

かと言ってオヴェリアに警戒を強く説く気にもなれない。

「とっとと行くぞ。早く風呂に入りたいだろう？」

意地悪く笑って見せると、オヴェリアは顔を赤らめた。それを見、視線を前方に移し、カーキッドは思う。

黒竜討伐、暗殺者、竜の石。

――その上、魔術と呪いか？

とにかく一刻も早くこの森を抜けよう。でなければ到底気は休まらないし、不利は明らかに目に見えている。

再び足早に道を歩き行く二人。

「あれは？」

不意に、息を切らしながら追いかけるオヴェリアが声を上げた。

見れば、道の隅に何やら戸板が立っていた。

カーキッドは訝しげに目を向けたが、やがて頷く素振りを見せた。

「これは、乗合馬車だな。この道は馬車の通り道だそうだ」

カーキッドの言葉にオヴェリアは目を輝かせた。

「馬車ですか？　ここで待てば馬車がくると？」

「さぁ？　停留所とか言うんじゃなさそうだし」

運よく遭遇しても、果たして乗り込めるかどうか……カーキッドはそう言ったが、オヴェリアは嬉しそうに顔をほころばせた。

「馬車に乗れれば、少しでも早くフォルストに着く事ができます」

そりゃまぁそうだがと、カーキッドは気乗りしなさそうに首筋を掻いた。

「待ってみましょう」

「だから、ここは停留所じゃねぇっつってんだろ」

「でも」

「とにかく歩くぞ。馬車に乗って、見当違いの方に連れて行かれたらどうする」

行くぞ、と歩き出したカーキッドだったが、オヴェリアは立ち止まったまま動かなかった。

「おい！」

苛立たしげに彼が振り返ると、オヴェリアは虚空に目を彷徨わせ呟いた。

「何か聞こえませんか？」

「？」

「馬の……足音？」

カーキッドは驚いたようにオヴェリアの後方を見やった。

森の奥が煙っている。彼はさっと彼女の前に立ち位置を変えた。

「よかった、乗り合い馬車ですね」

嬉しそうに笑い手を振ろうとする彼女を、カーキッドは「待て」と制した。

「ありゃ、乗り合い馬車じゃねぇ」

「え？」

「あれは」

そう言って、カーキッドは一瞬だけ剣に添えた手を静かに下ろした。

「人買いだ」

カーキッドの言葉の意味がオヴェリアにはわからなかった。

「え？」

聞き返しても彼は答えなかった。代わりに無言で姫の腕を引くと森の中に身を隠した。

「静かに」

「？」

だが彼から聞かずとも、答えは間もなく彼女の目の前を通り過ぎて行く事となる。

馬車——だが馬が引いているのは鉄の塊。錆だらけの巨大な箱を四頭の馬が舌を振り乱し狂ったように走っている。鞭を振るうのはやけに派手に着飾った小太りの男。

鉄の荷台の壁面を見た瞬間、オヴェリアは絶句した。見えたのは格子、そしてそこから覗き見えたのは、それを握り締める手と幾つもの顔。

「——」

馬が乱す大地の音。騒音の中に呻き声を聞いた気がした。

「何、あれ」

「……商人さ」

傍らでカーキッドが低く呟いた。

「奴隷商人だ」

「……」

「貧しい農村で口減らしに売られた子や、親とはぐれた孤児、借金の肩代わりにその身を売る者もいれば攫われてきた者もいる……出所は様々。そいつらを一同にまとめて、大きな町に行き売るのさ……奴隷として」

「……そんな」

オヴェリアの顔に明らかな嫌悪がにじみ出る。

「奴隷制度は廃止されたはず。人の売買は我が国では禁じられています」

現王——オヴェリアの父・ヴァロックの世になってから。

だがカーキッドは空しげに頭を振った。

「甘ぇよ。奴隷制度を廃止したって、何も変わらないさ。今まで奴隷がしていた事を、誰が好んでするってんだ？　貴族共は今でも平然と使ってる。下働きや汚れた仕事、ただ弄ぶために囲ってる奴もいる。名目は使用人、だがその実態は……」

「……我が城ではそのような事しておりません！」

　カーキッドは否定しなかった。その真偽はわからないが、もしあったとしても、彼女がそれを知る立場にあるとは思えなかったからだ。

「貴族、豪族、商人……奴隷の需要は引く手あまたさ」

　同じ人間であるのに、そうとは認められぬ者たち。

どちらにしても俺たちには関係ないことさ……そう言ってこの話を終えようと思ったカーキッドだったが。

すべてに先んじて、オヴェリアが立ち上がった。

「オヴェ」

　そして、走り出した。

「待てッ、オヴェリア!!」

　もちろん彼女が向かうその方角は、人買いの馬車。

「待て!!　そこの馬車、止まれ!!」

　いかにオヴェリアの足が速いと言えど、馬脚には勝らない。彼女は腰からルビーの剣を引き抜くと、
ビュっと馬の一頭目掛けて投げた。

　馬は悲鳴を上げて暴れ出す。一頭乱れればすべてに及ぶ。狂ったように馬たちはその場でのた打ち回った。

「何じゃ何じゃ!?」

　それに御者は転げるように鞭を打ち、座席から投げ出された。

　何が起こったのかわからぬまま、体をさすりながら起き上がった彼の喉元へ、頭上からオヴェリアが剣を突きつける。

「!?」

　御者は目を丸くして彼女を見上げた。

「な、何じゃ!?」

「積荷は何だ!?」

　そしてオヴェリアは厳しい口調で問いかけた。

「荷台に積んでいるのは何だ!?　人なのか!?」

「……何だお前は」

「人を売り買いするなど、許せぬ」

　男はそんな彼女を少し呆れた様子で見、やがてその上から下までを眺め見た。

「主は女か」

　その時背後で、ギィという重い音がした。

荷台の鉄の檻から、完全武装の鎧姿が三人。ガシャリと音を立てて這い出すように現れる。

「人を売り買いして何が悪い？」

男は背後の鎧たちにさっと目で合図をする。

「それだけ需要があるって事だ」

「何をッ」

「馬が台無しだ。……貴様、ただで済むと思うなよ」

背後から何かが飛んでくる気配に、オヴェリアは振り向き剣を立てた。ガチャガチャンと飛び来た何かが剣に絡まっていく。鎖だ。そう思った時にはもう、剣は完全に鎖によって封じられていた。

鎖鎌だ。鎖を手にした鎧は彼女を引き寄せる。オヴェリアは必死に踏ん張ったが、そんな彼女に別の鎧が切りかかってくる。こちらは長刀だ。

「――――ッ!!」

思わず歯を食いしばり、迫り来る完全鎧を凝視した。

だが、それがオヴェリアに剣を振るう事はなかった。

止めたのは無論カーキッドである。

彼は下段、腿と鎧の隙間を狙って足の一方を斬り飛ばした。

「ぐぁぁあぁあ!!！」

「馬鹿野郎ッ」

言いながら喉元貫き、背後へと蹴飛ばす。

「構うなっつっただろうがッ!!」

「しかし」

「こっちから面倒事に巻き込まれてどうすんだッ」

叱咤しながら渾身の一刀で鎖を断ち切り、黒の剣を構える。

「ったくよぉ」

こっちは警戒に警戒を重ねてるってのに……とブツブツと言いながら。、だが言葉とは裏腹、その顔には嬉々としたものが浮かんでいた。

「そりゃ、護衛の二人や三人はいるわなぁ？」

さて、腕前やいかに？　呟くや否や、カーキッドは斬り込みを掛ける。残りの二人はさっと散り、二人同時に横から打ち込むが、

「甘ぇッ!!」

身を回転させて流し、転げながら斜めに空気を両断する。それを鎌で受けた鎧兵はその場に倒れ込むが、厚い鎧が邪魔して無傷。ハッと地面を蹴りながらカー

キッドは追い討ちを掛けると、残った一人がオヴェリア目掛けて斬りかかった。

「殺せッ！　殺してしまえッ!!」

奴隷商人の叫び声にオヴェリアは眉間に嫌悪のしわを寄せた。

鎧兵と一刀、剣が重なる。耳が白くなるほどの音がその場に響き渡る。

「くっ」

重い。思わず倒れ込みそうになる。間近に見た剣の何と太い事か。まして相手の上背は頭二つほどオヴェリアより勝る。

剣を合わせるのは不利。ならばとオヴェリアは上体をさらに低くし、腹部を横に薙ぐ。厚い鎧にいささか跳ね返されるが、まったく入らなかったわけではない。

「グオォォォオオオ!!」

相手は狂ったように剣を振り上げ、彼女目掛けて振り下ろした。オヴェリアは身を屈めてそれを見上げ、鎧兵の懐深くから喉元にある鎧のつなぎ目目掛けて一刀、突いた。

今度は入った。血が噴き出す。

オヴェリアは地面を転がるようにしてそれから逃げる。

「ひぃぃぃ!!」

奴隷商人が悲鳴を上げる。その瞬間、カーキッドも最後の鎧兵を叩き斬っていた。

こちらは見事、分厚い装甲をも砕く、痛恨の一打。

「ゆ、ゆ、許し、命ばかりはッ」

奴隷商人が泡を吹いて泣き叫んだ。

哀れにも失禁するその姿に、オヴェリアはただ目を細めて呟く。

「我が国の法では、奴隷売買は禁じられているはず」

厳罰に値するぞと彼女は言う。その傍らでカーキッドは、馬に突き刺さったルビーの剣を抜き、丁寧に血糊をふき取った。

「あーあー。かわいそうになぁ」

苦い顔で馬を撫でるその様は、たった今二人殺めたとは思えない。まして、

「面倒くせぇ。斬るぞ」

奴隷商人の首目掛けて。問答無用で剣を振り上げんとした。

「ま、待っ待ってッ!!　わ、わたくしは頼まれただけでございます!!」

「あん？」

ほとんど聞く耳なかったカーキッドに対して、オヴェリアは眉をピクリと動かした。

「……誰に？」

「ど、奴隷を集めろと。いくらでも買い取るから、とにかくたくさん連れて来いと」

もし何なら奴隷に限らず、人であれば何だろうと。

媚びたように奴隷商人は笑い、オヴェリアを見上げた。それを見た彼女は、更に問う。

「誰が」

カーキッドはハッとオヴェリアを見た。

「おい」

「誰がお前にそう言った⁉」

そう言うと、オヴェリアは剣を構えた。狙うは奴隷商人の目そのもの。

「そ、そ、そ、それはッ」

もうオヴェリアは何も言わない。ただ見つめる。睨む。

白薔薇の剣と、殺気宿した眼光でもってして。

「フォルストのッ、ドーマ宰相……………」

――決まった。

オヴェリアは剣を鞘に納めた。

カーキッドは彼女に、無言でルビーの剣を渡す。

「ありがとう」

伏し目がちに受け取り、彼女はクルリと背を向けた。

奴隷商人をカーキッドがどのように処置したかは見ない。いや、見る事ができなかった。己の内から出る炎があまりにも身を焦がすから。

……奴隷。

悪しき法制を正すため、奴隷制度は廃止された。父が成したその事は、オヴェリアの中では誇りの一つであった。

父が振るった正義の剣。奴隷などあってはならぬもの。まして人の売り買いなど言語道断。

――父上。

旅に出てまだ日は浅い。だが……彼女は空を見上げた。

教科書と人の伝聞だけで描いていた、父が成してきた功績と、平和な国家。ハーランド王は代々民に愛され、特に現王・ヴァロック・ウィル・ハーランドは武にも知にも秀でた王として、騎士からも民からも支持されている。

だが、ひとたび王都を離れれば奴隷の売買は消えていない。小さな村は盗賊によって襲われ、不条理な力に虐げられ怯えて過ごしている。異形の蟲が人を襲い、それによって滅びる村もある。

貴族であろうとも身内を盾に脅され……禁断の魔術によって人が獣に変えられる事態まで起こっている。

——黒い竜だけではありませぬ、父上。

この国は、私が知らなかっただけで。

何も……知らなかった。

王とは何か？　王女とは何か？　国の事を何も知らず、それで国の主と言えるのか？

「オヴェリア」

オヴェリアは思った。カーキッド・J・ソウル、せめての救いは彼が傍にいた事。誰かがいてくれた事。でなければ今ここで、彼女はどうなっていたかわからない。

内側からほとばしる炎が、熱くて痛くて苦しくてたまらなかった。


乱れた馬により、荷台もかき乱された。

だが鎧の戦士達が出た後、荷台は開け放たれていた。

逃げようと思えばいくらでも逃げる事はできたのに。

……なのに。

カーキッドが覗くと、暗い箱の中に人はぎっしりと埋まっていた。

大小は様々である。幼子から老人まで一様に、服とも言えないくたびれた布をまとっていた。手枷、首枷、壁面につながれた者もいた。だが彼らは皆、カーキッドの姿を見ても驚く様子はなく、その視線は濁り疲れ切っていた。

カーキッドは仏頂面で鎖を切り、オヴェリアは商人が持っていた鍵束で拘束を解いていった。自由になったにもかかわらず、誰も動かなかった。

「あなた方はもう自由です」

オヴェリアが言った。

「どこへでも。好きな所へお行きなさい」

もう囚われ人ではない。故郷へも戻れる、会いたい人にも会える。

オヴェリアは微笑んで見せたけれど、彼らの一人が言った。

「もう、戻れない」

「？」

「ここを出ても、俺たちにはもう、行き場がない」

彼等は様々な事情の果て、ここに至る。金で売られた者、普通に生きられなかった者。生まれてすぐにこの宿命を背負ってしまった者。子供は泣きもせず、ただ乾いた瞳で呆然とオヴェリアを見ている。

彼女はそんな子供をぎゅっと抱きしめ、言った。

「どこへでも行ける……行けるから……」

行き場をなくしたなどと言うな。

世界はそれほど狭くはない、そして、

「生きているのだから、」

無慈悲でもない。

「諦めないで……」

生きる事を、前を向くことを、どうか諦めないで……。


「あーあー、せめてあの馬がありゃなぁ。この森を抜けるのも楽だっただろうに」

一人愚痴るカーキッドに、オヴェリアは頭を振った。

「足があります。それに、馬が必要なのはあの方たちです」

「……ったくよぉ」

大きくため息を吐き、カーキッドは改めてオヴェリアを向いた。

「おい、お姫様。この際だ、言っておく。俺はお前のお守りじゃねぇぞ」

「……知ってます」

「だったら話は早ぇ。行く先々で厄介事に首を突っ込むのはやめてもらおう。こっちの身が持たねぇ」

「？　私はそんな事」

「してる。充分だ。盗賊にさらわれた娘を助けてみたり、勝手に石を買ってみたり」

「そんな、あなただって。先日のレイザランの異変、先に町へ飛び出したではないですか」

「うるっせぇ。俺はいいんだよ俺は!!」

無茶苦茶な言い分に一瞬オヴェリアは頬を膨らませたが話を続ける。

「……何にせよ、道は続いています」

「フォルストか……」

「宰相ドーマ」

何のために焔石を求め、そして人をも集めるか？

ラーク公はその地へ行って獣となっている。

この国は、父が治める父の国。ただ国を良くせんがためだけに剣を持ち、生きる事のすべてを捧げてきた。

……もう、動けぬその体。

オヴェリアは思う。父が生涯を捧げたその国が、本当に楽園となるように。

——父上、この国は、
私が守ります。

どうか父の目に映るこの国の姿が、輝かしい物となりますように。


吹き上がった風に花は誘われ、花びらが一枚舞い上がる。

それは強く、とても美しく。

第七章
鴉の躯

「――殿下」

空が、真っ赤だった。

今日の夕焼けは、特に赤い。人々は空を仰ぎこう呟く。まるで燃えているようねと。

「殿下、お体は」

町の人々はその赤を、吉事と捉えるかそれとも凶事と捉えるか。

鴉《カラス》が三羽、声を散らして空を渡っていく。だがそれをわざわざ振り返る者はいない。

「殿下……ッ」

「大事無い。騒ぐな」

ただ一人それを見た者がいた。

ただし彼がいたのは地下。空を飛んでいく黒い鳥など、どう目を凝らしても見えぬはずなのに、その者はそれが見えたかのように天井を見上げ小さく呟いた。

「嬉しそうに鳴いている」

「……殿下」

呼ばれた当人は、声の主の心配を他所《よそ》に二、三度手を動かす。

「……成功か」

傍らにいた黒い塊がゆっくりとその手を取った。

「どれ、失礼。……呼吸が苦しいとか、どこか痛む所は？」

「ない」

「心拍は……ほほぉ。なるほど」

申し分ございません……そう言って笑う。

ただし見えるのは口元のみ。全身覆われた黒いローブから僅かに見えるその部位は、歯が欠け黄ばんでいた。

「本当に大丈夫なのであろうな⁉」

黒いローブは老人のようにしゃがれた声で笑うと、試されまするか？　と尋ねた。

「殿様や？　いかがなされる？」

だがその問いに。殿下と呼ばれた男は緩慢に腕を振った。

「良い、眠る」

「……でしょうな、今日はお休みなされませ」

ひび割れたように笑い、黒いローブの者はそっと殿の瞼を撫で下ろした。

「おやすみなされませ、殿様」

〝殿下〟を一人残し、二人は部屋を出る。

「……貴公」

そしてすぐに、男は黒いローブに詰め寄った。

「我が殿は本当に大丈夫なのであろうな⁉」

「この後七日間、何人もここに近づけるべからず」

「何」

「……殿様はこの七日間、地獄の苦しみを味わう事となるでしょう」

「――ッ!!」

黒いローブのその言葉に〝殿下〟の側近たる男は衝動的に彼の胸倉を掴んだ。

「貴様、何たる事を……ッ!!」

「されど、死なぬ。我がおるゆえに」

「……ッッ!!」

「放しなされ。我がおらねば、それこそ、殿様はただの亡者となりましょうぞ？」

しくじった。側近の男はそう思った。これはまるで、

「なぁに、すべてはあの方が望んだがゆえ。何ら何ら、病む事なし。それにあの方は越えましょうぞ」

「……ッ」

「何せ」

この国を滅ぼそうとするくらいなのだから。

「お心静かに時を待たれませ」

――贄だ。

私は殿を贄に取られたと、側近は愕然とする。

差し出してしまった相手は、悪魔だ。

「生まれ出《い》ずるには痛みが必要。これは生命の起源。腹を割き、血にまみれながら、人は誰しもこの世に生を受けるのでございましょう？」

これぞ、何たる業か。


鐘の音が聞こえてきた。

「あ、街が」

丘を登りきると眼下に、その街は見えた。

カーネル卿が治めし領土フォルスト。

たどり着いたという喜びと同時に、オヴェリアの胸

に苦い物が駆け上がってくる。

　立ち止まった彼女の隣にカーキッドも歩を止め、煙草を一本取り出した。

「きれいな音ね」

　呟き街を眺めるオヴェリアに彼は答える。

「ありゃぁ、弔いの鐘だ」

　ガア、ガア、ガア
　唐突に、空を無遠慮な奇声が横切った。

　オヴェリアはハッと空を仰いだ。彼らの頭上を一羽の鴉が、羽を広げて飛んでいく所だった。

　その身は、一瞬、二人から太陽を隠すほど大きく、悠然と街の方へと去って行った。

「行くぞ」

「……はい」

　まだ鐘は鳴っている。そしてその音はやはり美しかった。

　高く高く伸びていく。余韻は天まで届くのだろう。

　誰かの悲しみを抱きながら。


　フォルスト。

　レイザランを出立して三日後、二人はその街へたどり着いた。

　領主はアイザック・レン・カーネル。

　オヴェリアの叔父であり、彼女の母ローゼン・リルカ・ハーランドの実弟である。

　直近で会ったのはいつだっただろうか……オヴェリアは思いを巡らせた。

　――叔父上……。

　そんな彼女の一歩前を行きながら、カーキッドは呟いた。

「辛気臭ぇ街だ」

　カーネル卿はハーランドの五卿の一つ、貴族の中では名門。王族にも近しい家柄である。

　その領地は大きい。地図に表せば領土は国内でも指折り。街も広く大きく、高い建物が軒を連ねていた。

　通りも砂利ではなく舗装され、レンガ仕立て。街路灯も均一に置かれ、町並みも区画ごとにきれいに分けられているのが見て取れる。

随所にベンチがあり、噴水の広場もあった。洒落た店構えの商店が並び、もちろん人も多い。行きかう人が着ている物は上質で品がある。

「……フォルストは国内有数の街です」

「規模としてはな」

叔父の手前、カーキッドの言葉に反論しようとしたオヴェリアであったが、彼女も口をつぐんでしまう。同じ事を思ったからである。

街は大きい、見事だ。今まで見た街に比べても、その優美さは明白。だが二人は、そこで暮らしているであろう人々に違和感を覚えた。

目立って落胆している者が多いというわけではないが、表情に皆、影があるのである。

商店は並んでいる。でもその活気は、焔石を手にしたあの街にも及ばない。ましてあの時感じた賑やかさや、人々の豊かな表情に比べるとそれは歴然。

皆同じ顔をしているとオヴェリアは思った。表情がないのだ。

「何か感じないか？」

「え？」

「理屈じゃねぇ」

「……」

胸が重くなるような気配。

オヴェリアは眉間にしわを寄せた。だが対してカーキッドは、どこか楽しそうでもあった。

「お、宿だ」

広い通りに荷馬車が何台か行きかっていた。それを避け、二人は向こう側へと横切った。

オヴェリアは大通りの先を眺め見た。だが林立する建物が高すぎて、カーネル卿の居城は見えない。

それが少し、寂しかった。

「部屋は空いてるか？」

宿の入り口は金箔が散らされたような豪華な造りだったが、オヴェリアの心惹くものは何もなかった。

時は夕餉。街の食堂。

お酒は飲むなと言われた。だからオヴェリアはローズティーを頼んだ。

「これから、どうするのですか？」

口に含むと薔薇の香りが広がり、とても心地よかった。

でも彼女は不機嫌だった。それは、人には飲むなと言ったのにカーキッド自身は地酒を飲んでいるからという事もある。

そんな彼女の機嫌を知ってか知らずか、カーキッドは一杯クイっとひと飲みし満足そうに息を吐いた。

「どうすっかなぁ」

「何であの宿ではいけないの？」

〝あの宿〟だけじゃない。〝この宿〟も〝その宿〟も。

……計五軒。目に付いた宿の受付まで行って、ことごとくカーキッドは「他をあたる」と言い放ち、宿泊を決めなかったのである。

「どの宿も部屋は用意できると言われたのに」

「高すぎるんだよ、どこもここも」

カーキッドは眉間にしわを寄せ、仏頂面で足を組み替えた。その足元には通路を塞ぐほどの荷物がごっそりと転がしてある。

「まず最初の宿、あんな額を誰が払えるってんだ。一晩で五〇〇〇リグだぞ？」

大荷物が散乱するその区画、食堂のウエイトレスたちは少し迷惑そうな顔はしているものの慣れたものである。クルクルと器用に軽い足取りで避けていく。その見事なステップにオヴェリアは思わず、彼女たちはダンサーなのかしら？　と思ったほどだった。

「次の所もその次も、表通りから離れた場所でも三〇〇〇リグだぞ？　法外すぎる」

今まで泊まってきた宿、一番高かった所でも一晩三〇〇リグであった。それでも高いと思ったほどだったのに。

貨幣価値がよくわからないオヴェリアは、ただ小首を傾げるばかりだった。

旅に出る前、カーキッドは武大臣から幾らかまとまったお金をもらっている。普通に旅をしていれば、しばらく困る事はないような額だ。ゴルディアまで行って帰るくらいの金額は充分持っていた。

だがそれも無限ではない。どこでどうなるかわからない以上、倹約に越したことはない。流浪生活でカーキッドの肌には嫌と言うほどそれが身についていた。現実、現時点でもう道はゴルディアをそれているのだ。

それに、とカーキッドは思う。

「それでなくても、あんな宿には泊まれねぇ」

「？」

「客がいたか？」

「……でもどの宿も、本日は大変混み合っておりますが、何とかお部屋をご用意できますと」

「そういう見え透いた事を言う所が、な」

と、カーキッドはテーブルに並んでいた皿にスプーンを立てた。

「俺の見た所、客なんかいねぇ。額のせいもあろうが、どうにも胡散臭ぇ」

ビーフシチューだ。無造作に口の中に肉を放り込んでから、カーキッドは目を見開く。肉が瞬く間に溶けてしまった。

「何だこりゃ、クソうまい」

「そうですか？」

オヴェリアも口にしたが、こちらは平然としていた。とろけるような肉など、彼女は食べ慣れていた。普通の事だった。

彼女はそれよりも、一緒に出されたパンの方が興味を惹かれた。

厚切りのパンにレタスとシュリンプ、チーズとトマト、オニオンスライス、そして厚切りハムなど、これでもかと詰め込まれたそれを前に、彼女はまずどう口にしたものかと目を丸くした。

ナイフとフォークがあるわけでもない。カーキッドはガバリと口を広げてかぶりついた。ソースはオーロラソースか、端から垂れて皿に落ちる。

「うめぇ」

その様がとてもとても美味しそうで。落ちたソースを指ですくって舐める姿も心惹かれて。

とりあえず両手でパンを持ってみて、眺めて眺めて。

オヴェリアはどこからどうかぶりつくべきか、どう口に運ぶべきか、何度も何度も口とパンの間で無言の相談を繰り返した。

　そのうちにポトリと落ちたシュリンプを、カーキッドが勝手に拾って食べてしまう。

「あ!!　それは私の！」

「拾ったもん勝ちだ」

　頭にきたので、お返しにオヴェリアは、カーキッドのビーフシチューから肉をフォークで奪い取った。

「あ!!　そ、それは待て、待て、それは!!　……あぁっぁぁぁぁあああああ!!」

　カーキッド・J・ソウル。暗殺者に襲われようと蟲の大群に直面しようと、異形化した巨大な獣人と対峙しようとも笑っている男が……とろける牛肉を奪われ、今、涙している。

「とにかく。今晩の宿です。どうするのですか？

カーキッド」

「……」

「カーキッド？」

　オヴェリアの言葉にカーキッドは何も答えなかった。

放心状態になっていた。

　その姿があまりにもかわいそうになり、オヴェリアは自分の器に残っていたシチューの肉をすべて彼に渡した。

　するとカーキッドは心底嬉しそうにそれを食べ、

「うめぇうめぇ」と繰り返した。

　彼の姿を聖母のような微笑で眺め、改め、彼女は巨大なパンをしげしげと眺める。

　最終的に彼女は、挟んである物を上から一枚ずつ食べて行くという方法を取る事とし、カーキッドに「ガバーっとかぶりつきゃいいんだ！」と散々言われる事になる。


「結局今日の宿はどうするの？」

　食堂を後にする。お腹はいっぱいになった。だが満たされない物がある。宿である。

「あんな高ぇ宿には泊まれねぇ」

　繰り返すカーキッドに、今日は野宿かと、オヴェリアは落胆した。

一瞬、叔父の城へ行って泊めてもらおうかとも思ったが、食堂を出た頃にはすっかり空は暮れていた。今から行って果たして城門を通してもらえるか。

それに、何となく、今日は行きたくなかった。

まだ内情がわからない。宰相ドーマというキーワードしかわからない現時点では、城へ行くのは少し危険に思えた。

それはカーキッドも同じで、街で情報を集めたいと思っていた。だがその前に、宿は決めておきたいと思う。


通りにポツポツと明かりがこぼれ始める。夜の闇に灯るその光に、オヴェリアは誰かに背中を急かされているような気分になった。

オヴェリアは自然、寝泊りできそうな場所を探してキョロキョロした。噴水前ならば水には困らないだろうか？　と小首を傾げた。野宿に対する妙な習慣が彼女の中で付き始めている。

しかし、何だか奇妙な感覚に襲われる。

――人が減った？

日が落ちたとは言え、先ほどまでは往来に人影は絶えずあったのに。今見渡すとどこにも人の気配がない。

カーキッドもそれを確認し、

「野宿はしねぇ。もう一つだけ当てがあるだろうが」

「？」

「寝泊りする場所がない哀れな子羊に、一晩くらい暖かい毛布と安らかな場所を提供してくれそうな所だ」

「――！」

思い至ったその場所に、オヴェリアは目を丸くした。

「まさか」

「行くぞ」

ニヤリと笑ってカーキッドは進む。


そして間もなく二人がたどり着いたのは、昼間美しい鐘の音を響かせていた場所。

「わかりました。何のもてなしもできませんが、それで良ければ」

教会である。

突然の旅人の来訪に、しかし司祭はにこやかに微笑みそう言った。

「悪いな」

感謝どころかふてぶてしいカーキッドの言い様に、オヴェリアは慌てて深々と頭を下げた。

「助かります」

「いいえ。困った時はお互い様」

　ましてやここは教会。救いを求める者を拒む事はいたしません……そう言ってニコリと微笑む司祭の姿に、オヴェリアは心底安堵した。

「風呂はあるかい？」

「汗を流すくらいの事なら」

「充分だ。よかったなオヴェリア」

　司祭の笑顔に対し、意地悪く笑うカーキッド。オヴェリアは顔を赤らめて頬を膨らませた。

「しかし……一体この街はどうなってんだい？」

　教会の裏口から、司祭に案内されて長い廊下を歩く。

　窓の外の空は真っ赤に燃え、逆光のせいで雲が黒く染まっている。まるで身を縮めるように丸まったその形は、何かに怯えているようにさえ見えた。

　それは来るべき闇への恐れなのだろうか。

「宿の値は法外だし、人の顔も浮かない」

　鴉が何羽か行き過ぎる。三、四、五……まだ続く。

「宿値は誠に、旅人の方にはご迷惑をおかけします」

「あんたのせいじゃぁないが」

「……街の者とも憂慮しておる所。他の売価は見られたか？」

「あん？　ああ……食堂も気持ち高いか？　宿ほどじゃなかったが」

　飛び行く鴉。オヴェリアはそれを仰ぎ瞬きを打つ。一瞬その一匹と目が合ったような気がした。

「お二人はどこからお見えで？」

「レイザランだ。北へ行く途中だ」

「レイザランですか……良い街だ」

　歩く途中でふと、オヴェリアは一つの扉に目を留めた。部屋の戸口に赤い布が垂れ下がっている。何だろうかと首を傾げていると、それに気づいたカーキッドが答えた。

「告解部屋じゃねぇか？」

告解？

　オヴェリアは問い直そうとしたが、カーキッドは改めて司祭に視線を向けた。

「宿があんな状態じゃ、教会に押しかける旅人も多いだろう?」

俺たちにみたいに。そう言って笑うカーキッドに司祭は答える。

「いいえ、それほどでもありません。最近は、旅の人も少ない様子で」

「へぇ? そういや街中で、それっぽい奴を見なかったな」

「二時間ほど行けば次の町がある。旅の方はそちらに逗留される様子」

「そうかい、それじゃあこの街も困るだろうに」

それから階段を二つほど上がり、「この部屋でよろしいか?」と司祭は二人に部屋を見せた。

客間である。寝台が二つと窓が一つ。あとは簡易なテーブルが備え付けてある。決して広い部屋ではなかったが、「充分だ」とカーキッドは笑った。

「一つしかご用意できませんが」

「いい。上等だ。本当に助かる」

オヴェリアは何やら言いたそうにモゴモゴと口を動かしたが、野宿に比べたら感謝しなければならない状況である事は間違いない。「助かります」と絞り出し、丁寧に頭を下げた。

司祭は少し申し訳なさそうに笑い、一瞬黙った後に思い出したように口を開いた。

「ああ、それから一つ申し上げておく事が」

「何だ?」

「お二人は……何か、街で聞かれたか?」

「??」

「いや、いい……。夜分はすべての扉に錠をいたしますので、決して外には出られませんように」

これは絶対でございます。

「どうかご理解を」

「わかった」

「では、湯の支度をいたしましょう」

言い残し、司祭は去って行った。

オヴェリアはとりあえず荷物を降ろし、一息吐いた。

「良かったですね、泊めていただけて。……何か礼をせねば」

「……」

オヴェリアは寝台の一つにちょんと腰掛け荷物を紐解く。だがカーキッドは戸口に突っ立ったまま考え事をしている様子だった。

「カーキッド?」

「……んあ?　ああ……」

「何か?」

「……いやぁ……やっぱりどうにも、おかしいな」

「司祭様ですか?」

「何か隠してる」

司祭が、と言うよりは、

「この街はおかしい」

「……」

法外な宿値、浮かない人の顔、旅人も少ない。

「加えて、夜は外に出るなってか?」

「……それは、だって、夜中に外に出てどうするというのですか?」

「そりゃ、夜の街に繰り出すんだろうが」

「?」

夜の街に何があるというのですか?

純粋無垢なお姫様はそう言い、興味津々の瞳でカーキッドを見つめた。

「夜の街っつったら」

「??」

「……いい。何でもねぇ」

「何ですか?　え?」

「……お子ちゃまには聞かせられねぇ」

「???」

「あー、もういいだろう?　それよか風呂行ってこい風呂」

オヴェリアは首を傾げた。

「あ……そう言えばカーキッド」

「あんだよ」

「さっき言ってた……告解部屋って、何?」

カーキッドは荷物を降ろし、「どっこらせ」と言いながら寝台に胡坐を掻いた。

「そのまんま、告解する部屋」

「?」

ボリボリと頭を掻き、目じりにしわを寄せて欠伸をする。

「大きな教会とかにある。懺悔室だ」

「懺悔室?」

「ああ。……何ちゅーかな、自分の罪を告白する所とでもいうのか？　神に懺悔したい事を神父に聞いてもらい、赦《ゆる》しを請う所さ」

「……へぇ」

欠伸を連発するカーキッドは、心底眠そうだった。

「教会にはそのような場所があるのですか……」

「知らなかったか。まぁ、お姫様が告解するほどの罪を犯す事もないわな」

カーキッドは転がるように横になった。その様を見ながらオヴェリアは聞いた。

「カーキッドはないのですか？」

「何が？」

「神に懺悔したいような事が」

するとカーキッドは目を閉じて唇の端だけ持ち上げて見せた。

「ないね。……あったとしても、神に赦しは請わんよ」

「じゃあ、誰に？」

「ははは」

それには答えず、カーキッドはただ少しだけ息を吐いた。

オヴェリアは虚空を眺めた。

「懺悔……」

窓の外はすっかり暗くなっていた。

「ありがとうございました」

「いえいえ。いかがでしたか？」

「大変気持ち良かったです」

オヴェリアは正直に感想を述べた。

すると下働きの女性はにこやかに微笑んだ。司祭と同じ、ほっとする笑顔だと思った。

――母上みたい……。

恰幅《かっぷく》のいい体格は、母ローゼン・リルカ・ハーランドとは比べようもなかったけれども、それでもオヴェリアは、何となくこの女性に母を感じた。

「きれいな髪ね。女性の身で旅なんて、すごいわねぇ」

風呂の世話をしてくれた彼女は、ついでにとオヴェリアの髪をとかしてくれた。

「剣なんて、お風呂場まで持ってこなくてもいいのに」

　驚きの混じった表情で彼女は、風呂の片隅に立てかけてあった白薔薇の剣を眺めている。

「白い薔薇の剣なんて。とてもきれいね」

「共に旅をしている者が、いつ何事があってもいいように、どこに行くにも持って歩けと言うものですから」

　彼女は白薔薇の剣の事は知らないようだった。それにオヴェリアは安堵した。

「ああ、あの男の人？　見たわよ。男前じゃないの。あの人はあなたの良い人なの？」

　良い人とは？　オヴェリアは小首を傾げた。

　すると女性は豪快に笑って、「恋人なのかしら？」と言った。

　オヴェリアは真っ赤になって否定した。

「違います！」

「あらそぉ？　ははは」

　カーキッドが恋人なんて。

「違います」

　もう一度全力でそう言ったが、女性はただただ笑うばかりだった。

　彼女は簡単な夜着用のローブまで用意してくれた。サイズは少し大きかったが、心地の良い素材だった。丁寧に礼を言いその場を後にした。

「おやすみなさい。良い夢をね」

「おやすみなさい」

　……旅をしてきた。見知らぬ土地、見知らぬ街。見るものすべてが心を打った。

　だが何よりも人と話をする事。

　言葉が通じる。当然の事だけれどもそれはかけがえのない事だと思った。

　城以外で誰かと話す。声をかければ誰もが答えてくれる。笑えば皆、笑い返してくれる。

　そんな些細な事がオヴェリアの心を揺さぶる、春のような暖かな風となる。

「……」

　部屋に戻る途中、オヴェリアは立ち止まり窓から外を見た。

　夜空に星が瞬《またた》いている。ここからでは月は見えない。

　硝子に映る自分の顔を見、そっと髪に触れた。人にとかしてもらったのは随分久しぶりだ。こうして解き放っている事も最近では少ない。

『あなたの恋人？』

そんな時ふと、彼女の脳裏に先ほどの女性の言葉が蘇った。

「違います」

虚空に向かって彼女は、また赤面して否定する。

——恋人か……。

想い人……。彼女は夜空を見つめた。

フォルスト。この地へ来る事になるとは。

——アイザック叔父上……。

「……」

オヴェリアは苦笑した。そしてまた歩き出した。

廊下は所々にランプが灯されているが、暗い事に変わりはない。

——ソフィア様はお元気かしら。

アイザック・レン・カーネルの正妻、ソフィア。きれいな方だったとオヴェリアは思った。それ以上に、思う事は何もない。

彼女は歌を口ずさんだ。サンクトゥマリアの子守唄だ。

……彼女の胸を淡く苦い物が過るのは、ただただひとえに、それが、初恋だったがゆえ。


ふと。行く先に彼女は赤い布を見た。

扉に掛けられたその布は、暗い廊下にもよく映えていた。

そこは懺悔の部屋だと、カーキッドは言っていた。

何となく近寄り、そっとドアノブに手を掛けると、鍵は掛かっていなかった。

覗き込むとそこは小さな部屋。窓も何もない、椅子が一つあるだけの場所だった。

そっと入る。ふと見れば、壁面に小さな穴が幾つか開いていた。

——懺悔、か……。

『罪を告白する所さ』

「……私は」

ポツリと口にする。

告解。

するべき事が彼女には、ある。

犯した罪。

「人を斬りました」

胸を苛む、重い重い楔。

「私は人を斬りました……一人二人ではありません」

夜な夜な見る悪夢。うなされる光景。夢の中でも剣を握り、繰り返し誰かを斬る。

「そうしなければ私が死んでいた。……でもそれは本当に正しかったのか……」

きっとカーキッドは気づいている。オヴェリアはわかっていた。

うなされている事。でも彼は何も言わない。

それが答えだから。

「獣化した人……もう戻れる可能性が薄いからと……でも本当にそれは正しかったのか。他に方法は……」

答えは自分で見つけ出すしかないと。

己の心の傷は、自分でしか癒せない。心の問題を解決できるのは、自分自身だけなのだと。

「村人を襲った盗賊たちだってそう。殺されたから殺した……でも、人に人を裁く権利などあるのか。誰においても、命を裁く権利など」

『カーキッドはないのですか？　神に懺悔したいような事が』

「私がしてきた事は、」

正しいのか、間違っているのか。

『あったとしても、神には赦《ゆる》しは請わんよ』

「……」

——じゃあ、誰に？

ああ、とオヴェリアは思った。

あの時カーキッドは無言でこう言ったんだ。

自分自身に、と。

きっと彼ならば、あの剣士ならば貫き通す。

信念と揺るぎのない太刀筋で、例えそこに後悔の念が生まれる事があろうとも。あの男は神に懺悔しない。

きっと、己自身に請う。

……自分を赦せるのは自分だけだから、と。

「……」

オヴェリアは黙り込み、しばらくして息を吐いた。

「神様」

誰も答えない静寂の空間。オヴェリアはそっと、目を開け言った。

「いいえ、神様。ごめんなさい……ごめんなさい」

オヴェリアは首を横に振りながら、その言葉を繰り返し言った。

「道は、己で決めます」

迷う事は多いけれども、困難も多いけれども。直面する選択はいつも、簡単でも単純でもないけれども。出した答えが一〇〇%正しいと思える事はない、きっとそれはこれから先もずっとずっと。

だけど。

「神様」

——見ていてくださいますか？

赦しは請えない。きっとそれが答えだから。

神は何もしない。赦す事も赦さぬ事も。

ならばせめて。

「見ていてください」

目を背けず。

この先、私がどれほどの罪にまみれて行こうとも。

どうぞ神よ、私を赦さなくてもいいから、見ていてください。

この鼓動が止まるその瞬間まで。

幾多の罪に汚れてしまっても。

「神様、私を」

生きていくから。

死ぬその瞬間まで迷いながら、生きていくから。

見ていてくれる人がいるならば、私は……、とオヴェリアは思った。

強くなるから。負けないから。

必ず……前を向いて、進んでいくから——。


「あの馬鹿、どこ行きやがった」

カーキッドは明らかに苛立った様子で辺りを見回した。

風呂へ行くと言って部屋を出て行ったのはいいが、オヴェリアの帰りがあまりに遅い。

——心配したわけじゃねぇ。

誰にともなくそう言い訳をし、風呂場まで行ったが、そこにはやたらとニヤニヤ笑う女がいるだけだった。

「お連れの方はもう部屋に戻られましたよ」

戻ってねぇから探してんだ！　と出かかった言葉は、何とか寸前で飲み込んだ。

「……俺は、お守りじぇねぇつってんだろうが！」

言いながらも懸命に探すカーキッド。

嫌な予感がする。

理屈ではない。彼が磨きぬいた第六感。

――どうもこの街は、きな臭ぇ。

角を曲がると床板がキィと音を立てた。カーキッドはそれに何となく舌打ちをした。

そしてその前方に、赤い布の掛かった扉が見えてきた。

そう言えば、とカーキッドは思い出す。あの部屋は何かとオヴェリアに聞かれたな。

ひょっとして……と思い扉を開ける。中は狭く暗い。そして誰もいなかった。

「どこ行きやがった」

ため息混じりにもう一度そう呟いた時。

「あの方なら、礼拝堂の方に行かれましたよ」

ギクリ、とカーキッドは振り返った。

すると、赤い布の掛かった扉の横の壁がスルリと開いた。

そしてそこから出てきたのは。

「……テメ」

「やぁ、どうも」

デュラン・フランシス。その男であった。

「何でここにお前がいるんだ」

扉は閉じるとまた壁になる。よくよく見れば取っ手もあるが一見にはわからぬ。

そこは告解部屋に隣接する部屋。司祭が懺悔を聞くための場所であった。

「いや、何となく。そこで考え事をしてたらね、隣の部屋に姫様が入ってくるものだから。私も少々驚きましたよ」

苦笑しながら眉尻を掻く神父に、カーキッドは吠えた。

「そうじゃねぇ！　何でテメェがこの教会にいるんだ！」

「質問の意味がわかりませんな。教会ゆえに、です」

私が何者か、あなた、理解できてますか？　デュランは垂れ目の瞳にはっきりとした呆れをにじませた。

カーキッドは一瞬「斬ろう」と思ったが、何とかこらえた。

「……お前、赤ん坊どうした？　レイザランで、赤ん坊の術を解くつってただろうが」

出発は自分たちの方が早かった。なのになぜもう、ここにいるのか？

するとデュランは「そうそう」と壁に背をもたれさせた。

「赤ん坊の術払いはどうにか終わりました。……難儀はしましたがね。今は赤子の部屋と屋敷と町、三重に結界を張ってあります。少しはもつでしょう」

窓の外は闇。たとえ今鴉が飛んでいても、見る事はできない。

「それから取り急ぎやってきて、本日到着した次第。それにしてもあなた方は？　今日の夕刻ここに見えられましたな？　……まさかカーキッド、主らは森の道を通ったのでは？」

「……他に道があったのか」

デュランは苦笑した。

「それはまた、随分な遠回りを。最短でレイザランからフォルストへは、ゆっくり歩いても二日あれば着けるのに」

カーキッドは歯をギリと噛み締めた。

「なら最初に教えとけ！」

「聞かれなかったし。それにお前、知った様子でズンズン歩いて行ったじゃないか？」

「……」

カーキッドは少し固まった。その様子にデュランは吹き出したいのを必死にこらえた。まだ命が惜しかったのだ。

「森の方から来たならば、途中、何の噂も聞かずにきたって事か？」

「噂？」

「ああ、この街の」

良からぬ噂。

「何だそりゃ」

窓が風に煽られガタガタと揺れる。

「まぁ色々。とりあえず……フォルストには近寄らない方がいいと皆さんおっしゃいましたな」

「何？」

「私が聞いた話では」

風が止めば二人の声以外無音。その静寂の中、

「フォルストに行くのなら、夜、建物の外には決して出てはいけない。それは……」

デュランが最後の一言を告げたのと、悲鳴が聞こえたのは、ほぼ同時だった。

「屍人《しかばねびと》が、彷徨《さまよ》っているから」

「――!!」

ダンダンダンダン

ドンドンドンドン

何だこの音は!?

「何が始まった!?」

音はどこから!?

「礼拝堂からです!!」

カーキッドとデュランは顔を見合わせた。

「待て待て、オヴェリアはどこに行ったって？」

返答はあらず、まして不要。二人駆け出す。

「こっちです!!」

デュランが先を行き、カーキッドに道を示す。

廊下を走り少し大きめの扉を蹴破るように抜けると、目に飛び込んでくる赤、青、黄の光。

月の光が魅せるステンドグラスの仄かな輝きの真下に、

「オヴェリア!!」

「カーキッド？」

彼女は呆然と立っていた。

その姿は白いローブ姿。髪は解き放たれている。近寄ると淡く石鹸の匂いがした。

良い匂いだ。カーキッドの心臓が少し跳ねた。だがそれを振り払うように頭を横に振ると、彼はすべての念を閉め出す。

「何事だ」

「わかりません」

「オヴェリア様、ご機嫌麗しく」

「デュラン様？　なぜあなた様がここに？　テリシャ様の御子は？」

顔を背けたカーキッドに対して、デュランは膝をつ

くとまずは手の甲に口付けた。

「良い香りだ」

「え」

「お美しい」

「……あ、ありがとう」

「オヴェリア、顔隠せ!!　もう一回風呂に入りなおせ!!」

オヴェリアは嫌そうな顔をしたが、確かに、湯上りの彼女はランプの明かりだけでも、頬をピンクに染めていつもと違う意味で美しかった。

うなじに張り付く髪とローブから覗く肌がさらに色気を出していたが、彼女が知る由もない。

デュランの熱っぽい目とカーキッドの怒りをあらわにした目に、彼女は一瞬たじろいだが、ドンドンドンと繰り返される音に意識を向ける。

「た、たすけてくれ!!　開けてくれ!!」

そして、分厚い扉の向こうから聞こえてきたその声に、ハッと我を取り戻す。

「扉をっ！　誰かが」

「なりませぬ！」

慌て二人に向かって叫んだオヴェリアに届く声。

「扉は開けてはなりませぬ!!」

三人の元に息を切らし走ってきたのは司祭であった。

「司祭様、」

「開けてはなりません！」

オヴェリアは戸惑った。

「しかし！　誰かが助けを求めています」

「駄目です、開けたら」

司祭は必死の表情で言った。その様子はただ事ではなかった。

「開けたら……開ける事はできません」

「何ゆえ!?」

そう言う間も、助けを求める声は止まない。

「鍵を早く!!」

「なりません!!」

「それは――」

司祭とオヴェリアの間に、デュランが入る。

「屍人《しかばねびと》、ですかな？」

「――」

「しかばね……？」

「ここに来る途中、立ち寄った村で聞きました。フォルストは夜になると屍人がうろつき、人を見つけては食らいつくのだと」

「――ッ!!」

では、助けを求めているのは、

「扉を開けなさい!!」

オヴェリアはいよいよ叫んだ。

「これは命令です!!」

「し、しかしそれでは、」

「救いを求める者を拒む事はせぬ、ではなかったのですか!!」

「――ッ」

オヴェリアは剣を構えた。

「カーキッド、扉をッ!!」

カーキッドはニヤリと笑った。

「司祭殿、鍵を」

デュランがやや呆れた様子で司祭から鍵を受け取る。

「屍人は全員斬ります」

一歩たりともこの教会に、入れはしません。

「扉を――ッ!!」

ギィィィ……。

開け放たれた先に広がるは、漆黒の世界。

「ぐわぁああ!!」

「デュラン様!!」

そして扉を開けるとすぐ、人が飛び込んでくる。

屍人ではない、生きた人間。一見で見て取れる重傷の度合い。

それをデュランに任せ、オヴェリアは、続けざまに入り込もうとする塊の一つを斬った。間髪入れずカーキッドが扉の向こうへ追いやるように、思いっきり蹴飛ばす。

それと同時に二人、扉の外へと一気に飛び出した。

そして二人の目に映ったものは。

「オヴェリア、すげぇな」

カーキッドも笑う光景。

「盗賊、蟲、獣に奴隷商人に暗殺者……その上、今度は死霊と来たか?」

彼も黒の剣を携えている。抜き放ったそれは、闇をも斬り裂く絶界の黒。

「お前といると、事欠かねぇなぁ」

「行きます!!」

白き剣を天に突き上げれば、月が反射する白銀の刃。

向かい風のように二人は飛び出した。二人を待ち受けるのは無数の屍人。

「何だこりゃ」

呟きながら、カーキッドは横に剣を一閃させた。一気に五つばかりの首が吹き飛ぶが。

――本当に屍だってのか？　こんな事があるのか？

立ち込める臭気。相手の形《なり》は様々だが、統一して言えるのは一つ。

朽ちている。服が、肉が……体が。

「ゾンビかよ」

襲い掛かってくる三体の足を、腿から斬り飛ばす。一歩退き別の屍人に斬りかかるが、

「オヴェリア!!　気をつけろ!!　斬っても動くぞ!!」

それにはオヴェリアも気づいていた。腹を斬っても腕を斬っても、他の部分は変わらず動く。もがくように彼女に詰め寄ってくる。

首を断ち切っても同じ。残った体がまだ蠢《うごめ》く。飛ぶように避け、オヴェリアは足を切り落とす。

髪が邪魔だと思った。乱れる髪が視界を隠す。気を取られた瞬間、死角から襲ってきた屍人にローブの一端を裂かれる。

「ッ！」

何とか避けたが足に痛みが走る。腿を切り落とした屍人が倒れながらも爪を立てていた。

「オヴェリアッ!!」

いっそ髪を切り落してしまおうかとも思ったが、

『姫様、髪は女の命でございますよ』

この屍人の群れの中、オヴェリアの脳裏で侍女のフェリーナが微笑みを浮かべた。

『姫様の髪は金糸。こんなに美しい髪を持つ女子は、この国にはおりません』

「ぼさっとすんなオヴェリア!!」

彼女をかばうように、カーキッドが仁王立ちになり剣を振るう。その背後に隠れ、慌て彼女は髪をひと束に結んだ。

「何やってんだ!!」

それにカーキッドが叱咤する。

「ごめんなさい」

それだけ言って、挽回するかのように剣を薙いだ。

右へ左へ。斬って斬って斬って。

伸ばされる手を斬り、髪だけになった首を落とし、半分溶けた胴体を裂く。

動くなら、動かなくなるまで二人は斬る。

「ラウナ・サントゥクス、ラウナ・サントゥクス」

その背後、デュランも言霊を紡ぐ。

「ミリタリア・タセ、エリトモラディーヌ!!」

護符を解き放つ。

それは白い浄化の光を放ち、突きつけられた屍人がみるみる内に溶けていく。

だが溶けきるのを待つ二人ではない。足が止まった瞬間を突き、返す刀でまた別の一体を斬る。

デュランは二人に向け守護の術を放ったが、二人は気づいていなかったかもしれない。

それくらい無数。必死。

最終、斬った数など二人にわかるはずもなかった。

ただ、転がる無数の屍が、じゅうたんのように大地に敷き詰められていた。


「一体こりゃ、何だってんだ」

月を背景に、鴉が一羽飛んで行く。

それには気づかず、オヴェリアは茫然と目の前の光景を見ていた。

「退いて」

転がる屍一体一体にデュランが護符をつけて行く。

それは仄かな光を放ち、貼られた者はやがて骨だけとなり、次第に地面に吸い込まれるように消えていった。

「デュラン様、何かお手伝いを」

慌ててオヴェリアは駆け寄ったが、デュランは彼女の姿に驚き、やがて苦笑とともに明後日を見た。

「いえいえ。結構でございます。それよりも」

「え？」

「着替えられた方が良ろしいかと」

「？」

言われて初めて彼女は自分の姿を見下ろし絶句した。

白いローブは血に汚れ、所々ちぎれ、破れ、ボロとなり、大きく開かれたのは——胸元。

「——ッッ」

真っ赤になって布をかき寄せると、今度はお尻がはみ出してしまう。

デュランが自分のキャソックを彼女に渡してやろうとしたが、それより早く、カーキッドが自分の上着を掛けた。それはオヴェリアにとってはかなり大きめで、彼女のお尻まで届くほど。

「ありがと」

「いいから。とっとと着替えて来い!!」

「……ん」

オヴェリアは赤面して頷き、チラとカーキッドを見上げた。上着を渡した彼が今度は肌をさらす事になっているが、こちらはまったく気にした様子がない。

顕にさらされた男の上半身を目の当たりにしてオヴェリアはさらに赤くなり、一目散に逃げるように去って行った。

その姿はたった今まで亡者と戦っていた勇猛な剣士にはとても見えぬ。デュランは思わず失笑した。

「かわいいな」

「……あ?」

「鬼神も魅入られた、か?」

「……斬るぞ」

ハハと笑い、改めデュランは屍に向き合う。

「おー、怖い怖い」

「そいつは一体何なんだ!!」

怒りを滲ませ、カーキッドは荒れた様子で叫んだ。

「本当に、屍だってのか!?」

「んー、そうだなぁ」

伏した屍にそっと手を当て、デュランは目を閉じた。その口元には笑みこそ浮かんでいたが。

「司祭様」

開いた目には、笑みの感情など一切なかった。

「ご説明願えますかな?」

散乱した屍を処理し終えた頃、オヴェリアは戻ってきた。

それを待った上で、司祭は息を吐いた。

「始まりは、半年ほど前になりましょうか……」

デュランもため息を吐いたが、明らかに彼の目はオヴェリアの胸元。鎖帷子になってしまったそこを見てのものだった。

カーキッドもこっそりと見ていた事は、誰も知らず。

「半年ほど前になりましょうか……この街で、原因不明の病が流行りましてな」

礼拝堂の中に惨状は及ばなかった。椅子もじゅうたんもきれいなままである。

祭壇の両側と奥には見事なステンドグラスが壁面を彩り、正面には聖母サンクトゥマリアの彫刻が静かに佇んでいた。

告解部屋を出たオヴェリアは、彼女に向かって頭を垂れていた。その直後に今回の事が起こった。

「多くの者がそこで命を失いました。……幸い病の流行はすぐに治まりましたが、その頃からです……夜になると墓場から亡者が現れ、街を彷徨《さまよ》うようになったのは」

礼拝堂を静寂が包む。

「幸い亡者たちは家に押し入るまでの事はせず……きちんと錠を掛けて中に潜んでおれば害はございません。ですが万が一にも外に出て見つかってしまったならば」

「食われる、と？」

デュランの問いに司祭は怯えた様子で頷いた。

「しかし死者が蘇るなど、そのような事が本当に？」

オヴェリアの問いにデュランは首を横に振った。

「オヴェリア様、彼らは決して蘇ったのではありませんよ。死した者が再びその身に生を受ける事はありません。死は、死です」

「ならば一体」

「……ゆえに」

デュランは眉を寄せた。

「今回のこの一件は、陵辱でございます」

「え？」

「屍を操る輩がいるという事でございます」

「――」

カーキッドは苦い目でデュランを見た。彼は黒の上着を前を止めずに羽織るだけにしている。胸元には大きな傷跡があった。

「魔術か？」

「ええ。そうでしょう。そういう臭いが致しました」

「……」

「もう少し厳密に申さば、闇の魔術。……赤子にかけられていた物と同じ系統。今は禁とされている類の一つですよ」

「デュラン様」

　司祭がデュランに向かい、たまらぬと言った様子で呻いた。

「闇の魔術とは……そのような……そのような事が」

「確かに存在するのです、ムール司祭。あの波動はそれそのもの。我らがここにやってきた目的も、その事を調べるため」

　デュランはオヴェリアに向き、「良いですかな？」と尋ねた。オヴェリアはその意図を汲み取り、小さく頷いた。

「これは他言無用で願いたい。我らはレイザランよりやってきた。この地フォルストから帰還した者が闇の魔術と関わりを持っていたためです。その所業により、かの地では一つの混乱が起き、未だに苦しんでいる方々がおられます。我らにわかっている事は、フォルストの宰相ドーマが関係しているのではないかという事。今は情報が欲しい。何かご存知でしたらお教え願いたい」

「……」

「ご存知でしょうが、闇の魔術の使用は絶対たる禁。ましてや、その術書の在り処は教会でも数えるほどしか知らぬはず。……それが悪用されている今」

　――このままにしておけば。

「放置すれば、大変な事が起きましょうぞ」

「……」

「ムール司祭」

「デュラン殿……されど、私とて知る事は少ない」

　苦く苦く、ムール司祭は語る。

「半年前の疫病にて、何人の同胞が亡くなったか」

　オヴェリアの髪をといてくれた女が隅で泣き始めた。

　悲しみがあるのだ。先ほどあんなにも楽しそうに笑っていた彼女にも。

「この街は滅ぶと誰もが思いました。それくらいの状況でございました」

　人は目に見える表情の下に、どれだけの感情を背負って生きているのだろうか。

「だがそれを救ってくださったのが、ドーマ様」

「宰相のドーマ殿でございますか？」

「ええ……言い換えれば、ドーマ様が招いた客人によって」

客人。その言葉にカーキッドが顔を上げる。デュランも目を見開く。

そして司祭の次の言葉により確信となる。

「旅のまじない師だそうです」


半年前突然流行した疫病。

死者は多数。街は壊滅に瀕した。

だがそこに現れたまじない師が、瞬く間に疫病を止めた。

彼は街の救世主と呼ばれ、今は領主カーネル卿の傍に仕えているという。

だが疫病が去った後、夜になると屍人が街を徘徊するようになった。

それもあり、旅人は少なくなり、街では法外な値段で商売をする者も現れた。すべては食べていくために。

「なぜ街を出ない？」

カーキッドは尋ねた。

「こんな街になぜまだ残る？　おかしいじゃねぇか、とっとと逃げればいいものを」

それに司祭は首を横に振った。

「皆、この街が好きゆえに。それに……」

「それに？」

「……疫病が治まった後ドーマ様から発布された法令の中に、このような文言があるのです。〝疫病がまだ本当に絶えたかわからぬ今、これを他の領地に広める事はまかりならぬ。ゆえに街を出ようとする者は厳罰とする。万一街を出てしまった者がいたとしたならば、その近隣者……親、子、隣人、友人、知人……それに至る者達を〟」

死罪とする、と。

「――」

「楔でございますよ。実際に逃亡した者の隣に住んでいたというだけで、斬首された者もおります」

「……そんなッ！」

狂ってる、とオヴェリアは呟いた。

だが司祭は言った。

「かも、しれません。今日もその旨で一件、葬儀を承った次第」

「……昼間の鐘はその時の……」

「皆、耐えている」

そして、

「生まれ育った街を……人を、捨てられぬとゆえに耐え忍び、暮らしているのです」

すすり泣く声は、止まず消えず。

オヴェリアの胸に冷たい風を呼び込んだ。


その夜、念のためにとデュランが教会に周囲に結界を敷き、カーキッドも礼拝堂で過ごしたが、結局その後は何も起きずに朝を迎えた。

オヴェリアもカーキッドの傍にいたかったが、無理矢理客間に戻された。

「でも……」

「いいから、部屋で眠っとけ！」

殺気立った彼の様子に、オヴェリアは結局従わざるを得なかった。

屍人が徘徊するのは、朝日が昇るまでの間。果たして朝日は昨日と同じように街を照らした。

安堵の光だなと、ステンドグラスから差し込む光にあくびをしながらカーキッドは思う。今フォルストの人々にとって、太陽以外の守り神はいないであろう。

「……何事もありませんでしたな」

聖母の前で二度目の欠伸を遠慮なくした時デュランが現れた。

キャソックに弓も携帯している。彼もまた、寝ずに番をしていた様子だった。

「今オヴェリア様の所に参りましたが、守りの陣を街全体に敷けぬのかと申され」

「オヴェリアか？　まぁあいつならそう言うだろうな」

どの道あらかたの屍は、昨日斬っちまったんじゃねぇか？　そう言いながらカーキッドは胸元から煙草を取り出す。

「それにしても、〝まじない師〟か……」

「鬼神カーキッド、そなたもその言葉に何か思いがあるようだが？」

「……てめぇもか、破戒僧」

デュランは片目を上げて、「ふふ」と笑った。

「どの道、城か」

「領主はカーネルとか言ったな」

「ああ。姫様の叔父上だ」

そんな事言ってたな……と興味なさげに彼は煙草に火を点ける。

「ハーランドの五卿の一人、アイザック・レン・カーネル。御歳三一」

「若ぇな。レイザランの領主より下か？」

領主なんて、ジジィがやりそうな事なのによとクックッと笑うカーキッドに、デュランは構わず続ける。

「オヴェリア様の母君、ローゼン・リルカ・ハーランド妃の弟君だ。生きておられればフォルストの状況に何と思われたか」

「……」

『ははうえ……』

オヴェリアが寝言でそう呟いていたのを思い出す。涙を流していた。

「亡くなったのは病気か何かか？」

デュランが答える。

「と、聞く」

デュランは祭壇のサンクトゥマリアの像を見ながら話を続ける。

「カーネルの当主は五年前に他界した。その時より当主になったアイザック・カーネル卿。幼き頃より傍で彼を補佐していたのがドーマ宰相」

「そういう人間関係の構図は良くわからんが、とにかく怪しむべきはまじない師、だろう？」

「……」

「まぁ要するに、そいつを斬ればいいってこったろう？　最悪は」

「まだ何もわからんぞ」

「でもお前もそう睨んでる、だろうが？」

「……」

デュランは少し言葉を呑み、やがて天井を見上げた。そこには見事な彫刻が成されていた。翼の生えた赤子がラッパを持って、紅い空に浮かんでいる光景だ。

「この後二日、お前は姫様と一緒にここで滞在しろ」

「……あん？」

「城へは、私が一人で行く」

カーキッドは鼻で笑った。

「何言ってんだか」

「冗談ではない」

「バーカ。こんな所でくすぶってられるか」

「……身を案じるから、だ」

「？」

デュランは天井を見上げたままである。白い喉笛、今猛獣が現れたら一気に食い千切られそうだとカーキッドは思う。

「オヴェリア様を、巻き込めぬ」

「……何に」

「今回の事、私の想像するような事ならば」

「……」

「……そなたらを巻き込めない。相手は禁術を使う恐るべき術者」

ガァ、ガァと。無遠慮な声がした。


「いいな。ここを出るな。片は私がつける」

捨てるようにそう言い、デュランはカーキッドに背を向けた。

「それで済むなら？　俺は楽だけどな」

教会に城からの使者が訪れたのは、それから間もなくの事であった。

挨拶も何もなく、無遠慮なまでにズカズカと内部に押し入った彼らは、

「ここに旅人が逗留しているはず。昨晩、亡者達を斬り捨てた剣士がここにいるな!!　直ちに連れてまいれ!!　これは宰相ドーマ様よりの命令ぞ!?」

オヴェリアと二人食事を取っていたカーキッドはそれを聞くなり「面白ぇ」と吐き捨て、パンを一飲みにして剣を取った。

オヴェリアは嘆息を漏らしながら、やがて、叔父上……と呟き表情を曇らせた。

馬車に揺られながら、オヴェリアは思う。叔父である、アイザック・レン・カーネルに会ったのはいつ以来かと。

——多分あの時……。

あれは、叔父の婚儀の折。

先代の領主、オヴェリアにとって祖父に当る人物が病を患い、慌てて娶ったのがソフィアだった。

令嬢であった。その時オヴェリアは一二歳。年上の娘はとても美しく、アイザックと並ぶ姿は、幼心に、自分との決定的な違いを見せ付けられた気がした。

結婚し領主となる前は、よくハーランドの城にも遊びにきてくれた叔父。オヴェリアはアイザックの事を兄のように思っていた。いつからか淡く恋心を抱き、あの日儚く散るまで。

——叔父上……。今、行きます。

オヴェリアはそう堅く思い、車窓を見た。

そんな彼女を、向かいに座るカーキッドは黙って見ていた。

狭い馬車、彼の隣とオヴェリアの隣には兵士が乗っている。武器は奪われてしまったが、奪う事も逃げる事も彼からすれば容易い事だった。

だがそれをしなかったのは、ひとえに招かれた事。この先の顛末を見てみたいという衝動。

そしてオヴェリアの顔が、少し切なかったから。

「……」

『お前の生涯は剣によって生き、剣によって生かされる。そして——』

——くだらねぇ。

かつて言われた言葉。

吐き捨てる思い。

「……オヴェリア」

「……？」

車窓を眺めていた彼女が、呼ばれ振り返った。

その顔は、一瞬、カーキッドの知らぬオヴェリアの顔であった。

だから、

「鼻」

「？」

「朝飯のトマトソース、ついてるぞ」

「!?　え？　え？　ウソっ」

顔を真っ赤にして鼻をこするオヴェリアに、カーキッドは頷いた。

「ああ、ウソだ」

「……もう、カーキッドっ！」

「私語は慎め」

ついでにカーキッドは自分の服の襟を上げる仕草をして「顔を隠せ」と無言で彼女に訴える。オヴェリアはまた、頬を膨らませた。

その顔を見てカーキッドは笑った。彼がよく知るオヴェリアの顔だ。

それでようやく城まで眠ろうと思えた。

レイザランの領主ラーク公の屋敷は、屋敷であり城といった物ではなかった。

だが今目の前にあるのは確かに「城」である。

ここに入るという事は、ハーランドの城以来の、「登城」という事となる。

オヴェリアもカーキッドも、慣れた様子で兵士の後を着いて行く。

オヴェリアは当然として、カーキッドが堂々としているのは単純に、周りの建物と兵士一切に興味がなかったからである。

しかし無関心を装いながらも、要所はきちんと見ていく。いざ逃げるとなった時、姫を頼るには心もとない。

二人は兵士に挟まれ歩いていた。前に三人、後ろに三人、計六人。周りからすれば物々しい有様ではあったが、カーキッドからすれば甘く見られているとしか思えなかった。

「この部屋にてしばし待て」

謁見の間かとカーキッドは思ったが、生憎ただの簡素な部屋だった。来客用の部屋でもなさそうだった。

「何だここは」

二人を残し、兵士たちは外に出て行く。兵士が出きった後はガチャリと錠がされた。

「……罪人扱いだな」

しかしカーキッドは、どこか面白そうだった。

対してオヴェリアは不安げに呟いた。

「やはり死者を斬るなど……あってはならぬ行為でしたか……」

「あぁ？　でなきゃこっちが死んでただろうが」

「しかし……ここフォルストは昔から信仰の厚い土地です。死者への冒涜《ぼうとく》行為として罪を問われるやも」

「何が冒涜だ、阿呆臭い」

言いつつカーキッドはあの時の戦闘を思い出す。

ついでに、あの時のオヴェリアの姿も思い浮かべてしまい。慌てて首を横に振った。

「？　どうしました？」

「んでもねぇよ!!」

そもそもは、オヴェリアが扉を開けろと言わなければ、屍人と向かい合う事もなかったのだが。

……あの時助けた者は今頃教会で安静にしている。

デュランの手当てが早く一命は取り留めた。

「しかしデュランの野郎……逃げやがったな」

教会に城からの使者が来た時、気づけばデュランの姿は見当たらなかった。

「デュラン様が逃げられたのは幸い」

「俺らはこうやって連行されたのに、か？」

「せめてもの、です」

カーキッドはため息を吐いた。

「まぁいいさ」

デュランは言っていた。二日ほど教会に滞在しろと。片は自分でつけるからと。

そんな、つまらん役回りは真っ平ごめんだと思う。

――上等じゃねぇか。

面倒事は嫌だが、それが身を焦がすような戦いならば話は別。

まぁ魔導師を相手にするのは骨が折れるが……とカーキッドは苦笑も浮かべた。

そして間もなく錠が外れる音と共に、扉が開いた。

「お待たせしました」

現れたのは、鼻の下にひげを蓄えた小男。

「私はフォルストの宰相、ドーマと申します」

特に際立った殺気があるわけでもなく、いかにも役人と言った容姿のその男に、カーキッドは少し、拍子抜けの気分になった。


「昨夜教会で立ち回っていたというのはそなたら二人か」

ドーマはカーキッドを見、そしてオヴェリアに目を留めた。

「屍人を大量に斬り殺したと」

「それおかしいだろ」

間髪入れず、カーキッドが言う。

「屍人は、元々死んでる」

「……斬ったというのはそなたらだな」

だとしたら？　とカーキッドはニヒルに笑った。

「死者は尊厳をもって丁重に扱うもの。教会の教えにはそうある」

斬るなど、以ての外。

「しかし、街の者が襲われていました」

「……」

オヴェリアが一歩前に出る。

「死者を丁重に扱う、それは存じております。尊き教えです。ですがそれにより、生者が虐げられるのは良しとせよと？」

「……よって、夜間の外出はせぬようにと触れを出しておる。それを守らぬ者の事まで関知はできぬ」

「夜出るな、それが根本的な解決とは思えません。問題は何ゆえそのような事が起こるのか、そこではないのですか？」

む、とドーマはたじろいだ。カーキッドは面白そうに笑った。

「だわなぁ。俺もそう思う」

「死者が蘇る事はない。まして動く事もない。それが動き彷徨う、人を襲う、これは」

「……天よりの差配」

「馬鹿な。何者かの意思。だがそれは、神にあらず」

「……」

神は答えぬ。正しもせぬが乱しもせぬ。

万事、偶然と、人の意思にて世界は回る。

「ドーマ宰相に尋ねたい事があります」

「……何だね」

ここに至る途中、カーキッドはすでにオヴェリアに注意していた。焔石の事だ。

「レイザランの領主、カイル・グルドゥア・ラーク公の事はご存知でしょうか?」

「……もちろん。何せレイザランとフォルストは距離も近い。行き来する仲だ」

「では半年前この地にやってきたカイル様に、あなた方は何をした!?」

石の事は極秘だと、切り札は最後まで取っておく物だと。

声を荒げるなとカーキッドは目でそう呟いたが、彼女には伝わらなかった。

「何、とは」

「彼の成れの果て、ここでお聞かせいたしましょうか?」

「……結構」

ドーマが明らかに、その話を嫌っているのがわかった。

「ならば、赤子の呪いは?」

「……そなた」

「レイザランに送りつけられた書状には、あなたの名前で印がされていましたぞ!?」

――落ち着け、オヴェリア。

だが猛った彼女は止まらない。

「カーネル卿は存じている事なのか!?」

赤子の呪い、獣人化した領主、徘徊する屍人。

「答えよ、宰相ドーマ」

そして、碧の焔石――。

「私はヴァロック・ウィル・ハーランドの娘、オヴェリア・リザ・ハーランド」

ドーマは目を見開いた。兵士たちも言葉を失う。

そしてカーキッドは、額に手を当てた。

「姫、様」

「そなたが求める石」

私の手の中に、そう言って懐から石を出そうとしたその刹那。

「ハ……ハッハッハッハ!!」

ドーマはその小さい体からは想像できないほど大仰な声を上げて笑った。それは周りにいた兵士たちも驚くほどだった。

「姫!?　オヴェリア王女様!?　馬鹿な!!　なぜ姫がこんな所にいる!!」

「……ッ！」

「しかも供もつけずに？　あり得ぬ。馬鹿らしい」

「ドーマ!!」

「我が名を呼ぶな、汚らわしい!!　姫の名を語るなど言語道断、以ての外じゃ!!　問答無用。これ以上の質疑応答一切不要」

「ッ」

「この者たちは死罪とする。牢に閉じ込めておけ!!」

「ッ!!　ドーマ!!」

兵士は二人を乱雑に取り押さえ、地下へと連行する。

ただ不気味だったのはカーキッドが神妙だった事。

彼の事を良く知る者が見たら口をそろえてこう言うだろう。間違いなく、天変地異の前触れだと。

……カーキッド・J・ソウル。その男が、抵抗する事もなく牢屋に入って行くなど。


暗い。床には水溜りもできている。

ここは牢屋である。

こんな場所、もちろんオヴェリアは初めて来た。当然ながら入れられるのも初めてだ。

だが不思議と怖くはなかった。

「本当に事欠かねぇな。盗賊に暗殺者に蟲に獣に、屍に？　その上牢屋かよ……まぁ、この城に来た以上名乗らにゃならん瞬間があるとは思ってたが。あそこで言うか？」

「間違い、でしたか？」

「さぁね？　でもありゃ、名乗りって言うより啖呵《タンカ》だな」

「……」

「事にはなぁ、お姫様。順番ってのがあるんだよ」

常に「面倒臭いから斬る」と言っている男の発言とは思えなかった。オヴェリアはあからさまに眉を寄せた。

「でも」

「まぁいいや。とりあえず体休めとけ」

「……」

言うなりカーキッドは、牢獄の壁に背をもたれさせた。

「……ごめんなさい」

「んあ？」

「私が名乗ったから」

「……」

「だから」

――こんな場所に。

「……泣くな」

「泣いてなどいません」

「そーかい。……ただでさえ湿気た場所だ。これ以上水気はいらねぇぞ」

「……泣いてないって言ってるでしょ」

怖くはなかった。けれど申し訳がなかった。猛っていた心、今はすっかり静まり返っている。漣《さざなみ》一つない水面のごとく。

だがその水面から水が一滴、二滴こぼれてくる。何が悲しくて涙が出てくるのか。

悲しくて、悔しくて、辛くて、切なくて。

何もかも、オヴェリアにはわからなかったけれども、溢れ出る物は止められなかった。

「泣いてなど、おりません」

でもそれをカーキッドには知られたくなかった。見せたくなかった。彼女はスッと彼に背を向けた。

「泣いてなど」

「あー、もー」

カーキッドはバリバリと頭を掻き、立ち上がった。

そして牢獄の真ん中にへたり込んで座っているオヴェリアまで寄ると、バッと彼もそこに座り込む。

「泣いてるじぇねぇかよ」

「だから、これはっ」

「うぜぇ」

おもむろに、その頭を胸に抱き寄せた。

「地べたは濡れてるつってるだろうが！　これ以上濡れた場所増やすんじゃねぇよ」

「……」

「だから女は嫌なんだよ」

牢屋に入れられたぐらいでピーピー泣きやがって……そうブツブツ言いながらも、カーキッドの腕は優しかった。

優しく強くオヴェリアの頭を抱き寄せ、それから体も抱き寄せた。

髪は甘い匂いがした。

少しそれが鬱陶しい。

「……うぜぇ」

身体のどこかがズキリとした。

言いようなく、どこかを淡く斬られたような。

いや、ズシリと深く斬られたような？　金の髪に顔を埋めた。

鼻先を少し下へたどると耳がある。それは冷たかった。

誘われるようにカーキッドの口が開く。甘噛みしかけて、ハッと我に返って寸前で止める。

――いかんいかん。

カーキッドは大きく息を吸い込み、吐いた。

そしてオヴェリアの背中を撫でてやった。

「牢屋ごときで、泣くな」

「……でも、私のせいで」

「こんなもん、どうって事ねぇよ」

「剣もないし」

「はは。まぁ奪い返せばいいさ。……ってか、お前の剣はどうした？」

「馬車で兵士に渡しましたけど……預かるって言われたから」

「おいおい。持てないのにどうやって預かるってんだ？　あの剣今頃どうなってんだ？」

カーキッドが背中をさすってくれる。それはとても心地よく。

ああとオヴェリアはその腕の中で息を吐いた。

――暖かい。

目を閉じる。

このぬくもりは、まるで母上の胸の中のよう。

でも違う。汗のにおいとか、堅い胸とか。

――男の人。

でも優しい。

その温もりが少しだけ彼女に今までとは違う涙を流させたけれども、すぐにすべてを包み吸い込んで涙は止まる。

カーキッドの胸の中で……カーキッドに抱きしめられるのはこれで二度目。

男の人の腕。

彼女を抱きしめた男は、彼で三人目。

父ヴァロック・ウィル・ハーランドと、叔父アイザック・レン・カーネル。

――叔父上様……。

叔父より分厚い胸板は、叔父より少し苦しくて。

暖かいというよりは、熱いくらい。

でもその熱は、心地の悪い物では決してなかった。

しばらくして泣き疲れて眠るお姫様を、濡れてなさそうな壁際に連れて行く。

「俺はお守りじゃねぇってのに」

自分も壁に座り、肩を枕にするように、姫様をもたれさせてやった。

それにしても、牢屋だろうが眠れるこの神経。

「どこでも眠れるってのは、戦士の最低限の条件だけどな」

こいつはまた、ちょっと違うだろ。

只者じゃねぇと思いつつ、もう一度眠る彼女の顔を覗き込んだ。

涙の跡が光ってる。

一滴、垂れ落ちようとしたそれを手ですくってやろうと思ったが、面倒だったので口で吸ってやった。

仄かに塩辛いその味に、姫様だろうが、涙は一般人と同じなんだなと思った。

「ただの女か……」

明後日を見たまま彼はそっとその頭を撫でてやり、自身もそっと目を閉じた。

安穏たる闇が、少しばかり優しく二人を包み込む。

この瞬間襲われたらどうなるだろうかと、そう思う事は多々ある。

森の道、洞窟、崖、人が密集するような場所。

ましてや今。牢獄。

鉄格子の外には看守がいない。時折様子を見にくる事はあるが常ではない。看守が立っているのはこの牢獄へ続くもう一枚の扉の外だ。

もし今暗殺者がやってきたら？　彼らは剣だけでなく針も使う。今この瞬間襲われたらどう戦う？

カーキッドは闇の中思いを巡らせる。

傍らではオヴェリアがまだ寝息を立てていた。服越しに重みと、温もりを感じた。

――こいつを守ってどう切り抜ける？

結局暗殺者がそこにやってくる事はなかったが、彼はそうして、闇の中一人で戦い続けた。

姿のない敵と、ずっと、ずっと。


変化があったのは牢屋に入れられてしばらく後。二人にはっきりとした時間の感覚はなかったが、当然日はもう暮れただろうと思える頃だった。

「腹減ったな。飯くらい出ねぇのかよ！」

「はしたないです、カーキッド」

そう言う傍から、オヴェリアの腹がキュルルルと鳴った。彼女は真っ赤になってうずくまったが、カーキッドは目を見開いた。

「何だ今の音」

「……うるさいです」

「待て待て。今の腹の音か？　おい。あれが腹の音か？」

そう言う間にもカーキッドの腹は、グルグルと深めの音を立てて鳴り響いた。

「姫様の腹は、随分上品に鳴きやがる」

「……黙ってください」

「もう一回聞かせろ」

「え!?　ちょ、イヤ！　来ないで!!」

「うっせぇ、減るもんじゃないだろうが」

そう言って腹に顔を寄せてくるカーキッドを、オヴェリアは必死に拒んだ。

「イヤ、イヤ、イヤ!!」

キュルル。

「お、鳴ったぞ!!　お前腹に鳥でも飼ってんじゃねぇのか。信じられねぇ、こんな音出す奴がいるのかよ」

信じられないのはカーキッドの方である。オヴェリアは唇を噛み締めた。

「あん？　何だよ？」

「……」

「わかったわかった。腹減ったもんな。今看守呼んでやるから待ってろ」

そう言う事じゃないのに……とオヴェリアはガックリ座り込んだ。

「腹が減ったぞ！　飯食わせろ!!」

――きっとフェリーナがここにいたら、こう言うわね。

『姫様！　このような下品な輩に近づいてはなりません!!　姫様が汚《けが》れてしまう!!』

「オヴェリア、テメェも叫べ。腹減ったんだろうが」

「……」

でもね、フェリーナ。オヴェリアは脳裏で呟く。

この人は優しいの。思うよりずっと、優しいのよ。

「姫君の腹も鳴ってるぞ!!　さっさと飯持ってこい!!」

でもねフェリーナ。確かにこの人は無神経だわ。

「カーキッド、恥ずかしい……」

「腹が鳴るのは健康な証拠だ」

「……」

もういい。放っておこうと思った。

だがその直後であった。

明らかに扉が開く音がして、今までなかった、人の気配が生まれた。

「飯か？　やっときたかよ、遅いぞ」

だが、言いながらカーキッドは、スッとオヴェリアを庇うように立ち位置を変える。

「献立を聞かせてもらおうか」

何ら匂ってこない。まして相手は無言。食事ではない事はカーキッドが一番よくわかっていた。

だがそう言い、笑みを浮かべ、相手をニジリと見る。

現れたのは三人。兵士が二人と、全身すっぽりと黒で覆ったローブ姿の者。

「俺はな、今はパスタの気分なんだ」

「――残念だが」

食事ではない……そう言い、黒いローブは面をあらわにした。

「ドーマ宰相？」

その顔に、オヴェリアが声を上げた。

「おっと、これはこれは」

宰相自ら、俺たちの処刑にきたってか？　とカーキッドの目が光る。

ドーマの脇にいる兵士の得物は長剣。格子の隙間から突かれたとして、うまく逃げなければ射程範囲に入るか……。まずオヴェリアをどこへどう逃がすかと思慮を巡らせていたカーキッドだったが。

「オヴェリア姫様」

宰相ドーマは言うなり、その場に傅《かしず》いた。

「ご無礼をお許しください」

「……？」

側近の兵士もそれに習う。

「ドーマ……様？」

ためらいがちにオヴェリアは言った。

「姫の事は存じております。ええ。誰が見間違えましょうぞ」

「……」

「亡きリルカ姫のご息女。……その面差し、瓜二つ」

「……ドーマ様」

「長らく登城もせず、誠に申し訳ありませんでした。昔はよく、殿下の供をしてハーランドに参りましたのに。リルカ姫様にもよく会いに参りましたのになぁ」

「……」

「生まれたばかりのオヴェリア様を抱かせていただいた事もございます。……本当に大きく、お美しくなられましたな」

「……」

オヴェリアの脳裏に過る光景。そう言えば叔父はいつも供を連れていた。でもその人はこんなにも小さく深々としわが刻まれた人物ではなく。もう少しふっくらとしていた。

「クーン……様？」

そう呼ぶと、ドーマは嬉しそうに笑った。

「お懐かしや、姫君」

「クーン様……クーン・ドーマ？」

記憶の中、面差しが重なりそうで重ならない。それくらい、目の前にいる男は変わり果てていた。

「何ゆえそれほどお痩せに」

記憶と現実の違いにオヴェリアは絶句する。ドーマは問いには答えなかった。

だが束の間の沈黙の後、彼は口を開いた。

「話したい事は山々あれど時間がございません。……その部屋、水が沸いていましょう？　壁面を探ってみなされ、地下水道につながっておる」

もう少し左……そう、そこじゃそこじゃ。

「本当だ、開くぞ」

「そこをたどれば街の外に出られる。急ぎ行かれよ」

「え」

「さ、早う」

ドーマが、周りの空気を警戒するように急き立てる。

「しかし……」

「今ならまだ行ける。……殿下の目が覚めぬうちに」

殿下とは。

「叔父上は……？」

「オヴェリア姫様」

オヴェリアの背中が震え出す。彼女は格子に駆け寄った。

「クーン様、叔父上は？」

「姫様」

近寄ると、やつれてしまったクーンの顔にはっきりと直面する。

「石を持っていらっしゃいますな？」

「……」

「レイザランから来られましたな？」

なぜそれを？　尋ねたがやはりドーマは答えなかった。代わりに微笑み彼は続ける。

「持って行ってくださいませ」

「――」

「その石を見せてはならぬ」

この地にあってはならぬ。

「どこぞに捨ててくださいませ」

「クーン様」

「早う。夜陰に紛れて」

そう言うと、ドーマは剣を渡した。それはカーキッドの黒い剣だった。

「白薔薇の剣は我らには持てぬ。馬車ごと、下水道の出口に隠しておきましたゆえに」

オヴェリアは首を横に振った。

「ここは危ない。早く」

「オヴェリア！」

叫ぶカーキッドに、オヴェリアはためらいながら黒の剣を渡す。

「行くぞ」

それを受け取り満足そうに笑うと、彼は先に壁の穴へと潜っていった。

オヴェリアはもう一度ドーマを振り返った。

「早う」

掛ける言葉が浮かばない。

わからない。

一体ここで何が起こっているというのか。そして叔父は一体……。

引かれる思い。だがオヴェリアは次の瞬間気付く。ドーマの脇に立った鎧の兵士が、ついと面甲を上げた。そこにいたのは、デュランであった。

「……」

デュランは笑い小さく頷いた。そのように見えた。

だから彼女は意を決し、ドーマに向かって頭を下げた。

「息災に」

「姫も」

それしか言えなかった。だが、

――デュラン様。

胸に灯る、炎。


……ガァガァと鴉が鳴いている。

それはもう、鳴き声というよりはまるで雄叫びのように。

気違いじみたその声に、だが主は嬉しそうに手を伸ばす。

「そうかそうか」

猫なで声で、一層強く轟いていく。

飛び来た鴉を彼は受け止め、大層愛しそうに撫でてやった。

「よく懐いておるな」

その様を見て、男はポツリと呟いた。

「動物全般。よう懐いてくれます」

「それもそなたの魔術か？」

「さあて？」

笑う、その口元には歯が数本なかった。

「いかがでございますか？　久しぶりの外界は」

「良い」

「それは良ろしゅうございましたな、殿様」

纏った黒のローブは闇に透けるようであった。

「ではでは？　早速でございますが殿様」

出陣でございますぞ。


ドーマは足早に城内を渡っていく。

傍に兵士は五人。その内一人は、語るまでもなくデュラン。彼は慣れぬ鎧に少々難儀しながら、だが歩調は一切乱さず、他の兵士と合わせていた。

ドーマが向かう先は自身の私室。

——ともかく文だ。

やはりこれは、もう、捨て置けぬ。

——このままでは本当にこの国が。

リルカ様の愛したこの国が……大事になる前に早く、文を、使いを立てねば。

その思いが彼の足を早めていたが、どれほど歩調早めても、いつか止まる瞬間はくる。

月夜の晩。昨日より膨らむその月は、今やほぼ満月《みつげつ》。

だが、決してそれは満月にあらず。

欠けている。

満ちるのは今日ではない。

「……そなた」

宰相が歩を止めた。回廊の向こうに人影があったゆえ。

それは黒。闇同然の一色。

ただそれも完全な闇にはあらず。唯一出ている口の部分は肌の色よりも溶けた白。

笑った口は、三日月を描いている。

「ドーマ様や、そんなに急いでどこへ行かれる？」

「……」

「殿下の元か？　それにしては方向が違いますするぞ？」

「……自室だ」

「部屋に戻るのにそのように兵士を従えて？　ヘェッ

ヘッヘッへ、お偉方は難儀じゃのう」

そして臆病じゃ。

鴉の鳴き声が木霊する。この声がこれほどまでに嫌だと思った事はこれまでなかった。

ここに仕えて三〇年余り。ローゼン・リルカ・ハーランドが幼き頃から、アイザックが生まれた時よりずっと。

「あなたが来られぬので、殿様が自らおいでぞ?」

ハッと、ドーマは顔を上げた。

「殿下」

「ドーマ」

遠く、歩いてくるその姿を、彼はずっと見てきた。

アイザック・レン・カーネル。

ハーランド国五卿の一人。若きカーネルの当主。このフォルストを統べる者。

「殿下、お体は」

「震えているな、ドーマ」

「……殿下」

「ドーマ、お前には失望した」

「……」

ゴクリ。

飲んだ息は、鉛の味がした。

「石を持つ者を逃したそうだな」

「……なぜ、それを」

「それにその者たちは我が兵にも手をかけたそうな」

「――」

痛ましや、痛ましやと黒いローブがはやし立てる。

「で、殿下」

意を決し、ドーマは叫んだ。

「恐れながら申し上げます!」

「……」

「あれは、兵にあらず!!」

「……何?」

「あれは、あれはッ」

屍。死者。

安らかな眠りを求める者。魂を還した者。無念の思いを抱きこの地より旅発つ他なかった者達を――。

「これ以上、死者を辱めるような真似は、してはなりません!!」

闇が笑う。鴉までも笑う。

アイザックは沈黙。

「……何を言うかと思えば」

「殿下」

「ドーマ。所詮お前も、その域か」

「――」

「人の身での限界」

思考。浅慮。

成すがままに。

「神と言う限界」

命という限界。

世界という限界。

己という限界。

他人、取り巻くすべてすべて。

最終は、善悪という、限界の中の限界。

「お前はそこまでだ」

それではこの先へは、着いては来れぬよ。

「さらばだ」

アイザックは腕を突き出す。ただそれだけの動作。


悪寒が走ったのはただ一人、デュラン。

「ドーマ殿!!」

彼は咄嗟に体当たりしてドーマを転がす。

代わりに、ドーマの背後にいた兵士の一人がもだえ苦しむ。

「ぐごごごご」

直後、大量の血を吐いた。

「ハッハッハ。見事見事」

よう悟ったわ。

「は、わわわ」

デュランは兜を脱ぎ捨てた。

アイザックが再び手をかざす。ドーマは転がる、デュランも走る。

胴体の装甲を脱ぎ捨て足の止め具を外す。その視界の隅で兵士たちが血を吹き、わけもわからぬままに倒れていく。

赤い海が、赤いじゅうたんに黒い染みを作りだす。

脱ぎ捨てた装甲。抜き出たのは、キャソック。風圧で翻し、デュランは胸から護符を取り出し構えた。

「ほぉほぉ??」

黒のローブは歌うように言葉を紡ぐ。

「これは何とした事か？」

「ドーマ様逃げよ!!」

「そ、そなたは」

「私は教会よりの使い。聖サンクトゥマリア大教会の神父」

デュラン・フランシス。

――構えろ、利き腕を。

「なんと！　聖サンクトゥマリア大教会と!!」

ゴァッゴアッゴァッアッァ
それは誰の笑いか？　鴉か？　人か？　それとも悪魔か？

「懐かしや懐かしや」

デュランは眉根に力を込め、真っ向闇を見据えてその名を口にする。

「ギル・ティモ」

風が強くなる。狂気の臭いがする。

「……ほう？」

黒いローブは舐めるような口振りで呟く。

「久しいのう、その名」

「……やはり」

「そなたは誰ぞ？」

デュランの背中から、封じ込めていた一つの気配がほとばしる。

「ようやく会えた」

それは色で例えるなら黒。

物に例えるならば、

「お前を探し、探し、この幾年」

「ヒヒヒ……わしを？　このわしをか？」

炎も及ばぬ、地獄の業火。

「俺は、ラッセル・ファーネリアの弟子だ」

詠唱を始める。

「らっせる？　らっせるらっせる……」

――ラウナ・サントゥクス、ラウナ・サントゥクス。

「ああ!!　ラッセル・ファーネリア、西の賢者か!!」

「ドーマ殿、走れ!!」

――ミリタリア・タセ、エリトモラディーヌ!!

次の瞬間、腕より解き放たれた護符が炎の鳥へと変化する。

「セシモ」

鳥はまっすぐ黒いローブとアイザックに向かうが、黒ローブは動じない。たった一振り腕を振っただけ、それで炎の鳥は霧散する。護符も燃え尽き塵と化す。

「жсжбюаишжбоеи」

護符出しデュランは構える。口早に防御の陣を。

「ешю** !!」

——間に合わない!!

「ディア、サンクトゥス!!!」

轟音、烈風、劈《つんざ》く、劈《つんざ》け、諸共、磐火。

切り刻む、無数の刃の含んだ豪風。デュランは懸命に堪える。

歯を食いしばる。キャソックが破れる。肌が裂かれる。髪が裂かれる、傷が傷が。

風が止むと、血は吹き出した。

「くっ!! ドーマ様無事か!?」

振り向こうとした刹那。

「セシモ」

第二迅。防御の詠唱は間に合わない。

ドーマの腕を掴み、デュランはすぐそこの角へと逃げ込んだ。


風が壁を壊していく。

「そ、そなた」

「あれは悪魔だ」

「——」

「なぜあいつをここに留めた!?」

「そ、それはっ」

「あいつは……世界を滅ぼすぞ?」

「だから、だ」

背後の闇より手が伸びる。

デュランが気づいた時にはもう、ドーマの腹から手の平が突き出していた。

パッと開かれた指は、まるで花のようだった。

「ドーマ殿!!」

ガクガクと血を吹きながら、ドーマが何か言っている。

誰に? 何を?

いつの間にやら彼の真横までやってきたアイザックは、静かに微笑みを浮かべてデュランを見下ろした。

「ゆえに、我は選んだ」

その一本の道を。

デュランの背筋を走ったのは悪寒……それは絶望。
いやそれ以上の。もはやこれは、何ら願望も欲望も浮かばぬ絶対的なほどの、
……死。
「ラウナ」
唇が震える。心も震える。
指も足も首も、もう何もかも。
体のすべてが震えて擦れる。
もう、来るべき最期の瞬間を予期して、それに恐怖している。
でも、たった一つだけ。
——魂が。
もがけと。
まだもがけと。
まだ諦めるなと。
唇は動くぞ。
腕も動くぞ。
足も動くぞ。
心臓は脈打っているぞ。
まだ、まだ、

『太陽は』

『これからは、あなたのためだけに』

『私の代わりに、あなたを照らす』

『永劫の』

『光と』

『なりますように』


「……サントゥクス、ラウナ・サントゥクス、ミリタリア・タセ、エリトモラディーヌ!!」

デュランが手にしていた護符をアイザックの顔に突きつけると、まばゆいばかりの光が解き放たれた。

「ぐああああ!!」

光は目を焼く。そしてその光はただの光にあらず、聖なる光にて。

「ラウナ・サントゥクス、ラウナ・サントゥクス」

——走れ!!

「セシモッ!」

「ミリタリア・タセ、エリトモラディーヌ!!」

背後から迫る殺人の豪風に、炎の盾をぶつける。

瞬間、巨大な爆発が巻き起こる。

「ラウナ・サントゥクス、ラウナ・サントゥクス」

——逃げろ。足はまだ動く。

とにかく走れ、走れ、走れ、走れ。

「жсжбюаишжбоеи」

聞こえ来る、その詠唱。

歯噛みをし、デュランはもう一度向き直り腕をかざす。

「御免」

そう言って彼が紡いだ言葉は、

——бюшюкффюлёб!!

刹那湧き立つ、黒の光。

風も音もすべてを飲み込んで。

やがて光が収まると、たった今デュランがいた場所に巨大な穴が生まれていた。

廊下も天井も壁も忽然と消えている。

そこにあるのは虚空。

まるでザクリと切り取られたように空気さえも、消え去っていた。


「……あやつは」

黒いローブは笑う。

はためくローブは形を変え、一部虚空へと飛び込んで行く。

「追え」

間もなくそれは鴉となり飛び立った。

「……殿様、この有様、申し訳ござらん」

腕にまとわりついたドーマの亡骸を投げ打ち、グルリとアイザックは首を回した。

「良い。だが宰相は必要だ」

「かしこまりました。その者、鴉《カラス》の躯《むくろ》と致しましょうぞ」

「頼むぞ」

「屍の兵士もまた元のままに致しましょう。奴隷の買い付けもうまくいっておりますゆえ。ただ……」

「あの神父は……あの怪我だ。遠くは行けまい」

「石を持っているという者の所在も直《す》ぐに」

そうそう、と黒いローブは語調を跳ね上げ、アイザックの耳元に顔を寄せた。

「何でもその者、こう申したそうでございますよ？　我が名はオヴェリア・リザ・ハーランド、ハーランド王の娘であると」

「……」

「殿様や？　いかがなされた？」

「……いや」


限界は、どこにある？

己か？　世界か？

そして超えるのは、己のためか？　世界のためか？

それとも。

人の域ではせいぜい、腹を割って這い出すくらいの業。

　それ以上を成さば。

善悪など、無、同然。


そしてそこへ至れるか？

淡き浅き、人の子らよ。

第八章
共闘烈火

悲しみはいつか、御世に。

どうしても消えない、痣《あざ》を残す。


「起きろ、オヴェリア」

「ん……」

「起きろ、朝だぞ」

「……うん……」

中々目覚めぬお姫様。

男は目覚めの口付け……などはせず。

ピトリと、濡れた布を頬につけてやった。

「ぅひゃっ!?」

「ハハハハハハ!!」

文字通り跳ね起きたオヴェリアに、カーキッドは大笑いした。

「ちょ!?　何をするの!?」

「ひっひっひ、テメェがちっとも起きないからだ」

ムッとオヴェリアは頬を膨らませたが、次の瞬間、その顔は赤薔薇のように染まる。

「ちょ、」

「……？　あんだよ」

「ふ、服っ」

「あん？」

カーキッドは笑いながら、自分の姿を見下ろした。

「？？　ちゃんと着てるじゃねぇかよ」

「上っ！　上っ」

むき出しの上半身、隆起した筋肉に、オヴェリアはぎゅっと目を閉じてバタバタと顔を背けた。

「着てください!!」

「あぁ？」

「服!!」

「……」

真っ赤になるオヴェリアの姿に、カーキッドは何となく、思わず苦笑を浮かべてしまった。

「お前、濡れた服着ろってか？」

「――」

「悪いが、お前の服も乾いてねぇぞ」

え？

言われて初めて、オヴェリアは自分の姿を見た。

「――ッッ!!」

カーキッドの事をとやかく言えるような状態ではなかった。

彼はまだいい。下をきちんと履いている。だがオヴェリアが身にまとっていたのは、布一枚。

「！！！！」

「騒ぐなうっせぇ」

「私の服ッ!!」

「だから、濡れてるつってるだろうが」

「構いませんッ!!　服ッ!!」

「風邪引くぞ阿呆」

慌てふためきもがくものだから。布切れ一枚の状態でジタバタするものだから。

「あ」

布に足を取られて、オヴェリアはその場にひっくり返りそうになった。

「おっとっと」

それを咄嗟にカーキッドが抱きとめたのが、またマズイ。

「大丈夫か？」

「――ッッッッ!!」

「……だから、騒ぐな阿呆」

見ていて飽きない。こいつ面白ぇなとカーキッドは余裕の笑みを浮かべた。

次の瞬間、平手打ちを食らうまでは。


フォルスト城の地下牢から抜け出したオヴェリアとカーキッドは、ドーマが言う通りに下水道へと潜った。

勘ぐり深いカーキッドは「ひょっとして罠か？」とも思ったが、結果何事もなく外に出る事ができた。

そこにはドーマが言った通り最初に乗った馬車も置かれており、中にはたくさんの食料が詰め込まれていた。

これを使って街を去れ。

そんな、彼の意図が透けて見えるような状態であったが、結局二人は持てるだけの食料を持ち、馬車から離れた。

そのまま森へ入り、偶然見つけた池で地下道を抜ける際に汚れてしまった衣服を洗うと、そこで一晩過ごしたのである。

「食え」

いつものごとく、カーキッドが手馴れた様子で朝食の支度をしていた。

旅の荷物の多くは、教会に置いたままになっている。食材は馬車から持ってきた物だ。

パンに干し肉を炙って乗せ、野菜と一緒に挟んでもう一度、パンに焦げ目がつくまで焼いた。カリカリのパンがたまらない。肉も筋張ったような安い物ではない。

それよりもオヴェリアがおいしいと思ったのは、デザートである。

「何ですかこれは」

「ティンカルの実だ。知らねぇのか？」

「何ですかそれは」

カーキッドが森の中で見つけてきた物で、形はりんごに似ている。だがもっと柔らかく、歯を立てるとシャクリとした食感。果汁が溢れて唇を伝った。

「こいつは、こうするとさらにうまい」

と、カーキッドが懐から瓶を取り出しサラサラと何かをかけた。

それは塩であった。

「どうだ？」

「――！」

「そうか」

カーキッドは満足そうに笑い、シャクリとティンカルをかじった。

「美味しいです」

「良かったな」

幸せそうである。

そんな彼女はすっかり服を着込んでいた。

まだ多少濡れていたが「構いません」と断固として身に着けた。

カーキッドの黒いシャツはほとんど乾いていたが、こちらは面倒くさがって羽織るだけの状態になっていた。

厚い胸板が覗き見えるので、オヴェリアは視線のやり場に困っていた。

「……もう少し乾いてからでもいいだろうが」

「イヤです。それにこの程度なら全然平気です」

「……チッ」

「？」

カーキッドは、どこか残念そうにため息を吐くのである。

「それにしても……デュラン様は無事でしょうか……」

ひとしきりの食事を終え、カーキッドが野宿の後始末をする傍らで、オヴェリアは白薔薇の剣を胸に抱き締めた。

「あれはデュラン様でした」

牢獄。

宰相ドーマとの別れの瞬間、彼の傍らに寄り添っていた兵士。

「……」

カーキッドはそれに返事をしなかった。

「ねぇ、カーキッド」

「あん？」

返事を催促され、仕方なくカーキッドは言う。

「……あいつは、一人で片付けたいんだと」

「え？」

「昨日の朝言われた。オヴェリアと一緒に教会に残ってろって。自分が一人で何とかするからって」

「……そんな」

「だから、一人で潜り込んだんだろうな」

「…………」

オヴェリアは乾いた大地に視線を落とした。

「私たちのため、でしょうか？」

「あん？」

「私たちが……私が、危険に遭わないようにと」

「……どうだかな」

敵は闇の魔術を使う、そう言ったのはデュラン。

「今回の一件は……一体、何なのでしょう」

木々がザワザワとわなないた。

「レイザランのラーク公子息への呪い、脅迫文はドーマ宰相の印で送りつけられた。そして奴隷商人は、ドーマ宰相が各地から大量の奴隷を集めているのだと言っていた」

でも、とオヴェリアは眉間にしわを寄せる。

「あの方はそういう方じゃない」

「……」

「クーン様……クーン様が宰相のドーマだった……。あの方はよく知ってる。アイザック叔父様の側近、世話役だった方。宰相になられていたなんて知らなかった」

アイザック叔父様、その名前にカーキッドはチロリとオヴェリアを見た。

それに気づき、オヴェリアは慌てて説明をする。

「アイザック・レン・カーネル。私の叔父上、母上の弟君です」

「へぇー」

デュランから聞いてはいたが、初めて聞いたようにカーキッドは呟いた。

「アイザック叔父様はとても優しい方で。クーン様もお優しかった。ハーランドにお越しの際はいつも遊んでくださった」

「……」

「わかりません。何が起こっているのか」

オヴェリアの記憶にあるアイザックとクーンの笑顔、思い出。それが、呪いや闇の魔術、獣、奴隷などとは、どこをどうひっくり返しても繋がらない。

「焔石と屍人もだ」

「……」

「宰相のドーマは、旅のまじない師を招いたと言っていたな」

「？　でもそのまじない師は、この街に広がった疫病を止めたと」

カーキッドは意味ありげに笑う。

「全部仕組まれていたとしたら？　疫病を広めたのも、止めたのも」

「なッ!?　クーン様はそんな事致しません!!」

「それにもう一つ。宰相ドーマ。……それだけで本当に終わるのか？」

「――」

「ドーマが主犯だろうがそうじゃなかろうが。なぁ？　オヴェリア。本当にアイザックとやらはすべての事を知らずにいると？」

「やめてカーキッド」

――まさか、そんな。

「叔父上が……承知していると言うの？」

赤ん坊に魔術をかけて脅迫し、人を獣とし、奴隷を買い集める。

屍人は？

そして碧の焔石。

「独断でするには事が大きすぎる。アイザックとやらが黙認しているのか、それとも指示しているのか」

もしくはそいつはすでに死んでいるか。

「…………」

オヴェリアが完全に黙り込んでしまった。その姿にカーキッドは少し後悔をした。

しかし答えは避けられない。きっとこの娘は、このまま立ち去る事などできないだろうから。

宰相ドーマ。

ここは危ないと彼は言っていた。そして殿下が目を覚ます前にと。

「……」

導き出される答えは一つだ。

——逃げてもいいんだぞ、オヴェリア。

カーキッドは彼女を見た。彼女は剣を抱きしめたままだった。

その姿を見つめ、カーキッドは深く瞬きをした。

やがて、

「おい」

「……？」

「剣を持て」

「……え？」

「構えろ」

言い、カーキッドは黒の剣を手にする。

「付き合え」

「……」

「腕が鈍《なま》る」

「…………」

オヴェリアはカーキッドをじっと見上げた。

カーキッドは羽織っていたシャツを脱ぎ捨て、構えた。

「着てください」

「邪魔だ」

「イヤです、何も着けてない人と打ち合うなんて」

言いながらも、オヴェリアは立ち上がる。

「何だお前、それ、言い訳にするのか？　戦場で、裸の野郎とは打ち合いしませんってか？」

「ここは戦場じゃないし」

「逃げの口実かよ。いいなぁ、女は」

「……じゃあカーキッドは、私が全裸でも迷わず打てるっていうの？」

「当たり前だ」

　オヴェリアは口を尖らせながら、剣を抜く。

　カーキッドはニヤリと笑った。

「てめぇの裸なんざ、何て事ねぇな」

「……痛い目見ても知りませんよ」

「へへ。いいぜ？　本気でかかってこいや」

　白と黒。

　構え、見据える、互いの目。

　風は穏やかに、ぬるいほど。

　だが、

「――!!」

　ィーーーーン!!

　まず一刀、刀がぶつかる。

　力勝負なら、当然カーキッドが上。オヴェリアは弾き飛ばされる。

　だがそこから体を回転させ、下から上に突き上げる。

　それをカーキッドは簡単に受け止めると、横へ力で流し飛ばす。

　オヴェリアの体が宙を舞うが、態勢は崩れていない。視線もカーキッドを見据えている。そのままの姿勢で横からの一閃。

　カーキッドは後ろへヒョイと避ける。

　避けたついでに上から打ち込むが、今度はそれを、オヴェリアが受け止める。

「重いッ!!」

　思わずオヴェリアが呻くほど。さすがカーキッドの剣、受け止めた時の反響が違う。まともに受けていたのでは止めきれない。水のごとくスルリと横へ流す。

　流した所へ左から一閃。

　カーキッドは笑いながら受け止める。

「早ぇ早ぇ」

　オヴェリアの切り返しの速さに、カーキッドは思わず声を上げる。

「つくづく、女にしとくにゃもったいない」

「でも、女ですから」

一歩間合いを外し、カーキッドは口の端を歪める。

「しかも姫様ときたもんだ。極悪としか言いようがねぇ」

「あなたこそ、姫に向かって無礼千万」

「手打ちにするってか？」

「ええ。されても文句は言えません」

ガキーンッ!!

重なり合う剣と剣。

そして打ち合う二人は。

「はは」

「へへ」

笑っていた。

互いが互いを信用していなければできぬ剣技。

「面白ぇ」

――もう一度。

カーキッドは思った。

もう一度こいつと本気で戦ってみたいと。できれば命を懸けるほどに、本気で。

戦ってみたい。

でもカーキッドの中にはこんな感情もある。

こいつとは、もう、戦いたくないとも。

強い者と戦う、それを何よりの悦びとしてきた男が、今、剣を交えながら思う事は。

敵にしたくない。

――こいつとは、……こいつは。

「カーキッド、本気で打ってください」

「何言ってんだ、俺が本気出したらてめぇは死ぬぞ」

「それはこっちの台詞です」

こんなに強いのに。

もうそういう対象に思えなくなっている事が、カーキッドは不思議でならなかった。

「脇が甘ぇよ!!」

ただ、今胸を湧くこの感情が何なのか、彼にはわからなかった。


二人、どれくらいそこで打ち合っていたのだろう。

お互い息は切れ始めている。

でもやめられない。楽しかったのである。

剣を打つ瞬間、オヴェリアは無だった。

剣が楽しいと久しぶりに思った。

だから打ち合い続けたのだが、

「――」

二人、間合いを開ける。

向け合った剣と視線。互いの乱れた息も聞こえる。

「ハァ、ハァ……」

その中でカーキッドが深めに瞬きをした。

……オヴェリアも気づいた。

「ハッ!!」

接近。何度目かの、カーキッドとの打ち合い。

至近距離のその中で、

「気づいたか？」

「――」

「何かいるぞ」

「……はい」

距離を開ける。

息を整える。

カーキッドの笑みを見たのはオヴェリア一人。


その鍛え抜かれた腕が振り上げられた次の瞬間。背後から何かが飛んで来た。

だがカーキッドはそれを読んでいる。振りかざした剣を途中で半回転させ、背中に向かって一閃させた。

悲鳴も上げられぬまま、それは、肩から頭をスッパリ斬り飛ばされた。

そしてその襲撃者の様相は、黒い装束。

「ここで、お前らのお出ましか」

刺客。

「オヴェリア!!　気をつけろ!!」

「はいッ!!」

むき出しの体からは、湯気も出ている。

否、むしろそれは剣気。

血を吹き出す躯《むくろ》を蹴飛ばして散らす。

そんな二人の元へ頭上の木々から刺客が襲い掛かる。

左右から突き出される短刀は音なく、早く。

対してカーキッドが一閃すると、風は唸り声を上げる。

一般の長刀よりもさらに大きいその剣は、後ろへ飛び逃げる敵の腹までも掻っ捌く。

避け切れなかったら、もう捉えられたも同然。

たたら踏んでいる間に、上から強硬に叩き下ろされる。

オヴェリアも前後左右からの同時攻撃に、一瞬足を取られたが後ろへ逃げる。

追いかけるようについてきた短刀を弾き飛ばし、下へ潜ると一気に一人の胴体を切り裂く。

倒れ行く体を盾にしながら二人目の脇を突き、最後の一人は、刀を思い切り回し一刀。

断末魔、残った力で彼女に斬りつけようとした腕の一つは、カーキッドが叩き落とした。

ガサガサガサ
頭上で音がし見上げると、刺客の一人が慌てた様子で森の中へ逃げて行った。

「逃すか」

「カーキッド！」

「お前はここを動くな!!」

言い捨てカーキッドは駆け出した。

「いいな！　絶対動くな!!」

——ここで捕える。

これ以上野放しにはしねぇ、そう誓い、カーキッドは走った。

「……」

狂犬のように森の奥へと消えて行った男の背中を、オヴェリアはため息で見送った。

——それにしても一体、この人たちは……？

そう思い、伏している者達を見た。

「……」

動かない。絶命している。

——また私は……斬った。

白薔薇の剣を見る。

「カーキッド……」

あなたと打ち合ったあの瞬間は、とても楽しかった。

けれどもやはりこれは殺人の道具。

否。この剣が何になるのかは、使い手次第。

凶器となるか、違う物になるかは自分次第。

この剣を持つ事を課せられた者だけが——同時に、この剣の運命を決める。

「……」

その時、ザッと音がした。

オヴェリアは顔を上げた。

風が吹く。

少し冷たくて、強めの突風。

向こうに人が立っていた。

オヴェリアは眉を寄せた。

カーキッドが走っていったのとは反対の方角から、木々の間を抜けて迫る人影。

「誰」

それは先ほどまでと同じ、黒装束。

姿は見える。だが、気配がない。

白薔薇の剣を握りなおす。

背筋を走ったのは悪寒。

旅に出てここまでで一番の。

――強い。

これは、恐怖。


全力でカーキッドは走る。

でもここは森。平坦できれいな、優しい道ではない。

木々は出張り、彼の行く手の邪魔をする。

地面とてそれは同じ。足を取り、複雑な隆起が速度を殺《そ》ぐ。

さっきまで背中を捕えていた刺客の姿がふっと消える。

見失ったか？　否。

カーキッドが身を横へ滑らせると今まで彼が立っていた場所を、数本の針が掠めていった。

だが避けたその場所へとまた、それは雨の如く降り注ぐ。

ただの針ではない。毒針。

だがカーキッドは口の端に笑みさえ浮かべ、剣ではじく。

「甘ぇ」

彼の上半身はむき出しだ。身を庇う物は何もない。

否、二つある。

一つは場所。

どれほどの針が飛びきても、カーキッドは木を盾にして避ける。

そしてもう一つは黒く光る剣。

「こんなもんでこの俺が殺れると思うな」針が止んだ一瞬の隙を突き、カーキッドは剣を半弧一閃させる。

それは地面を削ぎ、草を斬り、木をえぐる。

それでも力は衰えず。

むしろ速度上げ、重圧を加えて刺客の一端を掠め薙ぐ。

「ッ！」

だが黒の刺客も見事、それを避ける。並の者ならば今ので胴体は二つになっていた。

カーキッドは辺りの気配を探る。ここにいるのは自分とこの暗殺者の二人だけ。

オヴェリアはいない。

「掛かって来い」

カーキッド・J・ソウル。その目に宿った炎。

それは赤ではなく、青い炎。

刺客は腰から剣を取り出した。

二刀持ち。上下左右から入り乱れ、カーキッドを襲う。

刀身の光が鈍い。ここにも毒が仕込んであると、カーキッドは瞬時に悟る。

だが、

「見飽きた」

「——!!」

次の瞬間。刺客の技も剣もすべてを薙ぎ払い、カーキッドの黒い剣は、彼の双腕を諸共に薙ぎ飛ばした。

宙を舞った腕、一つは剣ごと木に突き刺さり、もう一つは地面へ落ちる。

「なあ」

だがそれでも、暗殺者は緩まない。

両腕を失ってなお、今度はその足が円弧を描く。

それをカーキッドは同じく足で受け止め、反動つけて蹴り飛ばす。

宙を舞う暗殺者をそのままにはせず、地面に落ちる前に、腹に肘を一つ叩き入れる。

「ぐはッ!!」

「……」

カーキッドは、息も吐かず、倒れ伏した男の足に、太刀を突き立てた。

上がる悲鳴は、絶叫を通り越した獣の声。

「随分世話になったな」

「……ッ……」

「言ってもらおうか。誰の差し金だ？」

目的は何だ？　なぜ俺たちを狙う？

頭巾をむしり取ると、出てきたのは頬をごっそりとそぎ落とした男であった。

肌は浅黒い。顔には苦悶と憎悪が満ち満ちていた。

脂汗が滴り落ちる。

瞼から今にも飛び出さんがごとく剥きだされたその目に、カーキッドはひるむ様子なく。むしろいつもより静かな瞳で問う。

「なぜ狙う？」

「…………」

「俺は、そんなに慈悲深くないんだ」

そして今ここに、オヴェリアはいないんだ。

剣の切っ先を、暗殺者の目へと向けた。

「――――ッッ!!」

「言え。言わんと」

命を一瞬でも永らえ、ただ苦痛を与えるだけの技を、カーキッドは知っている。


「言え」

片目を潰す。

腹を突き、えぐる。

でもまだ、生きている。

意識を失う事も彼は許さない。

「狙いは何だ？」

なのに凶悪なほどカーキッドの声は優しく、穏やかだった。

「…………」

最後に、事切れる寸前に刺客が口にした言葉は、カーキッドに対する憎念か。

それとも、小さな小さな、啖呵と懇願。

……殺してくれと。

「例えここで、我が息絶えても」

「……」

「必ず、貴様らは死ぬ」

「……ほう？」

「ゴルディアには行かせぬ……白薔薇の騎士オヴェリア・リザ・ハーランド。その道の先に」

破滅あれ。

「…………」

コトン

命が終わる音。

カーキッドはそれを見届け、立ち上がった。

もう一度、今息絶えた男を見やる。

「狙いは、オヴェリアか……」

ふぅ……カーキッドは長く長く息を吐き、立ち上がった。

「決まりか」

誰にともなく言った言葉は、やがて吹いた風と共に皆、鳥の声がかき消した。

そうしてカーキッドは、息絶えた刺客に背を向けた。

そしてオヴェリアの元へ戻ろうとした刹那。彼の耳に音が飛び込んできた。

言うなればそれは、剣と剣がぶつかり合う音。

「――ッ」

何かを思うより先に、カーキッドは走り出した。

目の前に立ちふさがる黒き者は、何ら気配なく。

言うなれば殺気すら漂ってこない。影のごとくそこにあるだけ。

だが、オヴェリアは剣を構えた。

――これは。

ゾクリとする。

深く腰を落とし、握る手に力を込める。

見据える正面。

確実に向こうもこちらを見ている。そう思った刹那。

その気配なき影が、ユラリと小さくさざめくように動いた。

かと思った瞬間、その影は一足飛びの距離にあった。

――速い!?

速さにかけて並ぶ者なきオヴェリアが、最初の一刀遅れる。

何とか下段から剣先にて受け止める。

相手は短刀。だがそれは、先ほど対峙した刺客たちが持っていたものよりは少し長く、白薔薇の剣よりは頭一つ短い。

瞬間の切り返し、その動きは水のごとく。

オヴェリアも体をひねり、受け止める。

重なる、二刀目。

だが音が鳴るや、影は一歩後ろへ飛び退り、反動から上半身ごと脇を狙ってくる。

相手は小柄ゆえにオヴェリアですら胸に容易に入られる。

オヴェリアは地面に転がり避けたが。

「――ッッ!!」

痛み。否、熱い。

――斬られた。

痛みに体が震える、歯を食いしばって反発しそうになる腕を抑える。

持ち上げた顔の先にあったのは刃。すでに影は剣を振り上げ彼女の顔面目掛けて振り下ろしている。砂利に身をひねって避ける。そのたびに動きが傷跡をえぐるが構ってられない。

剣を持たねば殺られる。


だがまともに構える暇もなく、相手は矢継ぎ早に打ちかけてくる。

もがく、逃げる、転がる、追い立てられる。

もがけもがけと言われているがごとくの逃げ。

地面を転がり、何度目かの攻撃を木の幹を盾にして避けると、オヴェリアは何とか立ち上がった。

だがまだ剣は構えられない。

ザシュザシュと、影は風のごとく剣を突き出す。

足がもつれる。岩場に手をつき何とか剣を振り回すが、影は宙を舞うかのように距離を開けた。

「ハァ、ハァ」

息の乱れは、同時、心の乱れ。

正眼に構える。

だが次の瞬間また、影は俊足を以てして彼女の喉元目掛けて剣を突き立ててくる。

どうにかそれは弾いたが、オヴェリアにとってこの旅、初めてと言えるほどの完全な防戦であった。

オヴェリアは強い。その剣術は実際、御前試合で最高の栄誉を得た。

だがそれは、対剣術においての事。

彼女はまだ、浅い。

相手の得物や攻撃の姿勢。剣の技という点ではなく、殺し合いという観点においてオヴェリアはまだ未熟。もつれた足では身を支えきれず転ぶ。体を地面に打ち付けたが、叫んでいる暇はない。

彼女は目の前の影を見据える。

黒い衣が風に揺れて、一瞬、顔を覆うその頭巾がユラリと横に揺らめいた。

その顔がオヴェリアの目にさらされようとした瞬間、その背後に光が差した。

雲からこぼれた太陽が、オヴェリアの視界を真っ白に染めた。

目に映るのはすべて、まばゆいばかりの光。

……そして。

「ディア、サンクトゥス!!」

光の中に言霊の断片を聞いた。

刹那、光を奪うように視界に入ったのは赤。

それは炎。

オヴェリアは目を閉じる。影はサッと明後日の方向へ飛ぶ。

一瞬何事かと思い呆然としたオヴェリアであったが、すぐに立ち上がり剣を構えた。

腰を落とす。腕を構える。ようやくオヴェリアの剣の形となる。

走り出す。交わった剣を浅く弾き、そこにできた隙間に向かってオヴェリアは剣を解き放った。

暫間留まりし腕。ここに振るいしは斜め掛けの閃光。

初めて、白薔薇の剣が黒い影を捉える。衣の一端が散る花のごとく舞い上がった。

それに構わず黒い影はオヴェリア目掛けて剣を繰り出そうとしたが、現れたもう一つの気配に、影は後ろを振り返る。

虚空から飛翔する、黒の剣。

カーキッドの剣が、影にさらに一刀叩き入れた。

「無事か、オヴェリア!!」

叫びながら彼は、オヴェリアの前に立つ。

「平気です」

「上等!」

オヴェリアとカーキッド。二人を目の前にしてその影はひと時剣を構えていたが、形勢明らかに不利と見て、やがて二人に向かってつぶてを投げつけた。

　俊足。逃げ行くその背、追っても間に合わぬ。

　それに今優先すべきは刺客ではない。

「大丈夫か」

「……ええ」

「見せろ」

　オヴェリアの衣服が血に汚れていた。

「私の事よりも」

　額の汗をぬぐいながら、オヴェリアは地面に落ちた紙を指した。

「あの護符は」

　しわだらけの紙にしたためられた文字の羅列。これと同じ物を見た事がある。


　……数刻後。

　オヴェリアとカーキッドは、草むらの中にデュランを見つける。

　そして二人は彼の姿に完全に言葉を失った。

　全身切り裂かれ、血の海に横たわる……目を覆いたくなるほどの壮絶な状態が、そこにあったのである。


服を剥ぎ取るなり、カーキッドは舌を打った。

「何だこりゃ」

「カーキッドッ……！」

　オヴェリアは震えている。

「こ、これは……」

　血まみれの服を脱がして改め見たデュランの姿は、あまりにもひどい物であった。

　全身に及ぶ生々しい傷。しかも、

　——これは、刀傷じゃねぇ。

　傷を見れば大概、それが何によってできた物かカーキッドにはわかる。その上でカーキッドは思う。

「オヴェリア、こいつの腕押さえてろ」

「……」

「早くしろ!!」

「は、はい」

　刀傷ではない、そして、普通の刃物でもない。えぐられているのだ。

　刃物ならばやり方によっては、皮膚をうまく元のように治す事もできるだろう。だがこの傷は、わざと再生できないようにしているかのように、傷口がえぐられていた。

　それが全身。

「布を噛ませろ」

　カーキッドは懐から瓶を取り出した。酒瓶である。ドーマが用意してくれていた馬車に積んであった物で、旅の楽しみにとカーキッドが懐に忍ばせていたものだった。

　おもむろに口に含み、一気にそれを傷に向けて吹きかけた。

「ぐぁぁああ!!」

「我慢しろッ!!」

　痛みに悶えるデュランを叱り、出来る限り布で縛り付けていく。

　だが手当てのために持ち歩く布など、大した量ではない。

「これも！」

　オヴェリアが差し出すマントをカーキッドはひと時考え、受け取った。

　――血が止まらねぇ。

「カーキッド、デュラン様はッ」

「……」

「大丈夫、ですよね？」

　震えるその声に、カーキッドは返答しなかった。

　代わりに問う。

「……最後に見たのは、昨晩だな？」

　オヴェリアは頷いた。

「フォルストの牢獄」

　ドーマ宰相の傍らに彼は立っていた。

　導き出される結論は一つ。

　――昨晩、俺たちが去った後、何かあったのか。

「カーキッド、デュラン様は」

　オヴェリアも、同じ結論に至る。

　唇が震えている。青い瞳がいつもより大きく見えた。

「う……」

　その時、デュランが一つ呻き、ゆっくりと目を開けた。

　オヴェリアはすぐに気づき、大きく彼の名を呼んだ。

「オヴェリア……様、……カーキッド、か」

「デュラン様ッ……!!」

デュランはひと時二人を見つめ、やがてぼんやりと空を眺めた。

「しくじり、ました……」

木々の間から見える空には、綿のような雲が一つだけ浮かんでいた。

「デュラン様、これは一体」

「オヴェリア様……ご無事で、ございましたか?」

オヴェリアはふるふると首を横に振った。

「大事ございません」

刺客に斬られたオヴェリアの傷は、カーキッドが一番に手当てし血も止まりかけていた。

しかし、鎖帷子の上から傷を負わせるとは、しかも相手はオヴェリア。その剣技をカーキッドは誰よりもよく知っている。

「それはよかった」

だがデュランはそういった事は省き、とても嬉しそうに笑った。垂れた目尻に安堵のしわが寄った。

「ご無事で、何より」

「あなたのおかげです」

オヴェリアの頬は涙に熟れて赤かった。

そんな彼女を見て、デュランはもう一度優しく笑う。

それからカーキッドに視線を向け、

「すぐにここを去れ」

「……」

「この街にいては、ならぬ」

「宰相と同じ事を言うんだな」

カーキッドの言葉に、だが視線を変えず、デュランは続ける。

「カーキッド、姫を連れて逃げろ」

「何があったか言え」

「……」

「誰にやられた」

デュランは瞬きもせず、カーキッドを見つめた。

やがてカーキッドの方が根負けしたように、深く息を吐いた。

「俺の一張羅のシャツ、てめぇの傷を塞ぐのに使った。オヴェリアのマントもだ。見ろ。台無しだ」

「……すまん」

「これで貸し借り、なしだ」

カーキッドが鼻を鳴らすと、デュランは苦笑にもなりきらないような弱弱しい笑みを浮かべたのである。

――このままだと死ぬな。

カーキッドは思った。

血が出すぎている。今流れ出ている量に加えて、ここに至るまでにどれだけの量が流れ出たのか。

顔にはありありとした死相も出ている。

こいつは死ぬ。そしてこいつはそれを悟っている。

だから微笑む。

涙で潤むオヴェリアの頬に、そっと手を当て、笑ってる。

この笑顔は自分のための物ではない。

残る者のためだけに見せる笑顔。

「……」

カーキッドは彼のその様を、ぼんやりと見ていた。

何度も見てきた、数々の戦場でこういう場面を。

カーキッドは立ち上がった。

「ザマァねぇな」

それだけ言い放ち、ズボンのポケットから煙草を取り出した。

だが生憎とそこには一本もなく、カーキッドはまた舌を打つ。

鴉の鳴き声がしたのはその時だった。

ガァゴ、ガァゴ
低い声音だった。

「……れは」

デュランの目に、驚愕が浮かぶ。

ガァゴ、ガァゴ、ガァ、ガァア、ギァ、ギグァ
連なり出す、声。

カーキッドとオヴェリアも空を仰ぐ。

「……んだ、ありゃ」

そこに雲はなかった。

つい今しがたまで見えていたはずの青い空は黒く蠢き。

代わりに存在したのは無数の鴉。

カーキッドは剣を抜いた。

「オヴェリア!!」

一体何羽いるのか。三人の頭上を飛び交っていたその群れは、徐々にその色を変えていく。

黒から赤へ。まるでその身、火の玉になるかのごとく。

ギャァギャァと叫ぶ、空が真っ赤に燃えていた。

カーキッドは鼻の頭を掻きながら、小さく笑った。

「何だありゃ、神父様」

「……魔術」

オヴェリアも剣を手にする。

「闇の魔術の波動」

「化けモンか」

「……間違いは、ない」

言い、デュランはオヴェリアの手を掴んだ。

「お逃げください」

「……」

「ここは、彼に任せて」

早く。

カーキッドは物言わず空を眺めている。

「姫」

「……デュラン様は、私の事、ご存知だったのですね」

「……」

デュランは答えなかった。ただただ一心に、彼女を見つめた。

残り最後の力を振り絞って。

だがそれを受け止める瞳は。

「逃げません」

「……何ゆえ」

強く、眩く。

「意地を張っている時では、ありません」

そして、気高く、まるで太陽みたいだと、デュランは思った。

「意地ではありません」

「では一体、」

「……ただ、あなた方を置いて行きたくない。それだけです」

そしてオヴェリアは白薔薇の剣を持ち、ゆっくりと立ち上がる。

デュランの目に映る世界は、赤い空よりも森よりも、決意みなぎらせ空を仰ぐ二人の姿《シルエット》。

嗚呼とデュランは思った。

――まだ、死ねぬ。

「来るぞ」

「はい」

二人の背中。

デュランは再び思う。

今はまだ、死ねぬと。

だから、

「……Обещание」

その瞬間、天より鴉が舞い降りた。

いやそれは、そんな生ぬるいものではない。

その様、弾丸のごとく。

オヴェリア達目掛けて無数の鴉が、頭から飛び込んでくる。

カーキッドは剣を構えた。

「――ッッ!!」

まず一羽目を、カーキッドは真っ二つにした。

だが、二羽目に向かおうとする彼に、斬ったはずの炎が両横から襲い掛かってくる。

「ッ」

それもどうにか斬るが、すぐにまた二つの炎となり、カーキッド目がけて突っ込んでくる。

「んだよこりゃ!!」

その手ごたえは、まるで布を切っているよう。

オヴェリアもまた、白薔薇の剣を振り乱すが、切れば切るほど数が増していく。

「何、これは」

剣の腹で叩きつけると、打ち付けられた木に炎が燃え移る。

だが木々に移る炎はそれだけにあらず。鴉は辺りに炎を撒き散らし、喚きながら狂ったように飛んでいた。

あっと言う間に、辺りは火の海となった。

「チッ」

やべぇなとカーキッドは思った。

「ケホ、ケホッ」

オヴェリアがむせこんでいる。「煙を吸うな」と言うが、カーキッドもそれは同じだった。

「まじぃ」

これは本気でやべぇかな？　とカーキッドは思う。

だがその顔は笑っている。だからこそ彼は笑っている。

これは、残る誰かのための笑顔ではない。

死神どもに、見せ付けるためのもの。

鴉の一群が混じりあい、一つの炎の玉となり、オヴェリアとカーキッドに向けて堕ちていく。

カーキッドはオヴェリアの前に立ち、剣を構える。

オヴェリアは瞬間思わず目を閉じたが、その耳に流れ聞こえた水のごとき、一つの声。

炎の轟音でもなく、鴉の奇声でもなく。

「ラウナ・サンクトゥス」

オヴェリアはハッと目を開け、デュランを見た。

「あ」

彼が見開くその双眸は、

「ラウナ・サンクトゥス」

先ほどまでの今にも消えそうな光ではない。

「ミリタリア・タセ」

それは、力宿りし生者の瞳。

「ラウナ・サントゥクス、ラウナ・サントゥクス、ミリタリア・タセ、エリトモラディーヌ!!!」

瞬間、彼が掲げた腕から光がほとばしった。

それは天を貫く一本の刃となった。

その光に触れたそばから、鴉は塵となって消えていく。

苦悶の声も光がすべてを飲み込んでいく。

「ラウナ・サントゥクス、ラウナ・サントゥクス」

デュランは立ち上がる。

先ほどまでは口を開くのもやっとの様子だった彼が、腕を、鴉目掛けて振りかざす。

「ミリタリア・タセ、エリトモラディーヌ!!」

彼のその姿をオヴェリアは歓喜し、カーキッドは半ば呆れ顔で見つめた。

「この鴉は魔術。剣では斬れぬ」

しかもそれはただの魔術ではない。

「闇の魔術の一つだ」

言う傍から術を放ち、デュランは鴉を消し去った。

カーキッドはどこかつまらなさそうに舌を打った。

「てめぇで治せるなら、最初からやれ」

俺の服を返せ。そう言う彼に、デュランは最後の鴉を仕留めて言った。

「今私がこの身に使った術は、禁忌の物だ」

鴉が消えると、辺りに立ち込めた炎も静かに煙となって消え失せた。

「あん？」

「少し特殊な術だ。……姫様、私がこの術を使った事は、御内密にお願いいいたします」

言いながら、デュランは笑って見せる。その笑顔は安らかなものであった。

オヴェリアは心の底から安堵した。

「承知いたしました」

「とにかく、我らの居場所が知れた今、ここにいるのは危険。早急にこの場を離れましょう」

三人、満身創痍のまま。

見えぬ敵から逃れるように走った。


走り走った末に、丘までやってきた。

この景色には、見覚えがあるとオヴェリアは思った。

ああ、最初に見た光景だ。レイザランからフォルストへたどり着いた時、最初に歩いた道。

この丘を登れば、フォルストの街ができるはずだ。

少し安堵の表情を見せるオヴェリアの背後でデュランは呟く。

「本当は、一人で片をつけたかったのです」

あなた方を巻き込みたくなかった……そう言うと、デュランは歩を止めた。

オヴェリアは振り返る。先頭を歩いていたカーキッドは歩を止めただけで、デュランを見る事はしなかった。

「だから、私は一人で城に潜り込んだ。そして宰相ドーマの傍についたのでございます」

「それで……」とオヴェリアは言ったが。

本能が、この先の話を聞きたくないと。

けれども理性が、聞かねばならぬと。

「デュラン様はなぜあのような姿に……、ドーマ様は、どうされたのですか？」

「ドーマ宰相は……」

デュランはぐっと目を閉じ、やがて地面を見据えて呟いた。

「亡くなられました」

昨晩最後に見た彼は笑ってた。

「なぜ……？」

絞るように出した声が、かすれて消えそうになる。

「何ゆえに」

その時ふとオヴェリアの耳の端に、悲鳴のような音が届いた。

彼女はハッとし、走り出した。

カーキッドを越え、丘の頂上に至った時。

彼女はその現実を目にする。

「オヴェリア様、カーキッド殿」

……燃えていた。

丘から望む光景、フォルストの街が。

建物が紅蓮の炎と化し、赤く海のように街全体を包み込み。

「一人で片をつけたかった。しかし、私一人では……力及ばず」

呆然と立ち尽くすオヴェリアの横で、デュランは無念に顔を歪ませた。

「ゆえに。……無礼承知で申し上げます」

お二人の力を、お貸し願えませぬか？

「今何とかせねば、この街は……否、この国は」

炎に包まれ滅ぶ事となる。

眼下で炎上する、この地を皮切りにして。

「デュラン様」

「……は」

「この一件の首謀者は誰でございますか？」

「……」

「レイザランの子息、領主ラーク公の獣人化、奴隷……ドーマ様が関わっていたと、ドーマ様が手を引いていたと思っていた」

「……」

「でも、あの方が死した今……本当の首謀者は、誰ですか？」

「……」

「お答えください、デュラン様」

白薔薇を背負い、白薔薇と共に生きる。

それが彼女の定め。

「ドーマ様をも操りしは誰か」

言ってくださいませ、とオヴェリアはデュランを見た。

彼は少しためらった後、真実を告げる。

「まじない師と称する闇の魔術を操りし者と」

「……」

「領主、アイザック・レン・カーネル」

オヴェリアは目を伏せた。そしてただ一言「そうですか」と言った。

「行きましょう。街を救わねば」

「……火の海に飛び込むってか？」

「当然です」

叫ぶ声がした。

声がある以上、まだこの街は死んでいない。

「行きます」

三人共に、烈火の海へ。


「人命救助が最優先!!　街の外に避難を!!」

「承知！」

「へぇへぇ」

燃える街。

その熱気に息を詰まらせながらも、オヴェリアは叫んだ。

「私は東側の通りを見て参ります。カーキッドは西を」

「あー、面倒くせぇ」

言いながらカーキッドはチラリとオヴェリアを見、「気ぃつけろよ」と言って走り出した。

「広場で合流！」

二人の背中を見送り、彼女も目の前に伸びる道を駆けた。

「誰か!!　誰かいませんか!!」

辺りを見回す。

炎は建物すべてから立ち上り、ゆらゆらと陽炎が揺れていた。

「誰か!!」

建物の中へと踏み込むべきか？　だがその炎は激しく、道を遮っている。

しかしそれにしても、人の気配がしない。

これだけの炎だ……すでに逃げていてもおかしくはない。

だが何か変だ。

それは、立ち上る炎にも言える。

熱気はある。轟音もする。揺らめくそれは確かに炎のそれ。

だが、燃える建物が原形を留めたままでいる。

　これだけ燃え盛っているのだ、建物が崩れてもおかしくないのに、ただ炎は建物だけを包み込み、踊るように赤く染め上げるのみ。

　そして縦横に走る道には、まったくと言っていいほど炎の欠片もない。すす一つ飛んできていないのだ。

「……」

　オヴェリアは往来の真ん中に立ち、もう一度叫んだ。

「誰かいませんか⁉」

　返事はやはり返らない。

　炎が上げる唸り声だけが、代わりに返事をするように辺りに満ちていた。

　そんな中にただ一人で立ちすくみ、オヴェリアは呆然と炎を見つめた。

　――叔父上……。

　アイザック・レン・カーネル。フォルストの領主にしてオヴェリアの叔父。母ローゼン・リルカ・ハーランドの弟。

　オヴェリアにとって彼は、優しく、頼りがいのある叔父であり仄かに思いを抱いた事もある相手であった。

「……風が出てきた」

　デュランが言っていた。今回の一件の首謀者の一人である、と。

　赤子に呪いをかけ、人を獣とし、奴隷を買い集め？

屍人が徘徊する街。

「なぜ」

　ドーマ宰相は死した。昨日笑っていたのに。リルカ姫によく似ていると、美しくなられたと、オヴェリアを見て懐かしそうに言っていたのに。

「……」

　建物と炎が邪魔して、ここからではフォルストの城は見えない。

　オヴェリアは意を決したように走り出した。

「誰かいませんか⁉」

　答える声はやはりない。

　そして、彼女が今本当に会いたい相手は、ここにはおらぬ。

「どうでしたか？　誰か見つかりましたか!?」

中央の広間。噴水の場所で三人は再び顔を揃えた。

「呼べど叫べど誰もいねぇ」

「やはりか」

「でも先ほど……悲鳴が聞こえたような気がしたのですが」

もう逃げたんじゃねぇのか？　とカーキッドは言ったが、彼自身がそう思っていないのは明白だった。

「やはりおかしい。第一にこの炎」

言い、デュランは取り囲む炎の渦を見やる。

「ただの炎ではない」

「やはり魔術の類か」

「ああ」

彼の頬にも汗が光っていた。

「例のまじない師か」

「……」

カーキッドの問いに、デュランは息を吐いた。

そしてスッと目を閉じ、ポツリと呟いた。

「ギル・ティモ」

「？」

「魔導師ギル・ティモ……私が属している聖サンクトゥマリア大教会においては、その名で知られています」

一歩、デュランが歩き出した。

それにオヴェリアが続き、カーキッドは天を見上げた。五歩ほど遅れて、渋々といった表情で後ろに続く。

「元は聖教会に仕える無名の神官の一人でありましたが、ある事件をきっかけに、今では教会内にこの名を知らぬ者はいない」

「ある事件？」

噴水を抜け一度角を曲がると、そこから一直線にフォルスト城が見える。

だがその城の様に、オヴェリアは改めて絶句した。

燃えていたのだ。上から下まですべて。城門から天守、別塔、展望郭、天へ突き出た旗の先まで。

炎は石垣をすっぽりと包み込み、まるで城自体が、炎をまとう生き物であるかのように。

だが旗は揺らめいているのである。炎にあおられれば一番に焼け落ちるはずのそれが、炎をまとったまま平然と。

フォルストの紋章である鴉を、しっかりと刻んだまま。

「ギル・ティモは、ある人物を殺害しました。どのような方法を使ったかはわかりません。だが……当時西の賢者と呼ばれていた魔導士を彼は殺した。そしてその魔導士は、教会でも最大の秘密とされていた禁断の書の在《あ》り処《か》を知る数少ない人物だったのです」

それが、

「禁書——闇の魔術の術書です」

「そいつの狙いはその魔術書だったと?」

「でしょうな。現実、西の賢者亡き後禁書の原書が失われた」

燃え盛る城。だが、唯一炎を帯びていない場所がある。

それは城内への入り口。

普段は門兵が控えているその場所が、今は誰もおらず、黒き口を開け佇んでいる。

沈黙と烈火の中へ誘《いざな》うように。

「禁書には様々な事が書かれていた……闇の魔術のすべてと言ってもいい。それは絶対に世に出してはならなかった書物」

「……」

「ゆえに、教会は必死にギル・ティモの行方を追った。……私もそのうちの一人」

カーキッドが尋ねる。

「書物に書かれた術が開放されるような事があれば、世界が滅ぶとでも言うんかい? 神父様」

「いかにも」

カーキッドはヒュゥーと口笛を吹いた。

「黒い竜やら闇の魔術やら」

世界崩壊への布石がゴロゴロしてやがる……そう言って彼は笑った。そして今度は、カーキッドが一番最初に一歩を刻む。

彼の歩が向く先は無論の事、城。

「お前の傷、原因はそいつか?」

「……」

デュランは答えず、彼もまた歩き出す。

「昨晩、ドーマ様と我々は奴に襲われ」

「ドーマは殺され、お前はギリギリでどうにか逃げたってか」

「……」

その瞬間デュランから噴き出た空気にオヴェリアは息を呑んだ。

「ドーマ様を殺したのは……ギル・ティモなのですね？」

「……」

「お答えください、デュラン様」

オヴェリアが求めていた最後の答えは、ただ一つ。

ここに至り、彼女が救われるであろう答えはたった一つだけ。

すなわち、ギル・ティモがアイザックを操り、邪魔になったドーマを殺したと。

だが現実は残酷だ。

そしてデュランにはそれがわかっていたからこそ、一度立ち止まり、彼女を振り返った。

「宰相ドーマを殺したのは、カーネル卿です」

「――」

「姫。……申し訳ございません」

「何を」

「私は、ドーマ様を守れなかった」

「……」

「昨晩私は、あなたに向かって頷いた。ここは任せてくださいと、あなた方はお逃げなさいと。すべてを請け負い背中を見送った。追いやるような真似をしたのに」

「……」

「だが私は、守れなかった。ドーマ様を」

「……デュラン様」

「あの方は……最後に必死に訴えておられた。殿下は間違っていると。これ以上死者を辱めるような事をしてはならぬと」

「……」

「屍人を操るのはギル・ティモ。そしてその後ろにいるのは」

「――」

「そしてもう一つ。姫。……アイザック・レン・カーネル卿は、もう」

常人ではありませぬ。

オヴェリアは六年前、叔父の結婚式で泣かなかった。

『叔父上、おめでとうございます』

笑顔でそう言った。一切の心を隠して。

そしてアイザックは少し照れたように笑って言ったのだ。

『ありがとう、オヴェリア』

それが、彼と交わした最後の言葉。

泣いた瞬間があるとすれば、式が終わり、二人がフォルストへと去り、すべての喧騒が消え去った後。フェリーナが作ってくれたパンケーキを食べた時だった。

「……」

足が動く。

オヴェリアの足。右。そして左と。

白い鎧は今日の戦いとこれまでの旅で、少し汚れているけれど。

磨けば光る。

それは白ゆえに。

「オヴェリア様」

道は一つ。

炎が導いている。

真っ黒い闇の中へと。

デュランの脇を抜け、カーキッドの横まで来た時。

「いいのか？」

カーキッドが、明後日を見ながらそう言った。

「……」

何がいいのか何が悪いのか、オヴェリアにはわからなかった。

ただ今は、涙は出ない。

こみ上げ押しつぶされるような、様々な感情は渦巻くけれども。

でもそれも、炎の城を見れば、一瞬で無に帰す。

彼女は剣を見た、白い薔薇の剣。

もう一度自問して。オヴェリアはゆっくりと頷いた。

「レイザランで、テリシャ様が待ってる」

赤子が受けた呪いを断ち切らなければならない。

そして、叔父上も待ってる。

呼んでいる。

「お二人を巻き込んだ事、本当に申し訳ないと」

「デュラン様、やめて」

「……」

「この道は、続いていたでしょう」

たとえデュランと会っていなくても。たとえレイザランに行っていなくても。焔石を手にしていなくても。

最後にはきっと、続いていた。

「行きましょう」

城へ。

炎が奏でる轟音は、歌声を忘れた誰かの最後の灯《ともしび》のように。

強く惹かれて行く、どこか別の世界へと。

第九章
さらば、愛しき人よ

世の中のすべての事象、すべての事柄が、望む形となる事はあり得ない。

『オヴェリア、覚えておきなさい』

叔父の手は大きかった。

『この世には、どうする事もできない定めというものが確かにある』

そして温かかった。

『……だが、意味のない事は何一つない』

すべてが望む形とはならない。だがそこにも、必ず意味は存在する。

万事、築かれていくすべての形。

刻まれ行く想い。

そして。

ぬくもりにも、それが最後には必ず失われていく事にも。

すべてが意味を持つ。

『忘れるな、オヴェリア』

今は辛くとも、悲しくとも、苦しくとも。

『必ずいつか、すべての事が意味を持つ』

それはお前を導き、育《はぐく》む光となって。

道を示すから。

『お前の母の死も……いつかきっと』

きっとその宿命は。

お前を照らす、光となるから。

叔父、アイザック・レン・カーネル。

その手のぬくもりと、優しい笑顔を。

オヴェリアは生涯、忘れない。

城内は静まり返っていた。

燃え狂う轟音は一切、内部では消え果てている。

その沈黙はむしろ、見事なほど。

だが壁の隙間から外を垣間見れば、確かに炎は揺らめいている。

それなのに音はもちろん、熱気すら感じられないこの状態に、カーキッドは「ひゅー」と口笛を吹いた。

「魔術ってぇのは、すごいもんだな」

それにデュランは首を横に振って答える。

「こんなもの……」

デュランは炎を見、呟くように言った。

「魔術でもありえない」

オヴェリアは炎を見ず、ただただ前を望んだ。

三人は、ひた歩いた。

走るわけではなく、ためらうわけでもなく。

だがまっすぐに。

何かに導かれるように、歩き続けた。

「……兵士の一人もいやしねぇ」

物騒だなと、カーキッドは笑った。

だが彼が、いつどこから襲われてもいいように神経を研ぎ澄ませている事を、オヴェリアはしっかりと感じ取っていた。

それは彼女自身も同じだから。

むしろヒヤリとする城内にも関わらず、ただ歩いているだけでも汗が流れ落ちる。

消えた兵士、そして消えた街の人々。

問うてもわからぬ。だが本能ではわかってる。

何かがあったのだ。この城で。そして街で。

そしてそれは……誰かのねじ曲がった意思によって。


「……」

磨きぬかれた回廊は、炎の揺らめきが反射する。音は消えているのに光は届いている。

赤い光。黄色い光。紺の残光。

だが一番見たい道の先の先は、闇が邪魔して見えてこない。

やがて、一枚の大きな扉が三人の行く手を塞ぐ。

カーキッドが躊躇いなく開けると、またその先には道が続いていた。

だが今度は本当に、外界のすべてが遮断された道。

燭台に灯されたランプが、奥へ奥へと誘っている。

まるで招かれているよう。

延々たる奥へ。見えない誰かの手によって。

「今の扉の絵」

カーキッドはオヴェリアの隣に立ち、背中を掻いた。

「不気味な絵だな」

「……鴉?」

「ああ」

扉には巨大な鴉が翼をたなびかせるような姿が描かれていた。

彼がそう言うのも無理はない。炎となった鴉に襲いかかられてから、時間はまだ経っていない。

「鴉はカーネル家の紋章なのです」

「紋章？　ああ……あれか？　レイザランの領主はスズランだったな」

「ええ。我がハーランド家が薔薇であるように、カーネル家の紋章は鴉」

「確か紋章を持つ家柄の中で生き物を扱っている所は、大変珍しいのでしたな」

デュランも話題に乗る。オヴェリアはコクリと頷き、二人を見た。

「ドルティラ家の蝶、フォグラー家の麒麟、リスティッタ家の虎……ほとんどの家が花や植物を紋章としている中、生き物を扱っているのは指折り数える程度」

「その一つがここで、しかも鴉ってか。へぇ、何とも趣味のいい事で」

鼻で笑ったカーキッドに対し、デュランは意外そうに目を見開いた。

「カーキッド、知らぬのかお主。鴉は元々神の使いだぞ？」

「あん？」

「神話の多くで、鴉は白い翼と美しい声を持つ神の使いとして描かれている。天界に住まう高貴なる生き物と称されているのだ」

白い鴉。それはカーネルの紋章でもある。

誇らしげに語るデュランと、舌を打つカーキッド。

二人の姿を見て、オヴェリアは少し笑ってしまった。

そして同時に思った。二人は気を使ってくれているのだと。

目の辺りにしてきた現実は、もう、ギリギリの状況。

赤ん坊の呪いと領主の獣人化に始まり、宰相ドーマの名を頼りにこの地にたどり着けば、屍人が徘徊している。

城に潜入したデュランは瀕死の状態に陥り、炎上した街から人の気配は一切消え失せていた。城の兵士さえも。

そしてその根底たる原因は、ドーマが招いたという魔導師と、領主アイザック・レン・カーネル。

そしてそのアイザックは、オヴェリアの叔父にあたる。

「馬鹿野郎。俺だってそれくらい知ってらぁ」

導かれるように続くこの道の先に待ち受けるもの。

否が応でも浮かんでくる嫌な汗と、早さを増す鼓動。

二人は自分を気遣ってくれている。

ここは敵の居城。いつものカーキッドなら、「声を立てるな、敵に居場所を知られる」とでも言いそうなのに。

わざと声を立てて、わざと歩調も、息が整う程度の速さで。

私の事を思って、今二人は、振舞っている……その想いにオヴェリアは胸がジワリとした。

だから、私がこの言葉を紡ぐべきだろうと。彼女自身が、次の言葉を続けた。

「けれども鴉は……元々白き翼を持っていた鴉は、最終的には神を裏切り、その罰として白い翼と美しい声を奪われ地に墜とされたと、神話では語られています」

「……」

「……」

「昔叔父上が、そう言っていました」

カツ、カツと、三人の足音が先んじて闇の中へと駆けていく。

「カーネル卿ですか？」

「はい」

「……姫にとってアイザック殿は……どのような方ですか？」

デュランは、穏やかな口調でそう聞いた。オヴェリアは少し微笑み答えた。

「兄のような方です」

「……」

「よく遊んでくれました。ハーランドにもよくいらっしゃって。……母とも仲が良くて」

「……」

「優しくて、強くて、何でも知ってて、意地悪な所もあるけれど、でも頼りになって」

「……」

「母が亡くなった後も……気遣ってくださいました」

オヴェリアの母ローゼン・リルカ・ハーランドが急逝したのは八年前。

——あれから。

「最後に会われたのは？」

「六年前の、叔父上の結婚式です」

オヴェリアの言葉に、カーキッドは「へぇ？」と眉をしかめた。

「そりゃ随分とご無沙汰だな。王族貴族ってのは、そんなに会う機会がないもんか？」

「……」

いいえ、とオヴェリアは思った。

そうなのだ。

年に一度の拝顔の儀、まして王への定期の謁見、臨時の徴集、議会など様々あるのだ。

アイザックは家督を継いでフォルストの領主になった。ハーランドへも来ているのだ。

でも六年間、会えなかった。

「……」

それは、オヴェリアも心のどこかで薄々と感じていた事だった。

妻を娶ったあの日から、アイザックはまるで、オヴェリアと会う事を避けているのではないかと。わざと会わぬように。

この六年、会いたいと願うオヴェリアに対して、何度入れ違いがあったか。

その中には明らかに不自然なものも確かにあった。

残されていたのは。簡単な文と言伝《ことづて》のみ。

避けられていた？　なぜ？

——叔父上……。

黙りこんでしまったオヴェリアに、デュランは声を落として言った。

「何にせよ、この先にアイザック卿がいらっしゃる」

「……ええ」

「姫様」

よろしいのですか？

デュランは立ち止まり、無言で問う。

この先に待ち受けるのは試練。

そしてオヴェリアは決断を下さなければならない。

何と戦い、何に向かい剣を放ち、何を見る事になるのか。

「ええ、わかっています」

オヴェリアは答えた。

「わかっております」

「……」

「でも、直《じか》に」

現状を取り巻く様々な布石。

だがオヴェリアがまだ実際に直面していない一つの現実。

「直接お会いしたい」

アイザックに直接会う事。会って言葉を交わす事。

「レイザランの件、そしてこの街の事。……直接、問い正します」

そう言い、オヴェリアはまっすぐにデュランを見た。

その眼光にデュランは驚きの表情を浮かべたが、すぐに小さく頷いた。

「あなた様の御身は、我が命に代えてもお守りいたします」

「この道の先には何がある?」

二人のやり取りの間に入るように、カーキッドが問うた。

「城はややこしい」

「私にもわからぬが、恐らくは謁見の間」

「……か、やはり」

見えたきた。あの扉の向こう。

少し複雑な顔をしたオヴェリアの横を抜けながら、カーキッドは彼女を振り返る事なく言った。

「オヴェリア」

「え?」

「俺はお前のお守りじゃないからな」

「……」

「自分の身は自分で守れ」

驚くデュランを他所《よそ》にオヴェリアは答える。

「わかっています」

「おう」

「私もあなたのお守りではありませんので」

「……あん?」

「私も、私の事でいっぱいなので。あなたの事までは守れません」

カーキッドはここで初めて姫を振り返った。

合う、目と目。

そしてカーキッドは満足そうに笑った。

「上等だ」

その笑顔を見て、オヴェリアも笑みをこぼした。

すっと心の中が軽くなるような感じがした。

デュランはそんな二人を、少し呆れたような様子で眺める。

オヴェリアは一度深く瞬きをした。

そして、その扉に向かって歩き出す。

扉に描かれているのは白い鴉。神話では神の使いとして描かれているその動物。

ギィ……。

重々しく鳴る音。

けれども、それは黒い鴉の鳴き声よりは澄んだ音に聞こえた。

そして――。

開いた扉の向こう、まず目に入ってきたのは瑠璃色の絨毯。

そこに描かれているのは花のような模様と数羽の鴉。

そしてその向こうには玉座があるが、今は誰も座してはいない。

ただし、その前に、ただ一人佇む人物がいる。

黒いローブは背を向けており、誰なのかはわからない。オヴェリアは剣を抜いた。

「我が名はオヴェリア・リザ・ハーランド。フォルスト領主、アイザック・レン・カーネルに会いに参った」

「……」

黒いローブは振り返らない。オヴェリアはにじりと目を細め続ける。

「カーネル卿はいずこか」

デュランが腕を構える。その手には、急ごしらえで作った護符が握られていた。

「答えよ。カーネル卿はどこにいる！　そしてそなたは」

何者だ？　そう問おうとした刹那。

黒いローブは三人を振り返った。

フードはかぶっていない。ゆえに、振り向けばその顔はオヴェリアたちにもさらされる。

「ドーマ宰相……？」

右目に黒い眼帯をしていたが、それは、先日牢獄で別れた宰相の面相そのものだった。

「クーン様、ご無事で」

オヴェリアは安堵し、ドーマの元へ寄ろうとしたが、

「お待ちください姫様」

すぐにデュランがそれを制する。

「失礼ながら。本当にクーン・ドーマ殿か⁉」

「……」

ドーマは答えなかった。表情すら変えなかった。

いや……むしろその顔には表情と呼べるものは何も浮かんでいなかった。

「私は、ドーマ殿が胸を貫かれる所を見た」

「……」

「あの状況で生きていられるわけがない」

デュランの頬を汗が流れる。

ここに至りカーキッドがようやく、ニヤリと笑いながら剣を抜いた。

「なら、行ってみるか？」

そう言うなり、カーキッドは駆け出した。

あまりに突然の事だったので、オヴェリアですら動いた瞬間は見えなかった。

ただ気づいた時には。カーキッドが剣を上からドーマ目掛けて振り下ろし、それをドーマが、ローブの奥から取り出した剣で受け止めた所だった。

鋭い音が鳴る。

交差した刀、すぐさまカーキッドは向きを変え、グルリと体を回転させて背中から斬り込みを入れる。

それをドーマは背後に飛んで避けたが、カーキッドの剣を、常人が簡単に避けられるわけもない。

ドシュッと腹が真一文字に、黒い剣によって引き裂かれた。

普通ならこれで倒れるか、少なくとも痛みに膝を打ってもよさそうなもの。

だがドーマは何事もなかったようにその場に佇み、平然と剣をぶら下げていた。

やはりその顔に表情はなかった。

「クーン様ッ」

愕然とするオヴェリアの横をすり抜け、デュランもまた走り出した。

彼は口早に呪文を詠唱すると、手にしていた護符を投げつけた。

だがそれをドーマは難なく避け、逆にデュランに向かって駆け出す。

「！」

ドーマの横からの一閃は、剣先に黒い炎が見えた気がした。デュランは地面に転がってそれを避ける。

そこからもし追撃があれば、デュランは避け切れなかったかもしれない。彼は体術がそれほど得手ではない。

だがしかしドーマが次に向かったのは、呆然と立ちすくむ、姫君。

「オヴェリアッ!!」

慌てカーキッドも駆け出すが、ドーマが剣を振りかざす。

オヴェリアはハッとしたが、反応が遅い。胴体はがら空きだ。

そこにドーマが剣を、叩き入れた。

切っ先は鎖の帷子が弾いたが、衝撃までは吸収できない。オヴェリアはたまらずその場によろめいた。

そこへドーマが、今度は彼女の喉元に剣を突きつける。

「……動くな」

オヴェリアの目の前に、ドーマの顔があった。

「オヴェリア・リザ・ハーランド。石を出せ」

「……」

「さもなくば、殺す」

クーン・ドーマ——幼き頃からよく知る、叔父の側近。

アイザックの隣でいつも微笑んでいた小柄で丸い男が、今、オヴェリアに剣を向けている。

殺すと言っている。

『本当に大きく、お美しくなられましたな』

牢獄で微かに涙を浮かべてそう言っていたその時から、また少し、やつれた面差しで。

「オヴェリア!!」

「オヴェリア様!!」

二人が駆け寄るのを気配で感じて、オヴェリアはドーマから視線は動かさず、小さく手で制した。

「石を出せ」

「クーン様」

「早く！」

間近で見るドーマの顔はやつれている……いや違う。

それ以上だ。

まるで朽ちているようだ。

オヴェリアはこんな人間を見た事がある。一昨日の夜、フォルストの教会で斬った屍人と同じ。

オヴェリアの目から涙がこぼれた。

「クーン様……」

カーキッドに斬られたはずの胴体からは、もう血すら出ていない。

鼻をつくこの臭い。少し前のオヴェリアにはこれが何の臭いかわからなかっただろうが、今ならはっきりとわかる。

死臭だ。

「あなたがそれで休まるならば」

「……」

オヴェリアは懐に手を入れる。

「この石で、クーン様が開放されるのならば」

オヴェリアは微笑んだ。

「さぁ」

そして石を、ドーマの前に差し出した。

碧の焔石は青い光を湛《たた》え、奥底、静かに揺らめいている。


それを目にしたドーマのたった一つの目に、初めて、感情の光が灯った。

だが……やがて、

「あ、あ……」

カランと、剣を落とし、

「うぁ、あああぁあ」

頭を押さえ、

「クーン様!?」

「うぁあぁあああぁぁぁぁぁぁああぁあぁぁぁぁ」

もがき出す。

間髪、カーキッドが二人の間に滑り入る。絨毯の上をのた打ち回る宰相目掛けて剣を突き出そうとしたその刹那。

「待て、カーキッド」

デュランがそれを止めた。

「これは」

宰相ドーマの片目の眼帯が弾け飛んだ。

そしてそこにあったのは、

「——」

鴉。

覆われたその向こう、普通ならば目がある場所から、鴉が首をもたげていたのである。

「チッ!!」

慌てて、カーキッドはオヴェリアの頭を自身の胸に押し付けた。

「見るな!!」

「ラウナ・サンクトゥス、ラウナ・サンクトゥス」

デュランが、ドーマの傍らで詠唱を始める。

ドーマがもがくたび、鴉が暴れる。中に入ろうと身をよじる。

「姫、サマッ……」

オヴェリアがカーキッドの腕の中でハッと顔を上げようとしたが、カーキッドはそれを許さなかった。

「石を、渡しては、ならぬ……」

「クーン様」

涙は俺の腕の中でこぼせと言わんばかりに、カーキッドは強く強く彼女を抱きしめた。

「殿下を、とめて……」

「……テン・ライヤ、マギオーテ、ラスカルトラモンターナ」

「若さまを、とめて………」

「神々よ、精霊よ、この哀れなる者に」

――悠久の安らぎを与えたまえ。

デュランの最後の言葉と共に、彼がかざした護符が白い光を放った。

彼はそれを、ドーマの目に巣食った鴉に突きつけた。

刹那、絶叫と共に飛び出した鴉目がけ、デュランがピッと護符を飛ばす。

それは鴉とは到底思えないような呻き声を上げ、焼かれるようにジュワっと消滅した。

そして、鴉が抜けたドーマの躯は動きを止めた。

「……」

デュランは持っていた布で彼の片目を丁寧に、手当てするように巻いた。

「姫」

それを合図にしたように、カーキッドの腕から解き放たれた彼女はドーマを見た。

「クーン様……」

笑っていた。

悶えるような苦しみの後とは思えぬほど、安らかな顔で。


神父は死者に祈りを捧げる。

すべてを終え、立ち上がった彼の顔に浮かんでいたのは、静かなる怒りだった。

そしてカーキッドの視線に気づくと、デュランは眉間にしわを寄せてもう一度宰相の亡骸を見た。

「ドーマ殿は昨晩亡くなられた」

「……」

「だがその体に、術を施した輩がいる」

しかも性悪な術を。

「ギル・ティモ……ッ」

「人の中に別の生き物を埋め込んで動かすってのか？」

カーキッドは胸糞悪ぃと言って顔を歪める。

「どちらかと言えば、あれは依り代だろう。奴の術を鴉に変えて、死人を操る」

「これが、街に徘徊する屍人の正体か？」

「だろうな。ただしあの時の屍たちは完全に同化していた。……ドーマ様は死してなお、必死に拒み続けたのであろう」

恐ろしき術と、恐ろしき術者から。

その者はこの城のどこかにいる。

そしてその傍にいるのだ。すべてを容認したアイザックが。

オヴェリアはドーマを見た。唇を噛んだ。涙がこぼれた。せき止めていた物がいよいよ壊れたかのように次に次にとあふれ出た。

それをぬぐって、ぬぐってぬぐって。

「あちらに扉がある」

三人が入ってきた右脇に、扉が一つあった。そこにも鴉が描かれていた。

カーキッドはそれを足で蹴り開ける。触りたくもないと言わんがばかりに。

「階段だ」

中を覗くと、ヒュゥと風が鳴き出した。それは下から上へ向かって吹いている。

「嫌な感じだな」

「オヴェリア様、大丈夫ですか？」

　そっと掛けられた言葉に、オヴェリアは小さく頷いた。

「ありがとう。大丈夫」

「……」

「行きましょう」

　そう言い、もう一度オヴェリアはドーマを振り返る。

　そっと手を、ドーマの目に当てた。

「……必ず」

　あなた様の無念は、私が必ず。

　一つギュッと目を閉じ、立ち上がる。

「俺が先に行く。油断すんなよ」

　三人は螺旋になった階段を上っていく。


　上を見れば、遥か先まで階段は続いていた。

　その途中に幾度か分かれ道はあった。

　各階フロア、一つ一つをオヴェリアたちは探索した。

　謁見の間の上の階は兵士の詰め所となる部屋がいくつかあった。誰もいなかった。異変もなかった。

　二つ上の階には書斎があった。様々な本が重厚な本棚に収められている。一応内容を確認したが、目を引くような物はなかった。カーキッドは「つまんねぇ本ばっかりだ」と言ったが、逆にデュランは「二、三冊持って行きたいですな」と言っていた。

　三つ上の階には、豪華な扉がある部屋があった。扉の前には花も生けてあった。同じフロアにもう一つ、こちらには花はなかったが見事な調度品が飾られていた。絨毯も上質の、足音を吸い取るような物だった。恐らくはこの城の主の部屋だろうと思われた。

「そう言えば」

　と花が生けてある部屋の前まで来たとき、デュランが呟いた。

「カーネル卿には妻がいたはず……彼女はいずこでございましょうか」

「……」

　オヴェリアはハッと顔を上げた。

「ソフィア様」

　そう言えばここまで、その名は一度も出てこなかった。

「死んでんじゃねぇか？」

茶化すようにカーキッドはそう言って笑ったが、他の二人にはとても冗談には聞こえなかった。

「……答えは恐らくこの先にございましょう」

「……」

「消えた街の人々、兵士、燃え上がる街……すべて」

答えを握っている者は、恐らくこの上にいる。

螺旋階段へ踏み出す。

頭上を見上げれば、もう終点が近い事が知れる。

階は恐らくあと一つ。

「……」

一つずつ、段を上っていく。

その中でオヴェリアの脳裏には、様々な事が過った。

叔父と過ごした日の事。アイザックの笑顔とぬくもり。

そしてその言葉。

『オヴェリア、覚えておきなさい。この世には、どうする事もできない定めというものが確かにある』

――定め……。

ならば叔父上、とオヴェリアは心の中で問う。

――これも、定めですか？

街がこのようになったのも。

あんなふうにクーン様が亡くなったのも。

そして、私が今、この階段を上っている事も。

すべてが。

――定めだと、言うのですか？

決断が待っていると、オヴェリアは思った。

真実に彼女が決心をつける瞬間が。

「この向こうか」

先に最後の扉へたどり着いたカーキッドが、小さく息を吐いた。

「おい神父、何か感じるか？」

オヴェリアの後ろからくるデュランに、彼は小声で言った。

「闇の魔術とやらの波動」

「……強すぎてわからぬ。波動はこの城を……街全体を包み込み、先ほどより膨れ上がってきている」

「そうかい。まぁとにかく、この向こうか」

そうしてカーキッドはオヴェリアに向き直った。

「オヴェリア、いいな？」

そう問うカーキッドに、オヴェリアは彼の目を見、そして扉を見た。

「……カーキッド」

「あん？」

「……定めというものがあると、思いますか？」

「？」

カーキッドは怪訝《けげん》な顔をする。それは彼女の後ろに立つデュランも同じだった。

「この世には、誰にも覆せないような……定めというものが存在すると」

万物の意思によりて。

決められた道、決まった道が。

俯く彼女に、だがカーキッドは呆れた様子で鼻で笑った。

「馬鹿じぇねぇか？」

「え」

「定めだぁ？　そんなもん、クソ食らえだ」

「……」

「開けるぞ。準備はいいか」

カーキッドがドアノブに手をかける。デュランも脇に控えた。


オヴェリアは息を呑んだ。

『忘れるな、オヴェリア。必ずいつか、すべての事が意味を持つ』

ならばこの扉を開けた向こうにある結末は、彼女に何をもたらすのか。

定めなどクソ食らえだと言った男の横顔は、アイザックのそれよりは優しくはなかったけれども、強い何かが満ち満ちているようだった。

そして、勢いよく扉は開け放たれた。

一瞬の間を置き、カーキッドが外へ飛び出す。続いてデュラン。

最後に出たオヴェリアが見たのは。

空。

下から見た時城は一番上まで炎によって覆われていた。

だが、ここだけは炎の勢いから逃れているのか、わずかに陽炎が揺らめく程度。

見える、空と街。炎立つフォルストの街並み。

そしてそれを見下ろす男の背中も。

先ほどのドーマと同じようにこちらに背中を向けて

いるが、身にまとっているのは黒いローブではない。

上質な赤と黒の飾りの入った騎士服。

それは普通の騎士が着る物ではない。

由緒正しき家柄の誇り高き騎士が着る、豪華で、だが凛とした物。

髪は、炎の色を受けて金に近い色となり輝いている。

オヴェリアは胸が詰まった。その姿は、完全に記憶の中にある人物と重なった。

「叔父上……」

アイザック・レン・カーネル。

その人は。オヴェリアの声に反応したようにこちらを振り返り。

三人の姿を見て少し笑った。

その笑みにオヴェリアの心臓が跳ねた。それは記憶の中にある優しい叔父のもの。

だが口から滑る言の葉は。

「最後まで、我に歯向かったか」

カーキッドが剣を抜く。

「その心根は見事。……宰相ドーマ」

「あんたがカーネル卿かい？」

デュランも護符を持ち腕を構える。傷だらけのキャソックが風に一つ翻った。

アイザックはカーキッドの問いには答えず、チラリとデュランを見た。

「あの傷で生き残ったか。これも見事」

「……お蔭様で。随分手荒な技を使いましたがね」

「見事見事」

言い、アイザックは笑った。それに合わせるように、彼の背後で揺らめいていた陽炎《かげろう》から炎が二つ立ち上った。

そしてアイザックは、最後に彼女を見た。

二人の一歩後ろに控えるオヴェリアを。

「……」

「……」

アイザックの婚儀の時から、六年。

ようやく重なった、二つの瞳。

だがあの時の誰が思ったであろう。六年かかって交わった二つの魂が、このような形を迎える事になろうとは。

オヴェリアはアイザックを見据えたまま、懐から石

を取り出した。

「オヴェリア様」

デュランが驚愕の声を上げたが、構わなかった。

「叔父上がお求めは、この石ですか？」

「……」

碧の焔石。

それを認め、アイザックは微笑んだ。

「ああ、オヴェリア。私のために、この地へ持ち寄ってくれたか」

「これがどういった石か、ご存知ですか？」

竜の命を宿すという石。覗けば揺らめく、金の焔。

「砕けば溢れ出した炎によって、大地は焦土と化すと」

「……そう言われておるな」

「叔父上、これをどうされるおつもりですか？」

「……」

運命が、何を望んでいるか。

「何のためにこれを求められるのですか？」

宿命が、何を待っているのか。

彼女に何を決断させようとしているのか。


「……お前には関係ない」

「いいえ、叔父上」

いやそもそも、これは、定めなのか？

どこでどの選択をして、誰が何の道を示して、今のここが、あるのか。

「レイザランの領主、ラーク公は獣となって亡くなりました」

「……」

「その御子には死の呪いが掛けられていた。そしてドーマ様は」

「……」

「……クーン様を、あのような事」

「それを渡しなさい、オヴェリア」

だが何よりも、今見なければならないのは。

直面した現実。

この現実。

ここで下す決断は、誰の物でもない。

誰の指図でもない。

誰が意図するものでもなく。

唯一つ。

己の心のみ。

「オヴェリア、さぁ、石を」

「渡しません」

下すのは神ではない。

道は、自分で決めて行く。


「ふぉっふぉ、面白き余興」

地に響くようなその声に、オヴェリアたちはハッと声の方向を見た。

三人の側面、揺らぐ炎の中から一欠片《かけら》黒いススが舞ったかと思うと、それは膨れ上がって一つの形を作り出す。

人と呼ぶには禍々しい、黒い塊。

「王女オヴェリア、石持ちし姫君」

「……そなたは」

「ようこそ、この、炎獄の城へ」

口元だけ出たそのローブ、欠けた歯の向こうには闇が覗いていた。

「ギル・ティモ」

デュランの呟きにオヴェリアは目を細めた。

「そなたが噂の魔導師か」

「噂？　噂？　ヒェッヘッヘ、姫様にご存知いただいておるとは、恐悦至極奉りそーろぅ」

カーキッドが漆黒の剣を向けた。

「るっせぇ」

「兎にも角にも、石じゃ。その石寄越せ」

「渡さぬ」

「お主の意志など、知らぬ存じぬ」

オヴェリアは剣を抜いた。

「ドーマ様をあのようにしたのは、お前か」

「どーま？　ああ、あの宰相か？」

「そしてドーマ様を殺したのは」

「ヒェッヘッヘ、殺したのはお前らじゃ」

言い、笑う。

するとデュランがそちらに護符を突きつけた。

「人に課せられた宿命は、一度の生と一度の死。ただそれだけと私は考える」

「……ほぅぅ？」

「それが絶対。それを、二度の死を味わわせるお前の業は、許されるものではない」

「ハッハッ!!」

「街を徘徊した屍人もお前の仕業だな」

「……屍人だぁ？　的は射ているが、兵士に向かってひどい呼び名じゃ」

「兵士だと？」

「魔導士ギル・ティモ、この街の人々はどうした⁉　この城の兵士をいずこへやった⁉」

オヴェリアとデュランの質問に、ギル・ティモは呆れた様子で肩をすくめた。

「街の人間？　この城の兵士ども？」

そんなもの。

「見ておるじゃろ、主ら」

ずっと、目の前に。

「え……」

オヴェリアは訝《いぶか》しく目を見開いた。

デュランとカーキッドは、瞬時に言葉の意味を汲み取る。

「まさか、炎か」

「……！」

オヴェリアは真実に、言葉を失った。

「街を焼く炎、城を焼く炎……それは、」

ここにいた人々の変わり果てた、姿だと。

「ご明察ご明察」

ギル・ティモは手を叩いた。

「よぉくできましたな。さすがはラッセル・ファーネリアの弟子」

「――ッ」

「人の命は焔同然。よく燃える。しかも存外美しい。少しわしが手を下さば、これほどきれいに燃え上がる」

美しいじゃろ？　とギル・ティモは炎を指した。

「貴様ッ……！」

「まぁこれは簡単な術ゆえに、わしが逝ねばすぐに解かれるがな」

「……！」

「人々を元に戻したくば？　わしを殺してみせよ？　ヒェッヘッヘ」

できるかなぁ？　浅き者たちよ？

オヴェリアは我知らず形のいい唇を噛み締めていた。

「叔父上」

オヴェリアはアイザックに目を向け、言った。

「これは、あなたが本当に望んでいる事なのですか？」

その目には涙が浮かんでいた。

アイザックは答えなかった。

代わりに、辺りに不気味な声が鳴り響く。

「жсжбюаишжбоеи」

「ラウナ・サンクトゥス、ラウナ・サンクトゥス」

デュランがオヴェリアの前に、彼女をかばうように立ちふさがる。

「叔父上ッ!!」

その声を合図として。

そこに戦いは、幕を開ける。


「ешю　*****!!」

「ミリタリア・タセ・エリトモラディーヌ!!」

二人の詠唱重なりて。

虚空に生み出される、炎の風と氷の刃。

その瞬間、カーキッドはアイザック目掛けて剣を振りかぶった。

「――ッッ!!」

「姫様はカーキッドの援護をッ!!　こちらは私がッ!!」

カーキッドの重厚な一撃を、アイザックは手をかざすだけで受け止める。

しかもそこに、接点はない。カーキッドは驚愕する。アイザックと剣の間には、見えない壁があるようだった。

そしてそれにより、彼の剣は簡単に弾き飛ばされる。

「カーキッド!!」

地面に転がったカーキッドにオヴェリアは駆け寄ろうとしたが、アイザックの視線がその足を止める。

「オヴェリア、石を渡しなさい」

「……嫌です」

「今渡せば、供の命、助ける事もできようぞ」

「この石は、渡せません」

言い、オヴェリアは剣を構えた。

「叔父上は、この石を使って何をなさるおつもりか!?」

「……先ほど言うた。お前には関係ない」

「関係あります!!」

「……」

「私はこの国の、王女ゆえに」

カーキッドが立ち上がる。再びアイザック目掛けて斬りかかる。

だが打ち付けるのは虚空。やはりその剣は、男には届かぬ。

弾き飛ばされるカーキッドの姿を見て、起き上がっては斬りかかる彼の姿を見て、オヴェリアもついに走り出す。

「やめなさい、オヴェリア」

静かな声は、昔と同じ。

否、違う。オヴェリアはそう思った。昔の叔父の声は、もっと明るくて澄んでいた。

脇を一閃。

オヴェリアの剣もやはり、虚空を打ち付ける。

だがカーキッドの時とは明らかに違う。アイザックには届いていなかったが、確かにその瞬間空気が揺らめいた。現実アイザックの顔に、驚愕の色が浮かんだ。

「聖剣か」

手ごたえを感じ、オヴェリアは返す刀でもう一刀入れる。同じ場所を間髪入れずにカーキッドも斬る。

「やめろオヴェリアッ!」

「——ッッッ!!」

「やめろと言っておるのだ!!」

アイザックが初めて、その手をオヴェリアに突き出した。

瞬間的にオヴェリアは背中に嫌なものを感じ、その場を転がって避けた。

だが地面につくギリギリで、脇に強い衝撃を感じた。

オヴェリアは倒れ込む。その場所は、先ほど刺客から手傷を負った場所でもあった。

「くッ……」

「剣を捨てよ、オヴェリア」

「……捨てませぬ」

「捨てよオヴェリア!! それは呪いの剣ぞ!!」

顔を上げれば、アイザックの顔にはありありとした怒りが浮かんでいた。彼のそのような顔、オヴェリアはかつて一度も見た事がなかった。

「叔父上!?」

「なぜだオヴェリア。なぜその剣を持つ」

「……」

「御前試合……なぜそんなものに出た。なぜお前がその剣を」

よりによって、お前が。

「愚か者ッ」

「それはお前だッ!!」

瞬間、カーキッドは横合いから突きを繰り出した。

アイザックはそれを、視線だけで受け止め流そうとした。

だがそれは、カーキッド渾身の突き。

彼のすべての力を宿した黒き剣は、ピキリと、空間にヒビを入れた。

それにアイザックは目を見張った。

完全に空間が割れ、カーキッドの剣がその身に届こうとした瞬間。

ガキィィン!!

「やっと、抜いたな」

「……」

アイザックは剣を抜き、それを受け止める。

カーキッドはニヤリと笑った。それはとても嬉しそうな顔だった。

「異国の民か」

その目と髪の色。この国の者ではない事は一目瞭然。

「何ゆえお前のような者が、オヴェリアの供をしている」

「こっちが聞きてぇッ!!」

一歩退き、半身くねらせ一撃入れる。

それをアイザックは剣で受け止める。片手持ちである。

もう片方の手が、カーキッドの首を狙うが、咄嗟に退く。

体勢は崩れたが、今度はもう転げない。「っとっと」とうまく着地しすぐに剣を構えた。

アイザックの手は掠めていなかったにも関わらず、カーキッドの頬が少し切れていた。

「なるほど、常人じゃねぇや」

「黒き剣の使い手……聞いた事がある。海の向こう大国エッセルトの内戦。確か〝鬼神〟と呼ばれる黒き剣を持つ者がいたそうな」

「忘れた。そんな昔の話なんざッ」

言いつつ、またしてもカーキッドが斬りかかる。

斜めから斬り上げたその一閃を、アイザックは剣ではなく手をかざし、ガシリと直接腕で剣を掴み取った。

これにはさすがのカーキッドも驚きを隠せなかった。

だが体の反応は早い。掴み取られたその状態で、アイザック目掛けて飛び蹴りを繰り出した。

それはアイザックの胴体に入ったが、身じろぎせぬまま、アイザックは残り一方の手で剣を躍らせた。

間一髪でカーキッドは狂剣から逃れたが、体勢が悪すぎる。

次に振られた剣は完全に避けられる物ではなかった。

血の一端が飛沫となる。

カーキッド・J・ソウル。旅に出て血を流したのは、これが初めての事だった。

「カーキッド!!」

オヴェリアと反対側の脇腹から、血が滲み出ていた。

「へへへへ」

オヴェリアの叫びを他所に、カーキッドは笑っていた。

その目はアイザックしか捉えていない。

それはアイザック自身も同じ。

じっとカーキッドを見たかと思うと手を突き出す。

次の瞬間、カーキッドの腕から足から血が吹き散った。

否、正確には、それだけで済んだのは彼が避けているから。

見えない何かから。

——魔術か!?

しかし彼の身を何かが掠めるのだ。切り裂く何か。

それは風でもなく、弓矢でもない。

瞬く間に、カーキッドは全身傷だらけの状態になる。

その中には、肉を抉り取ったような傷もあった。

そんな自身の姿を知ってか知らずか、カーキッドは剣を立てた。

「うぉおおおお!!」

雄叫びと共に斬りかかるが、次の瞬間巻き起こった風圧に、カーキッドの体は見事に吹っ飛ばされた。

宙を舞う彼の巨体が、地面に叩きつけられる姿をオヴェリアは呆然としながら見ていた。

それしか、出来なかった。

「カーキッド」

倒れ込む彼に向かい、アイザックが一歩、また一歩と歩き出した。

傷一つ、埃一つ皆無のその姿。

焔の陽炎を身にまとっているかのように、周囲の空気がゆらゆらと震えていた。

アイザックが刻一刻と近づくが、カーキッドはまだ起き上がれない。

アイザックは剣を握り直す。

目の前でカーキッドに向かい歩み寄るその姿。幼き頃から良く知るその人が、オヴェリアには今、唯《ただ》一つのものにしか見えなかった。

それは、死、そのもの。


「叔父上」

喉から声は出た。

でも手は震えていた。

足も震えていた。

奥歯も震えそうだ。

でも彼女は懸命に胸から声を吐き出した。

「アイザック・レン・カーネル!!」

喉の先から出す程度の声では、届かない。

本能がそれを悟っているかのように。

声は彼女の奥から湧き出て先へ先へと、響いて行く。

「何ゆえ石を求める!?」

「……」

「碧の焔石……あまつさえ、この街の状況」

「……」

「見過ごせぬ」

オヴェリアはそう言い、立ち上がった。

脇腹は痛むけれども。

それ以上に心が。

「……ならば、何とする」

「……」

「王女オヴェリア。我が所業を見て、貴女は何とする」

「……」

アイザックの目は、まっすぐにオヴェリアを見た。

六年間、待ちわびたこの日。

会いたかったこの人。

「アイザック・レン・カーネル。偽りなく述べよ。目的は何か」

「……」

「答えよ、カーネル」

「ならば申し上げましょう」

アイザックは体ごと正面、オヴェリアを向き直る。

何ら飾らず、ゆっくりと。

だが素直な声色で一言、こう言った。

「我が目的は一つ。この国を滅ぼす事」

オヴェリアの胸がツンと、高い音で鳴いた。

「……何ゆえ、そのような事」

「この国は淀んでおる」

「淀む？」

「もう、限界だ」

誰が？　何が？

『うろたえてはならぬ』

脳裏、どこかで、父の声がした。

オヴェリアの父、ヴァロック・ウィル・ハーランドの。

――父上。

「……カーネル、自分が何を申しているかわかっているか」

「無論」

「国を滅ぼす、その言葉の意味」

「……」

「それは反逆」

アイザックは小さく笑った。

「然り」

「なぜ、なぜ」

「……」

「なぜカーネル…………叔父上!!」

オヴェリアは叫んだ。

「なぜ!?」

「……」

必死に叫ぶ。

そしてその目からは、涙が。

それは弾けて飛んで頬を伝い流れたが、構わずオヴェリアは何度もその名を呼び、叫んだ。

「叔父上!!　なぜ!?」

「……」

「この国は、母上の……そなたの姉上の」

「だから、だ」

「……?」

「だから、ゆえに」

私は、とアイザックはオヴェリアの剣に視線を向けた。

「この国を、滅ぼしたい」

「……ッ!?」

「この国と、王であるヴァロックを」

消し去りたいのだと言ったその顔は、今までの無に近かった表情から一変して、憎しみに満ち満ちていた。

「父上をッ……」

殺したい?

叔父上が?

「なぜ」

「愚かなり、ヴァロック」

「……ッ」

「何と愚かか……よりによってその剣を、この娘に持たせるのか」

「叔父上?」

「白薔薇の剣……持つ事ができるのは剣に選ばれし者のみ……聖母サンクトゥマリアの力を宿す剣」

風が強く吹く。

「何が聖剣だ。何が聖母だ」

それはオヴェリアの髪を、

「何が、選ばれし者だけが帯刀を許されるだ。国を背負う資格を持つ、だ」

そして、心を、

「そんなものを抱きしこの国は、こんな国は」

乱し、乱して、

「間違っている」

荒《すさ》ぶ。

「オヴェリア、お前も知っているはずだ。この国が犯した罪」

「……」

「姉上がヴァロックの元に嫁ぎ、そしてその後築かれていった罪」

オヴェリアはゴクリと唾を飲み込むと、白薔薇の剣を構えた。

「罪、などと」

「罪だ。国が犯し、お前の父が犯した罪」

「……父は何もしておりませぬ」

オヴェリアはジリと足場を固めた。

「姉上が何をしていたかお前は知っているだろう？　ハーランドに嫁いだ姉が、何をもって何をさせられていたかを」

「……それは」

「どのような気持ちであの方は……生きておいでだったか」

「叔父上ッ、その話は」

ここにはカーキッドがいる、デュランもいる、見知らぬ魔導師もいる。

これだけの人間がいる中で、その話はしてもいい話ではない。

禁忌——駄目なのだ。

「叔父上！」

やめて。

お願いだから。

だが、悲痛なオヴェリアをあざ笑うようにアイザックは言葉を続けた。

「この国が姉上に課した所業、罪。そして罰」

そして。

「ヴァロックが王になった理由」

「父上が」

何？

「お前は知らぬ。知れば、お前も私と同じ気持ちとなろう」

何の事？　オヴェリアは眉を寄せる。

「この国最大の秘密」

それは、

「白薔薇の騎士、それが——お前の母ローゼン・リルカ・ハーランドから、ヴァロック・ウィル・ハーランドへと移った本当の理由」

アイザックがそう言った時。

オヴェリアの背後で、魔導士がニヤリと不気味に微笑んだ。

「白薔薇の剣に選ばれし者がこの国の王となる……建国より二五〇年、紡ぎ継がれてきた愚かなる慣習」

聖母サンクトゥマリアの力が宿るという白い薔薇の剣。

「ハーランド家は、そうやって、代々王になる者を選んできた」

「……」

「お前の父、現王ヴァロックもそうだ。白薔薇の剣に選ばれた。……だがそれに至る前に何があったか。お前は知らぬ」

「叔父上」

「ヴァロックは……前の剣の持ち主を殺し、その権利を奪ったのだ。前の持ち主である――お前の母、ローゼン・リルカ・ハーランドから」

誰かが息を呑むような音が聞こえた。オヴェリアはたまらず叫んだ。

「叔父上、やめてください！」

それは命令以上の懇願であったが、アイザックは構わず言葉を続けた。

「姉上には婚約者がおられた。幼き頃より縁《えにし》結ばれていた許嫁だ」

「叔父上！」

「だがそれは、直前になって破棄された……理由は一つ。剣に選ばれてしまったがゆえ」

「叔父上、もうやめて！」

「前王亡き後、誰一人持つ事叶わなかった剣が、ようやく選んだ人物こそが……姉上だった。よりにもよってだ」

なぜだ！　とアイザックは叫んだ。

「姉上は剣など握った事もなかったのだぞ⁉」

なのに、白薔薇の騎士？

アイザックは低く自嘲気味に笑った。

「それにより姉上は無理矢理ハーランドへ……ヴァロックの元へと嫁がされる事になった」

笑い声が起こった。ギル・ティモの狂ったような笑い声だった。

だがそれはオヴェリアの耳にとどまる事なく通り抜

けていく。

「剣に選ばれた者が王となる？　選ばれてもいないヴァロックが平気な顔で玉座にいたではないか。民を騙し、欺き、そして姉上の人生をも歪めて」

「母は、父を愛しておられた」

　オヴェリアの頬を涙が伝った。

「だがヴァロックは姉を殺したのだ。剣に選ばれた姉をねたみ、自らの物にするために姉を殺したのだ！」

「そんな事、あり得ません！」

「だが姉が死んだ後ヴァロックは真実の王になった。姉から奪ったのだ」

「……違う」

　オヴェリアは目を閉じ必死に首を振った。

　胸の病と聞いた。

　ローゼンは長く、胸を患っていたと。その発作に寄るものだと。

　知らされ、駆けつけた時にはもう彼女は柩《ひつぎ》に納められていた。

　きれいなドレスを身にまとっていた。彼女がよく好んで着ていた、青のドレスだった。

　化粧を施されたその顔は美しくて、ただ眠っているだけのようにも見えた。

　微笑んでいるように見えた。

「母上は病気で亡くなられたのです」

「私もそう思っていた、ずっと。だが事実は違った。お前の父が殺したのだ」

「違う！　父はそんな事しない。私は父を信じております」

「ならばどうして泣く、オヴェリア」

「……ッ」

「父を信じている、そう言いながら。なぜ泣くオヴェリア？」

　違う。そう思った。

　オヴェリアは頭を振った。

「違います」

「オヴェリア」

「違う」

　父は、剣に命を懸けた。

　母は、この国を守るために戦った。

　二人は共に命を、剣とこの国に捧げた。

二人は。

「オヴェリア」

泣いて頭《かぶり》を振るオヴェリアに、アイザックが歩み寄る。

その顔は、先ほどまでとは打って変わり慈愛に満ちていた。

「悲しき事を申したな」

「叔父上」

「オヴェリア。すまぬ。お前の母を守れず……すまぬ」

その目の色に、オヴェリアは昔のアイザックの姿を見た。

優しく強い、物知りで頼りになる叔父上。彼女が憧れ、愛した人。

「叔父上」

呆然とする彼女の腕を引き、アイザックは自分の胸の中へと彼女を誘った。

「大きくなったな、オヴェリア」

「……叔父上」

「そして美しくなった。亡き姉上そっくりだ」

「……」

「私だって義兄上《あにうえ》を信じていた。姉上が幸せならばそれでよいと。突然の婚儀、姉上の身を案じて何度もハーランドへ参ったが、最初は戸惑っておられた姉上も、次第に心を許しておられるのが見えた。あの方の元に嫁いでよかったと笑っておられた。そしてお前も生まれた。……だから私も安心していた。なのに」

叔父の腕は強かった。胸はたくましかった。ドキリと心臓が跳ねた。

……でも。

「彼奴は姉上を裏切った。そしてあまつさえ、お前にこんな剣を持たせるなど」

「……」

「愚かなりヴァロック・ウィル・ハーランド。このような国のあり方はおかしい。間違っている」

ぬくもりは、感じられなかった。

「オヴェリア」

声はあの日のまま。優しいのに。

「これからは、私がお前を守る。姉上の代わりに」

ずっと会いたいと思っていた人なのに。

胸を、寂しさが襲った。

涙が出た。止めようもなく。

その時だった。

「……しゃらくせぇや」

よっこらせと言いながらカーキッドが立ち上がる。

足元はおぼつかない。

だが目はしっかりしている。

「それがこの国を滅ぼそうとする理由ってか？」

カーキッド、とオヴェリアが顔を上げる。アイザックから離れようとしたが、その腕は堅く彼女を離さなかった。

「姉を殺した王が憎い？　だから王も国も滅ぼしちまえってか」

「……」

「陳腐な理由だねぇ……なぁ、本当にそれだけかい？　カーネルさんよ」

オヴェリアには見えない。アイザックがカーキッドに向けている、鬼のような形相を。

「お前にとっては陳腐でも、私にとっては絶対だ」

「そうかい。でもそれであんたの姉さんは浮かばれるのかね？」

「お前には関係ない。異国の民よ」

「そうだな。どの道俺にゃぁこの国の顛末なんざ関係ねぇ。どうでもいい事だ」

カーキッドは鼻で笑う。その顔も体も、血に汚れていた。

「ったく、この街にきてからいい事なしだ。一張羅はどこぞの神父にくれちまったし、名誉の負傷は増えるし」

イテテとわざと言い置き、カーキッドは、黒の剣を握り直す。

「もっと言や、この国にきてから、か？」

そして口の端にあった血を、ピッと親指で払う。

「オヴェリア、俺はお前のお守りじゃねぇっつったぞ」

「……」

「そこにいたら、一緒に斬るぞ」

あ、とオヴェリアはもがいた。

「オヴェリア」

「離して叔父上」

「……何ゆえだ」

少し腕が緩む。その間に、オヴェリアはアイザックの胸を押し退けた。

「オヴェリア」

「叔父上」

アイザックは驚きの顔を浮かべた。オヴェリアの胸はそれに少し痛んだけれども。

「違います、叔父上」

違う。

「叔父上は間違っている」

「……」

「こんな事、間違っている」

「……」

「白薔薇の剣の持ち主、継承は、二つと聞きます」

一つは剣自身に選ばれる事。

もう一つは、前の持ち主が選んだ誰かを、剣が認める事。

「母は、父に託した」

涙が伝う。

「剣と、国の行く末を」

だから。

「父と母が持ったこの剣、守ったこの国は、私が守り抜きます」

言い、オヴェリアは剣を構えた。

切っ先をアイザックに向ける。

これが、決断の刻《とき》。

「そうか……」

目を伏せにじむような声でアイザックはそう呟いたが、次の瞬間オヴェリアを見たその顔は、彼女の知らぬ別人の顔であった。

「悲しいな」

「叔父上」

「そして、哀れだ」

何が？　そう問う間もなく、アイザックの剣は、オヴェリア目掛けて振り下ろされていた。

だが、それを捉える間もなく、背中を誰かに引き寄せられる。

彼女の鼻先を、アイザックが描く剣が振り下ろされていく。斬られはしなかったが、鼻にツンとしたものが走った。

そして彼女を引き寄せたその腕は、そのまま後ろへ彼女を放った。

「退《ど》いてろ」

「カーキッド」

「カーネルさんよ、あんたの相手はまだ俺だろう？」

「……」

「カーキッド、傷が……」

「異国で鬼神と呼ばれた剣」

そう言いカーキッドはニヤリと笑った。

「見せてやるよ」

言い捨て、カーキッドが飛び出す。

「ディア・サンクトゥス!!」

カーキッドとアイザックの間に火花が散ったのと同時、光も交差した。

辺りに巻き起こった閃光と煙に紛れ、デュランは走った。

そしてたった今までギル・ティモが立っていた場所目掛けて持っていた護符を投げ放った。

「オストロ・ディスト・ロオザィム!!」

捉えたか!? その目が一瞬光った。

「それで裏をかいたつもりか？」

「!!」

だが、声は真後ろから飛んできた。

「セシモ」

「ッッ!!」

咄嗟避けるが、避けきれる間合いではなかった。腕を氷の刃が掠めていく。

「ぐッ!!」

痛みに苦悶の顔を浮かべたが、膝はつかない。次の護符を握り構える。

デュランのその姿に、ギル・ティモは面白可笑しそうに笑った。

「無駄じゃ無駄じゃ」

「ラウナ・サンクトゥス、ラウナ・サンクトゥス」

「……懐かしき調べ。聖魔術か。ラッセル・ファーネリアがよう使っておったな」

「エリトモラディーヌ!!」

「西の賢者が編み出しし、聖なる魔術の音。だが、そんなものではこのわしは止められぬ」

詠唱なし。ただ手を振りかざしただけ。

烈風も何もない、切り裂くような風の刃が生まれ出て、斜めにデュランの体を切り裂く。

後ろへ身をよじらせたが、デュランの体はそれにより宙を舞って地面へと叩きつけられる。

「無様」

「……」

「助けを呼ばぬのか？　神父」

「……笑止。お前など、俺一人で充分だ」

地面に崩れたデュランは、口の端を伝った血をグイと手の甲でぬぐった。

「お前こそいいのか？　放っておけばお前の傀儡《かいらい》、討ち滅ぶぞ？」

「……ほう？」

「カーネル卿を焚き付けたのはお前だろう？」

操っている、と言い換えるべきか？

「お前の目的は何だ」

「目的？　我はただ、殿様の願いを叶えたいだけ」

願い。

「この国を滅ぼすという願い」

「人を屍の兵と成し、業火と変えてか」

デュラン・フランシス、その息は荒い。

だが眼光強く。

その光が唯一、倒れた獲物を前にする魔導士の足を止めている。

「死を超越した痛みも恐れも悲しみもない兵団じゃ」

「闇の魔術書に記された禁忌の魔術だ」

膝から立ち上がる。かろうじてといった様子。

だがまっすぐ腕をかざす。

「竜の石を得てどうする」

「うぬも知ろう。あの石、割ればどうなるか」

「大地を覆う炎となるか……いいや違う。お前の目的はそんなんじゃない」

「……」

「赤ん坊にあんな呪いをかけてまで探し求めるんだ。違う、お前はそんなお易い目的のために、しかも他人のために動くような奴じゃない」

「ならば？」

ニィと笑った歯の向こうから覗く暗黒。漆黒という名の無。

それに飲み込まれないように、デュランは腕に力を込めた。それだけで自分の周りに結界を描くように。

「なぁ神父」

そんな彼を見下す彼のフードが、風によって動いた。

闇の中から一瞬、ギラリと光る目が見えた。それは射抜くようにデュランを見ていた。

「聞かずとも、お前ならわかるのではないか？」

「何!?」

「ラッセル・ファーネリアの弟子。そして」

……闇を見た者よ。

「ディア・サンクトゥス!!」

「そんな術でわしは射ぬけぬわ」

ヒッヒッヒッヒという高笑いと共に、ギル・ティモの姿が消え失せる。

「我を射抜く物あるとすればそれは、禁断の魔術のみ」

「オストロ・ディスト・ロオザィム!!」

「そしてお前はなぜ気づけぬ？」

なぜ疑わない？

「獣人となったラーク公」

「――」

「なぜ思わない!?　アイザックが同じだと」

デュランは刹那、衝動的にカーキッドを振り返った。

「カーキッド!!」

そしてその時デュランが見たのは、カーキッドの黒き剣が、アイザックの体を貫いた瞬間だった。


カーキッドの顔に一瞬光が過った。

貫いたのは心の臓。

事実アイザックは目を剥いた。

だが、すぐ様カーキッドは異変を感じた。剣を引き抜き、アイザックの体を蹴飛ばした。

アイザックの体は地面に転がり、伏した。

だが、血が、地面にもカーキッドの剣にもほとんどと言っていいほど、ついていなかったのである。

「……ははは」

そして間もなく、地面に横たわるアイザックから、笑い声が立ち起こった。

「ふふふ……」

口元を押さえるオヴェリアの前で、カーキッドは

「へへへ」と笑った。

「おいおい、どっかで見た事あるぞ、こういう光景」

言うカーキッドの腹には新たな傷ができて、血がにじんでいた。

「ギル・ティモ。確かにお前の言った通りだ。本当に、痛みも何もない」

「左様でございましょう」

答えるようにギル・ティモの姿がスゥッと空間からにじむようにアイザックの隣に現れた。

「見事なり」

アイザックは自分の腕を、何度か動かし見た。

「死なぬ」

我は死なぬぞ。

「どういうこった」

「レイザランの領主、カール公に成された術と原理は恐らく同じ」

デュランが姫の傍に寄りアイザックとギル・ティモを睨み見た。

「禁断の魔術の一つ。あれは、生命の融合」

「何？」

「……実物を見た事がなかったゆえに、あの時ははっきり言えませんでしたが……闇の魔術の一つにそういう技があると聞いた事があります。生命の融合、バラの命を一つの生命として融合させる技です」

ギル・ティモがニヤニヤ笑っている。

「ラーク公に成したのは、獣と人との同化だな？」

「……左様。ラーク公に成した技、せっかく御身を不死身にして差し上げようとしたのに、残念。逆に獣に命を食らわれてしまったわ。ラーク公には悪い事をした」

「嘘だ。彼が命を食われるのも、暴れ狂う事になるのも全部計算づくだろう」

ギル・ティモは、下卑た笑いだけでそれに答える。

「そしてカーネル卿は何と掛け合わせた⁉」

「……」

「ならば問おう。アイザック・レン・カーネル。あなたには妻がいたな」

オヴェリアはハッとした。

「まさか！」

「そなたの妻、ソフィア様はどこにおられる？」

それにギル・ティモは笑ったが当のアイザックは少し微笑むだけだった。

「ここに」

彼はそう言い、胸を指す。

「我が妻ソフィア」

その顔は淡々とした物だった。

「あれは私をよく愛してくれた」

「……」

「だが私は、愛せなかった」

「…………」

「あれが言うたのだ。これはあれ自身が望んだ事だ」

愛されずとも、あなたの命にはなれますと。

「ソフィアだけではない。我が身に宿るのは幾人もの命」

融合。

だから、

「私は死なぬ」

オヴェリアは思った。

もう今、目の前にいるのは彼女が良く知るアイザックではないと。

魔導士と共に、知らぬ世界にいる知らぬ男だ、と。

カーキッドとデュラン。彼女の前に立つ二人の男は、どちらも傷だらけとなっている。

元々ここに至るまでに、連戦を重ねてきている。

デュランは瀕死の状態から今に至っており、本当は立っているのもやっとなくらいなのだろう。

だが二人は剣を、そして腕を構える。

その後ろに控える一人の女性を守るために。

オヴェリアを、守るために。

「……」

オヴェリアは一度瞼をぐっと閉じる。

そして見開くと、一歩、二歩。

驚き振り返るデュランの隣を抜け、カーキッドの前に立つ。

面白そうに喉を唸らせた魔導士を前に、無言で剣を持つ。

両腕で。

柄に描かれた白い薔薇が、彼女を見ている。

剣を照らすのは太陽の光。

だが彼女の目には入らない。

今は光も、闇さえも遠く。

何ら頭に導かれるものなし。

「私に剣を向けるのか、オヴェリア」

アイザックの顔には、悲しみも怒りも浮かんでいない。

ただ、カーキッドが成した傷だけが生々しく、だが現実味のない物としてそこにあった。

『剣を握るその時は。すべての感情を捨てよ』

脳裏を打つのは、師であるグレンの声。

『心乱さば、剣も乱れる。波立たぬ湖畔のごとくあれ』

オヴェリアは一度ジリと踵に力を込め走り出した。

彼女の足は速い。本気ならばなおさらに。

その技は、すべての剣士を凌駕したのだ。

剣術に精を出す兵士たちを。国を守る事に命を懸ける騎士たちを。王を守り民を守る事に誇りを持っていた戦士たちすべてを上回ったのだ。

キィィン!!

「ハッ」

一歩退き、今度は飛びながら回転して剣舞を叩き入れる。

アイザックはそれを剣で止める。だが想像以上に速く、速度によって重さを帯びたその剣に、一瞬顔がひるむ。

そこに、反転させた剣先が襲う。

ギンッッ!

止められてももう一度下から突き上げ、脇を狙う。かわされたならさらに速度を上げて、飛び、舞い、踊るかのごとく。

腕はしなやかであれ。足は柔軟であれ。

アイザックはオヴェリアが繰り出す剣に、内心驚きを隠せなかった。

――これほどまでとは。

姿を隠して大会に出たとは聞いていた。だが、相手をした者の修練が足りなかったのだろうと思っていた。

だがこれは、この剣戟は。

流れる川のごとく、吹く風のごとく。

――これが、オヴェリアが……磨き続けた剣。

「фбкёш」

オヴェリアが一歩間合いを開けた瞬間、ギル・ティィモが彼女目掛けて炎を放った。

それにオヴェリアはもちろん、カーキッドたちも一瞬息を呑んだが、炎は轟音と共に、オヴェリアをすり抜けていった。まるで何もなかったかのごとく。

ギル・ティモはハッとした。

「焔石の守護かッ!!」

碧の焔石は、持っている者を火と水の厄災から守る。

顔を歪めて更なる呪いを姫にかけようとする魔導士目掛けて、デュランがそれを許さない。術を繰り出す。

炎から逃れたオヴェリアの姿を見て、いよいよアイザックが剣を走らせる。

アイザック・レン・カーネル。その名は　歴代の御前試合において刻まれる事はなかったが、勝ち上がった事がないわけではない。決勝まで上り詰めた事だってある。

敗れた相手は、現武大臣グレン・スコール。

ゆえに、その実その剣は生半可な物ではない。まともに打ち合えば、速さにおいてはオヴェリアだが、力においては不利。

小柄を生かし、オヴェリアはアイザックの足元を薙いだ。体勢はよろめいた。だが倒れるほどではなかった。

足が裂かれても、砕かれても、アイザックは顔色を変えない。

――痛みを失う事が、本当に強き事か？

オヴェリアは彼の肩目掛けて振り下ろす。だが一瞬にしてかわされてしまう。逆に剣の腹がまともにオヴェリアの腰を叩きつける。

悲鳴を上げかけ、ぐっと堪える。倒れそうになったが、どうにか反動をつけてもう一度飛びかかる。

――悲しみを失う事が、本当の強さなのか？

アイザックの剣を避ける。だが避けきれずにオヴェリアの腰へと剣が届く。そこにはルビーの剣があった。

食い千切られるようにそれは、軽々と弾け飛んだ。

あ、とそれに視線を奪われてしまったが刹那、アイザックの一刀がオヴェリアに入る。

胸を一閃。鎖帷子で防ぎきれない衝撃に、思わずオヴェリアは倒れ込んだ。

「オヴェリア!!」

カーキッドの叫びも聞こえぬままに。

顔を上げた彼女が見たのは、影と彼女に乗りかかり剣を差し向ける、アイザックの姿《シルエット》。

逆光で表情は見えないが、そこにいるのは叔父であるアイザック。

他の誰でもない。切っ先は目と鼻の先にあった。

その中でオヴェリアは、全身から力を抜くと、ただじっと双眸を彼へと向けた。

「叔父上……」

あと一突き。この剣を突き刺せば、オヴェリアは死ぬ。

「動くな、黒の剣士。動かばすぐに殺す」

「……ッ」

「オヴェリア」

アイザックはじっと、彼女を見下ろした。

オヴェリアも彼を見ていた。

その青い青い瞳で。

——同じ瞳。

まるで宝石のような。いやそれ以上の光。

——姉上と同じ。

カーネル家はハーランド家と遠くない血筋。輝くような金の髪と青い瞳を継承している。

「……」

アイザック・レン・カーネルは、剣を構えたままオヴェリアを見つめ続けた。

——姉上……。

瞳だけじゃない。オヴェリアは似ている。ローゼンに瓜二つだ。

だから彼は、避《さ》けた。

八年前にローゼンが亡くなってから。六年前、婚儀の式でオヴェリアに会った時に確信した。

オヴェリアは姉によく似ている。これから先大きくなればなるほどに、その姿は重なっていくだろう。

だから、彼はオヴェリアに会わないようにした。

その姿を見れば己の心が痛むのは目に見えていたから。

——姉上。

愛していたから。

彼は、ローゼン・リルカ・ハーランドの事を。

『アイザック。早く妻を娶って父上を安心させてあげて。カーネル家を守るのはあなたなのですから』

妻などいらなかった。だが家のため、何よりも亡き姉上がそう言っていたから。望まぬ婚儀を果たした。

だが彼は妻を愛せなかった。頭を過ったのは、いつも、姉の姿だった。

『あなたの姉君は、ヴァロック王に殺された』

そして、その事実を彼は聞かされてしまった。

姉の人生を狂わせ、なおかつ命まで奪ったハーランドとヴァロックを、許せるわけがなかった。

だから国を滅ぼそうと思った。

この国が元凶だから。この国こそが元凶だから。

「叔父上」

「……」

目の前で、姉と同じ顔をした少女が呟く。

「これが、定めですか？」

「……？」

「叔父上は昔私に仰った……人には、どうする事もできない定めというものがあるのだと。抗えないものがあるのだと」

「……」

「私たちも最初から、こうなる定めだったのですか？」

悲しい顔をしている。

姉によく似た少女が今、目の前で、まっすぐ自分を見つめ、悲痛な顔をしている。

それは本当に、亡き王妃が乗り移っているかのような――否、彼女そのもののような。

そしてその時、アイザックの脳裏に一つの声が過った。

『この世には、どうする事もできない定めというものが確かにある』

――これは……。

『だけどねアイザック。すべての事象には必ず、きちんと意味がある。忘れないで。今は辛くて悲しくても。必ず後からその試練は、あなたを照らす光になるから』

「姉上」

瞬間、太陽の光を受けた白薔薇の剣が、まばゆいほどの光を放った。

その光は一直線に、アイザックの目を突き、焼いた。

たまらず閉じたその目が、再び開かれた時。彼は目を疑った。

彼が剣を向けているのはオヴェリアではなかった。

そこにいたのは、

「あ、あ……」

ローゼン・リルカ・ハーランド。

愛する姉に、彼は。

剣を突きつけていた。


「あぁぁああ!!」

次の瞬間、アイザックはオヴェリアから逃げるように退いた。そして狂ったように叫びだした。

「あ、姉上ッッ!!」

「叔父上!?」

「あぁっぁぁぁぁっぁああああああああああ!!」

「いかん」

アイザックの異常に、ギル・ティモが咄嗟に彼の元へ向かおうとしたその時。

その首に、剣は突きつけられた。

赤いルビーの剣。オヴェリアが先ほど落としたその剣、突きつけていたのはデュランだった。

「チェックメイトだ」

「……ッ!!」

その瞬間、カーキッドが天を舞う。

黒い剣を縦に両断、振り下ろす。

「ぐあああああああ!!」

アイザックの右腕が、剣ごと落とされる。

痛みを覚えぬ体は、何に悶えて叫ぶのか。

カーキッドは僅か舌を打ち、次は首を狙う。叩き落して、それでも死なないならばまたその時考える。

そうして振るった次の刃が、完璧に捉えたと思われた刹那。

「ッ」

ギル・ティモが、デュランの腕から逃れふわりと宙を舞うと、アイザックを後ろから包むように抱いた。

すると途端体は空気となったように透け、カーキッドの剣も虚空を切った。

「ヒッヒッヒ」

半狂乱のアイザックの顔をローブの内へと隠し、魔導師は歯のない口を歪ませた。

「やりおるわ」

「叔父上ッ」

「今日の所は、主らの勇気と運に免じて、退《ひ》いてやろう」

「待て、逃げる気か」

「逃げる？　ヒヒヒ、誰が逃げると言うた？」

笑うと、魔導師はじっとオヴェリアを見た。

「少し時間をやると言っているだけだ」

言い、ギル・ティモは腕を振るった。

その瞬間、カーキッドがサッとオヴェリアの前に躍り出て、咄嗟に何かから防ぐように腕をかざした。

「――ッ」

「ヒヒヒヒ、次はないぞえ？　石は必ず貰い受けに参る。ヘェッヘッヘッヘッヘ」

笑いながら、その姿は虚空へと消えて行った。

「カーキッド」

二人が消えるや否や、デュランはカーキッドに駆け寄った。

「腕を見せろ。何か異変は？」

「……いや」

呆然と。

忽然と消えた空を見上げる。


間もなくの事。

城を包んでいた炎は消える。街の建物を取り巻いていた炎も同様にして。

そして代わりにそこかしこに、倒れ伏した人々が現れた。

その多くは目覚めたが、中にはそのまま目を覚まさぬ者もいた。

命を燃やした炎の代償だろうと、オヴェリアたちは思った。

三人は城を出て間もなく目の当たりにした状況に、必死に人命救助を行った。

多くの人々は呪いをかけられている間の事を覚えてはいなかった。

それでいいと思った。

オヴェリアは残った人々に自らの正体を明かす事もなく、魔導士の事も領主アイザック・レン・カーネルの事も告げなかった。

ただアイザックは旅に出たと。

それだけを、告げた。


「この度は、本当にありがとうございました」

次の日の夜。

オヴェリアたちはフォルストの教会にいた。

丸一日、フォルストの民のために奔走したオヴェリアたちであったが、あれだけの炎にもかかわらず結果として建物がほとんど燃えていなかったのが功を奏した。救助活動は思ったよりも楽に終わった。

中には体調を崩す者や息絶えた者もいたが、半分以上が、意識を取り戻すと普段の生活へと戻っていった。

近親者を亡くした者の悲しみは計り知れなかったが、それでも、アイザックの犯した事や犯そうとしていた事を誰も知らなかったのは、人々の心への負担を考えると大きな事であった。

「いえ。司祭様もご苦労様でした」

亡くなった者たちの葬儀は合同で執り行われたが、それを成したのは司祭であった。彼もまた、呪いをかけられていた一人であった。

「私は成すべき事を成しただけでございます」

三日前に別れて以来会った司祭は、髪が真っ白になっていた。

「本当に、ありがとうございます。オヴェリア姫……」

司祭はその白髪の頭を深々とオヴェリアに下げた。

司祭だけには、オヴェリアは自分の正体と事の顛末を話した。

その上で礼を言う司祭に、オヴェリアは一切笑みをこぼさず、ただ目を伏せた。

「いいえ。私は結局、何もできなかった」

アイザックは魔導士によって連れ去られた。行方はわからない。

ただわかった事は、彼が成そうとしていた事と、彼が抱えた心の闇だけ。

　この国の滅びを願う思念。

「数日中には王都より兵が参ります。しばらくのご辛抱を。その後もまた何か不自由をおかけするかもしれませんが」

「いいえ。命がある。それだけで充分でございます」

　風呂を借りても、もう、髪をとかしてくれる者はいない。

「フォルストのすべての人間に代わり礼を申します。オヴェリア様、カーキッド様、デュラン様、あなた方のおかげで皆助かった。ありがとうございました」

　オヴェリアは少しだけ笑った。

　でもその笑みはほろ苦かった。

　でも笑おうと思った。

　司祭が笑っていたから。

　街の人々は笑っていたから。

　起こったすべてを知っていても知らなくても。

　笑顔を向けられた。

　だから、オヴェリアは笑った。

　泣きたくとも、苦しくとも。

　笑って見せた。


　その後。

　オヴェリアは礼拝堂にいた。

　サンクトゥマリアの像の前に立ち、じっと彼女を見上げていた。

　夜ゆえに、飾るステンドグラスを照らす光は月より他にない。

　そしてその空に鴉が鳴く事は一切なかった。

「……」

「何か答えてくれたか？」

　そんな彼女の背中に語りかけたのはカーキッドだった。

　彼は手近の椅子にドカリと座り込み、足を組んだ。

「いいえ、何も。……でも」

「でも？」

　オヴェリアはサンクトゥマリアを見上げる。

　石造。それが真実に彼女の姿そのものかを知る者はいないが、彼女は慈悲深く微笑んでいる。それを見てオヴェリアは答えた。

「笑っていろと、仰せです」

「……お気楽な女神さんだな」

鼻で笑うカーキッドに、背を向けたままオヴェリアも少し笑った。

「それにしても問題は……あいつらがどこへ行ったか、だな？　神父様？」

言いながらカーキッドは胸元から煙草を一本取り出した。

「左様。アイザック卿とギル・ティモの行方」

扉の脇に立っていたデュランはそう答え、二人に向かって歩み寄った。

「だが奴らは必ずまた姫様の元へ現れましょう」

「石か」

「……」

オヴェリアは懐からその石を取り出した。

碧の焔石。竜の命が宿るという石。

「結局やつらは何の目的でその石を探していたんだ？」

それに答えたのは、デュランだった。

「割れば大地は炎に包まれる……だが話はそんな単純な事ではなさそうだ」

ボロボロだったその身なりは、すっかり整えられている。

「というと？」

カーキッドもそれは同じ。司祭が用意してくれたおかげで身なりだけは、三人とも整っていた。

オヴェリアのマントも茶の皮製ではあるが、前よりさらに軽く強度のいいラシルという材質の物であった。これは市場で中々見かけられる物ではない。カーキッドはそれを見てしきりに唸り続けていた。

「闇の魔術の書には、絶対に紐解いてはならない部位がある。すべてがそうだ、だがその中でも禁断の秘術、単純に理論を覚え呪文を唱えてもできない魔術がある。ある種の契約をせねば成し得ない魔術」

「契約？」

「ああ……悪魔との契約だ」

悪魔、突拍子もないその単語に、カーキッドが口笛を吹いた。

だがデュランはいたって真顔のまま、虚空を眺め言った。

「その中の魔術に……あるのかもしれん。あいつが何をしようとしているのか、その答えが」

「……」

「私は一度、教会の総主教庁へ戻ります。闇の魔術の書について、調べてみたいと思います」

オヴェリアはデュランを振り返り、頭を下げた。

「色々と世話になりました」

「いいえ。それはこちらです。姫様、今回の一件は誠に」

静かに微笑む神父。だがその体が傷だらけなのをオヴェリアは知っている。

カーキッドもそうだ。服はきれいだ。だが体は切り刻まれボロボロだった。出ている部分も所々白い布に覆われている。

そしてオヴェリアも、痛みがないわけではなかった。

それでもデュランが施してくれた治癒薬が効き、随分と楽になった。カーキッドも同じであろう。

「私とカーキッドは、王都からの返事を待って出発致します」

「……ではここでお別れですな」

少し寂しそうにデュランが言った。オヴェリアも同じ顔をした。カーキッドはそっぽを向いたままであったが。

「デュラン様……ならばここで改めて、お話ししておきたい事があります」

「は？」

「カーキッドにも。……あの場で話していた事です」

「……」

「母の、事です」

カーキッドが火を点けずにくわえていた煙草を口から離し、指の中にと収めた。

「白薔薇の剣……父の前に、その持ち主たる〝白薔薇の騎士〟の称号を持っていたのは……私の母ローゼン・リルカ・ハーランドでした」

それはこの国最大の秘密。

「ですが公にはされなかった……それは、先刻叔父が話していた通りです。祖父が亡くなった折、父は剣に選ばれなかった。だが国を継げる者は父しかいなかった。民衆を結果的に欺き、父は王となりました」

「……その後、母君が剣を手にしたと？」

「どのような経緯であったかは存じません。ですが母はその剣を持つ事ができてしまった、選ばれてしまった。ゆえに、ハーランドへと嫁ぐ事になった。婚約者がいたのも本当です。すべて断ち切られ、母は父の元へ参った」

カーキッドは興味なさげに、明後日をぼんやりと見ている。

「そしてその後母は……父の代わりに〝白薔薇の騎士〟として振舞いました。公で〝白薔薇の騎士〟が剣を振るわねばならない瞬間もある。戦もあったそうです。そこで母は白い鎧を身に着け、面をして兵士の前に立ったそうです。父の代わりとして。……父と武大臣グレンの二人は母を補佐して……父は一介の兵士として母を守り、供をしたそうです」

「……」

「剣を持った事がなかった母は、白薔薇の剣を手にしたその時から、剣の腕を磨く事となりました。父は御前試合で常に上位に行くほどの剣豪。その代わりをしなければならない……母の苦労は、並大抵の物ではなかったでしょう」

「……」

「そして現実、母は、戦で人を斬った事もあると申されていた……確かに母の運命はこの剣によって歪められたのかもしれません。剣に選ばれなければ生涯、剣を持つ事もそれで誰かを斬る事もなかった」

初めて人を斬った痛み、オヴェリアもわかる。

母はその時何を思い、どうやって乗り越えていったのか。

母が持った痛み。

母が抱いた思い。

そして父の思い。

すべてをつなぐ物。

それこそが、白薔薇の剣。

「私が御前試合に出たのは……どうしてもこの剣に会いたかったから……。父と母の思いを知るこの剣に、どうしても」

会いたかった。

本当は、誰にも、渡したくなかった。

この剣はオヴェリアにとって、二人そのものだから。

幼くして亡くした母の姿を追い求めて、剣の腕を磨き、動く事叶わなくなってしまった父の思いを抱く剣を。

たとえそれにより、大変な使命を背負う事になろうとも。行く手に幾多の試練が待ち受ける事になろうとも。

でも、彼女にとっての白薔薇の剣は、他の誰にもわからない、特別な特別な、両親の剣。

唯一の剣だから。

「あなた様がその剣を持ち戦うのは、父母の意志を継ぐものだと」

オヴェリアは頷いた。

その脳裏には、アイザックの言葉が過った。

お前の母は父によって殺されたのだと。

そんな事はない。

あるわけがない。

父を信じている。

母を信じている。

それが唯一今、できる事だから。

「そんな理由で持つもんかねぇ、剣ってのは」

カーキッドが欠伸をしながら言った。

「所詮は殺生の道具だぞ」

「カーキッド、無礼だぞ」

「ああ悪いな。俺は生まれてこの方お上品だった事がないんでね」

言い捨て、彼は立ち上がった。

「でもまぁ、お前らしいといえばそうか」

そう言い、彼は教会の外へ出て行った。

デュランはその背中を呆れた様子で見ていた。

オヴェリアは思った。

『姫にとってアイザック卿はどのような方ですか？』

城で、叔父の元へと向かう最中デュランに問われた

その言葉に、オヴェリアはこう答えた。

優しくて、強くて、何でも知ってて、意地悪な所もあるけれども、でも頼りになって……その答えは、まるで。

「……」

「まったくあいつは……。……？　どうされました？　姫？」

「デュラン様、カーキッドはね、料理が上手なんですよ」

「は？　料理？　あの男が⁇」

「ええ。あの人が作ってくれる物は、どれもとっても美味しいの」

　半信半疑でカーキッドが去った方向を見つめるデュランに、オヴェリアはクスクスと笑った。


「ではこれにて」

　それから二日後。

　デュランはフォルストを旅立った。

「道中お気をつけて」

「姫様も。カーキッド、オヴェリア様をちゃんとお守りしろよ」

「るっせぇ、俺はお守《も》りじゃねぇ」

　まったく口の利き方を知らん男だ、とデュランは嘆息を吐いた。

「魔導士ギル・ティモの行方と共にアイザック卿の行方も追います。いずれまた、道が重なる事もあるでしょう」

「その日を楽しみに」

　デュランは姫の手の甲に口付けた。その様を見て、カーキッドは機嫌悪そうにそっぽを向いた。

　デュランは可笑しそうにニヤリと笑った。

「何だ、妬いてるのか？」

「あぁ？」

「お前もやるか？」

「……るっせぇ！　誰が‼」

　ますます不機嫌そうに眉を吊り上げるのだった。

「ああそれからカーキッド」

「……あんだよ」

「お前に、貸し二つだからな」

「は？」

　しれっと言って歩き出すデュランに、カーキッドは慌てて追いすがる。

「ちょっと待て！　貸し借りはもう清算しただろうが！　お前の傷を塞いだのは誰だッ！」

「私自身だ」

「……俺の一張羅を裂いて血止めしたんだぞ」

しかもオヴェリアのマントまで引き裂いてッ……と言い募るカーキッドに。

デュランは彼をじっと見た。

「まぁ最悪そこで一旦チャラにしてもだ。なぁカーキッド。鴉の群れを倒したのは誰だ？」

「……」

「あの時お前の剣では、火の玉になった鴉を裂く事はできなかっただろう」

「それはッ！　お前だって危険な状況だっただろうが！」

「それに。お前は知らんだろうが、お前がアイザック卿と交戦している最中、ギル・ティモが密かにお前に術を放とうとしていた。それを食い止めていたのは私だ」

「……」

「貸し二つで済ませてやる。いいな、カーキッド」

言葉を失ったカーキッドが、次に吐いた音は、

「……畜生、覚えてろ」

「お前がな」


「行ってしまわれましたね……」

「……斬ればよかった……」

「何を言っているのですか、カーキッド」

「次に会ったら斬る。必ずだ。止めるなよ」

「ダメです、カーキッド」

「まーたお決まりの、斬るな斬るなのオンパレードか！　ちったぁ学習しねぇのかお前」

「……もういいから、教会に戻りましょう。手伝いもたくさんありますし」

呆れた様子でそう言って背を向けたオヴェリアに、

「待て」とカーキッドはそれを止めた。

「は？」

「お前、無防備すぎるぞ」

「……何が？」

「あんな神父に手を、簡単にッ」

「……？　あれは、挨拶の」

「それに敵の懐に潜り込むつってもだな、簡単になッ、

抱かれてんじぇねぇよ！」

「……抱かっ……」

　オヴェリアが赤面してしまう。

「そんな、だって、叔父上はっ……」

「オヴェリア、てめぇは男に無防備すぎる。今後は旅先で顔出すな。声も出すな。近寄るな。いいな」

　無防備だろうか……？　オヴェリアは首を傾げる。彼女自身は男性が苦手だし、充分警戒しているつもりなのに。

「あの、その〝近寄ってはいけない男〟にカーキッドは入るのですか？」

「……」

「じゃあ、今後は宿も別々の部屋ですね」

「……オヴェリア、『貧乏には勝てねぇ』って言葉を知ってるか？」


　とりあえずカーキッドがその後、オヴェリアの白魚のような手を取り口付けをした……などという事は起こり得なかった。

　世界滅亡の日は今日ではなかったがゆえ。


うらら、うらら――

炎の音が、そんなふうに聞こえた。

その傍らにある止まり木に、一羽の鴉がとまってる。

動きはしない。だがその黒光りする目だけは、爛々と輝いている。

　獲物を見定めるかごとく。

「やはり私はもう、降りる」

　部屋。四方を囲む壁は石。

　レンガのような小さなものではない。大きく荒削りな物を積んでできた空間。

　調度品はただ、暖炉とテーブルがあるのみ。貴族などが見ればここは、部屋などとは呼べない場所だろう。奴隷かもしくは罪人がたむろする場所だと。

　実際、ここにいる身分高きその男は、この場所にひどい吐き気を覚えた。狭すぎてこんな所にいては、押し潰されてしまうと。

「やはり間違っておったのだ私は……」

「わしが申し上げた事、嘘であったと？」

王が王妃を殺した事。

アイザックは首を横に振った。

「知らぬ。わからぬ……わからぬ、姉上がヴァロックに殺されたならば、許せぬ。断罪すべき事。だが……できぬ」

「何を？」

「私には、あの娘を……オヴェリアに剣を向ける事は、もう」

姉上の娘。姉上とよく似たあの顔とあの眼差し。

「できぬ」

「ほーほー。ですがあの娘には、憎きヴァロックの血が流れておりまするぞ？」

「……」

「あなたの姉上に無理に剣を持たせ、婚約者と引き剥がし自らの物としたヴァロック王が、無理矢理奪ったその体。あの娘は、あなたの愛する姉がヴァロックに汚《けが》されて出来た代物じゃ」

「……ッッ」

「ヴァロックが汚《けが》したのじゃ、お前の姉を、無理矢理に」

「……ッッッ、やめろ、やめろッ!!」

やめてくれ……呻くように言い、アイザックは頭を抱え込んだ。

それを見て、魔導士は「やれやれ」とため息を吐いた。

「とんだ、出来損ないの弱虫じゃ」

止まり木の鴉が、ガァと一つ鳴いた。

それにより、魔導士は顔を上げた。

「……おやおや、わざわざお越しとは」

「失敗したそうだな、〝八咫《やた》〟」

近づく気配は感じられなかった。だがギル・ティモが振り返るとそこには、男が立っていた。

「申し訳ございません。サカズキ殿」

「まぁよいさ。石はあの娘が持っている。そして娘が向かう先はゴルディア」

「は」

「……少し様子を見るとしよう」

アイザックは、現れた男を凝視した。身に覚えのある顔ではなかった。

だが、彼が胸につけていた章には覚えがあった。

「まさか、お主は……ッ」

アイザックはギル・ティモに向かい叫ぶ。

「どういう事だ！　なぜそのような者がここにッ」

「んー？」

いかんかのう？　とギル・ティモはアイザックの目を覗き込む。

「殿様に助力してくださるそうじゃ」

「何？」

「ハーランドを滅ぼす。そのためにこの方は力をお貸しくださると申しておるのです」

それは、とアイザックは喉を鳴らす。

「バジリスタがッ……」

隣国バジリスタ。

その紋章は剣。

天を貫く、剣の紋章。

今まさに目に前にいる男が付けている物こそが。

「まさか、そんなッ」

アイザックは逃げ出そうとした。

「出口はどこだ⁉」

その背に振りかかるは、ただ、笑い声。

「どこへ行かれるか、殿様や？」

知らせねば。

誰に？　ああ、ヴァロック……義兄上か。

――姉上。

脳裏にその笑顔が過る。

だがそれは一瞬でかき消される。

唐突に目の前に現れた、魔導士の醜い笑みによって。

「ッ‼」

「殿様は、ご自分の立場を理解されておらん様子じゃ」

「……私はもう降りる‼　私が間違っていた‼　この国はッ」

「降りる？　無理じゃ。もう後戻りはできんよ」

「……ッ」

「胸に手を当ててごらん」

ギル・ティモは彼の腕を取る。

「ほぉら、ここ。心臓が脈打つのが聞こえるかい？」

無理矢理アイザックは自分の胸を掴まされた。

そして。

「……ッッッ!!」

「聞こえるか？　鼓動が」

「………」

「聞こえんな、鼓動は、もう」

「や、やた……」

「そうじゃ。もうお主の心臓、止まっておるよ」

「…………」

「あの折の実験で、そなたは不死身となった。そうじゃそうじゃ。もうそなた体は死んだんじゃから、それ以上の死はない。何人もの命をねじ込んだが、どれもこれもうまくはいかなんだ。お前は死んでる。そして誰の命もお前には宿っておらぬ。ならばなぜお主が動く？　その根幹にあるものは何だと思う？」

　ギャァと、鴉が止まり木から飛び立って、ギル・ティモの肩に止まった。

「その体ももう、鴉の躯《むくろ》じゃ」

　奴隷、ドーマ、それと同じ術。

　アイザックは自身の胸に手を当てた。何かが蠢くようだった。眼球の奥底で、何かが無理矢理這い出すような感覚。

「ウワァァアアアァ!!」

「騒ぐ事はない」

　言い、倒れこんだアイザックの頭をギル・ティモは抱え込んだ。

「怖き事は、何もない。そなたはそなたが描いた理想通りに、死を超越したのじゃから」

「もうそなたには、死はない」

「悲しみもない」

「恐れもない」

「傷つく事も迷う事も」

「震える事も」

「何もない」

　何も
　ない。

　無。

「ほぉら、心を楽に」

　闇が、心を取り込んでいく。

「任せてしまえばいい。身も心も」

　その闇はとても穏やかで気持ちのいい物だったけれども。

「忘れてしまえばいいのじゃ……憎しみも、怒りも」

喜びも。

——姉上。

「そなたは私の、かわいいかわいい躯の一つじゃ」


闇が包み、消し去っていく。

色々な事を。

大切な思い出を。

抗いきれないほどの力と速度で。

その闇の中で、アイザックは呼んだ。姉上、と愛しき人の名を。

脳裏に描く、姉の顔。

ローゼン・リルカ・ハーランド。

オヴェリアに良く似たその女性の顔が……消えていく。

アイザックは涙をこぼした。

——姉上……。

彼は微笑んだ。

そしてすべてが闇に落ちる前に、彼は別れの言葉を呟いた。


さらば、愛しき人よ、と。

《了》

番外編
『光』

ファンファーレなど聞こえない。

あるのはただ、一面の白い薔薇。それ以外には何もない。

いいや、違う……もっと大事な物がない。

もうどこにもない。二度と戻らない。

「……行ってくる」

白薔薇に向かってそう呟く。

翻す背に、返る返事はない。


「やはり決勝はあの二人か」

闘技場《コロセウム》の熱気はいつもの比ではない。収容人数も限界を超えている。溢れかえった人々は、闘技場を取り囲んでいるのだと聞いた。

無理もないだろう。誰もが心待ちにしている四年に一度の祭典、薔薇の大祭の最後を飾る薔薇の御前試合決勝戦。

決勝に残ったのは、ヴァロック・ウィル・ハーランドとグレン・スコール。数々の猛者を打ち破り、やはり最後はこの二人が相対する。

その二人、王と武大臣。

文大臣のコーリウスも内心冷や冷やした気持ちで眺めている。そして同時に、これ以上の昂りはない。

「文大臣殿もお出になられればよかったのに」

他の大臣に冷やかされ、コーリウスは嫌そうに顔を歪めた。

「煩い」

一回戦敗退という苦い過去を持つコーリウスである。彼が武芸は得手ではない事は周知の事実であった。

「しかし、またこの対戦が見られる事になろうとは」

二度とないと誰もが思っていた。王になって以来、ヴァロックは御前試合の出場を辞めたのだ。

その彼がここに戻った理由。

王妃ローゼン・リルカ・ハーランド。彼女が亡くなり、約一年が経つ。


世界は白である。そう思ったのはこれが二度目だ。

闘技場の真ん中、何度も立ったはずなのに、初めてここに来たような気もする。

鎧が暑いと思った事も、重いと思った事もないはずなのに。

今日はいつもと感覚が違う。

剣が滲む。他に例える言葉を知らない。なぜだか彼はそう思った。

滲んでいく、腰から背中、体の中へと。

重い、けれど緩い。

正面に立つのはただ一人。

互いに兜はつけていない。鎧だけ。それは昔から、ここでの二人の決まった姿。

武大臣グレン。それは生涯の友。そして彼はいつも通りの笑みを浮かべている。

「いかがですか？　久しぶりの決勝は」

少し皮肉を含んだその声に、ヴァロックは苦笑を混ぜて返した。

「緊張する」

「あなたほどの方でも？」

「お前は余裕そうだ」

「御冗談を。今すぐここから逃げ出したい」

ヴァロックは笑った。それを見届け、グレンは言った。

「だが、嬉しい」

「……」

「あなたともう一度ここで見《まみ》えられる事」

剣を合わせられる事。

――変わってしまったよ、グレン。

ヴァロックは心の中でそう呟いた。

剣は、彼にとってのすべてだった。

幼い頃から王になるためにと、勉学にも武芸にも励んだ。生まれ持って課せられた使命、宿命。そこには興味も心も本当は動いていなかった。

だけど変わったのは、その剣が、他の剣と重なった時。

若かりし頃父の反対を押し切って出た御前試合。その時から剣に夢中になった。

剣こそわが命。他には何もいらないと言って、ひたすらに打ち込んだ事もあった。

――変わったよ、グレン、俺は。

始めの合図が響く。

グレンと相対する、これが何度目か。

——俺は何のためにここに立って。

何がしたくてここに剣を抜いて、友と剣を合わせるのかと。

見つめ合う事数秒。

やがて走り出す、二つの影。

——何を求めて。

第一刀、重なり合った剣と剣、甲高いというよりは不発の爆音にも似たような響き。


「姫様、ほら、始まりましたよ」

試合開始の合図と共に、歓声も爆発する。

そのあまりの大きさに、侍女たちも顔をしかめる。

姫の傍にいたフェリーナも驚きながら、負けじと声を張り上げた。

「王様は以前、決勝の常連だったそうですよ。グレン様と互角だったんですって。楽しみですね」

姫と同い年のフェリーナは、侍女というよりは友人、姉妹に近い。一番の話し相手だと彼女自身も思っている。

だから、心配でならない。

フェリーナがどれほど叫んでも、姫は答えない。微笑んで返してくれる、だが言葉はない。

——オヴェリア様……。

母であるローゼン・リルカ・ハーランドが亡くなってから一年、オヴェリアは変わってしまった。

上辺の微笑みはある。だが本当の意味での笑顔はなくなった。言葉も少なくなった。部屋に一人閉じこもって、誰も寄せ付けない事も多い。一番の仲であるフェリーナでさえ、踏み込む事ができない壁を感じるようになった。

元気を出してください、何度もそう言った。だが言葉でどうにかなるものではなかった。他の年輩の侍女からも、今はそっとしておいて差し上げなさいと言われた。

フェリーナにとっても王妃は大切な人だった。悲しいと思う。

生きるとは何か、死ぬとは何なのか。

言葉としてはわかってる、でも幼い彼女には本質がわからない。

ただ、そのわからない事にオヴェリアが連れ去られてしまいそうで。

元気になって、負けないでと、強く強く願う。

オヴェリアはどこか虚ろに試合を見ている。

その目に何が映っているのか、フェリーナはきゅっと唇を噛み締めた。

その時、場内が一際大きくどよめいた。オヴェリアを見ていたフェリーナは慌てて視線を王と武大臣に戻した。

「あ」

思わず出た声はかき消される。

膝をついているのは白い鎧。ヴァロック王だった。


――ぬかった。

グレンの剣はわかっている。初めて御前試合に出た時から、幾度も幾度も打ち合ってきた。

だがその本質を、本当は知らなかったかもしれない。

そう思ったのは一二年前、国境で起きた隣国バジリスタとの抗争の際。

鳥肌が立った。闘技場で見せる剣は、本当のグレンの剣ではない。

戦場で見せた彼の剣は、……否、存在そのものが。

圧倒的に、すべてを凌駕していた。

誰も踏み込めない、絶対的な壁。

来《きた》るすべてを躊躇一切なく。

剣の本質。それは美しさではない、速さでもない、極めるとは――殺す事。そして覚悟。

何を目指していたのだろうかと、あの時ヴァロックは思った。グレンは知っていた、戦いの本質。

こんな意志の前に踏み込んで、何の覚悟もない自分がどうして勝る事ができる？

たった一度も勝てなかった理由を、彼は戦場で目の当たりにした。

何のために戦う？　どうして剣を振るう？

なぜここにいる？　なぜここにきた？

――リルカ。

そう思った刹那、不意に下段から滑り込んできた剣への対応が遅れた。辛うじて一撃は逃れたが、足元が崩れた。

足に一瞬、力が入らなかった。

ぐにゃりと我知らず、気づいた時には地に這いつくばっていた。

膝をついたら負けなどという規則はない。だが。

――負けだ。

武人として。ここが戦場ならば、一気に首を跳ね上げられる。

そう思った瞬間に、

「お立ちください」

グレンは剣を向けずに立っている。ヴァロックが立ち上がるのを待っている。

茶番だ。無様だ。もう勝負はついた。

否、そうか……と、気づく。

何をしにここにきたのか。何を求めてここにきたのか。

ヴァロックは顔を上げた。グレンと目が合った。

ずっと共に歩いてきた親友。願わくば。

――斬ってくれ。

「ウィル様、立ってください」

「……」

お前に斬られたい。お前なら斬られてもいい。

グレンの表情が変わる。友だからこそ、思いは伝わろう。

リルカが死んだ。

「ウィル様」

殺したのは、この俺だ。

「立って」

何が白薔薇の騎士だ、何が白薔薇の剣だ。

何も知らない普通の姫君にそんなものを背負わせて。

戦場に押し立てて。必要のない世界を見せて。

必要のない悲しみと苦しみ、そして深い傷を負わせて。

なのに、なんで。

「立て」

罪を負ったこの俺が生き残って。ぬけぬけと、白薔薇の剣を持って。

王などと。

「立て、ウィル」

殺せ、殺してくれと。

それを望んでここにきたのかと。

「王様」

膝をついたまま王は立ち上がらない。

場内がざわめく。これが終焉か？

これほどあっけなく、王が敗北する姿。

グレンの強さは誰もが知っている。御前試合勝利の記録は、おそらくこの先誰にも破られる事はないだろう。

それでも、武王と呼ばれる王のこの姿に、見守る観衆は落胆を隠せなかった。

終わりか。

フェリーナもため息を吐いた。やっぱりグレンは強い。

だが、その瞬間、またしてもフェリーナは別の事に気を取られていた。だから、姫が椅子から立ち上がった事。そして一歩前に出た事。

彼女が声を掛けるより早く、オヴェリアが、観覧席の端まで歩いていく。

じっと、王を見。

「……父上」

呟いた事を。

「ウィル様」

なんと無様なんだろう、自分という人間は……ヴァロックは地面に自嘲の笑みを漏らした。

これほど滅びを愛しく思った事は、未だかつてなかった。

そう、滅びたいのだ。終わりたいのだ。

何のために生きればいいのか。こんな、罪に汚れた自分が。

彼女の最後の笑顔が脳裏に、

「姫様が、見てる」

「……」

「オヴェリア様が、見ています」

振り仰ぐと、小高い所に、王族の観覧席。
そこに立っている、少女の姿。
なびく髪がたとえ乱されても。瞬きもせず。
まっすぐ見つめる、その瞳は。
「ウィル様」
無様でも良いではないかと聞こえた声は、誰の声だ？
罪に汚れる？　罰を受けなければならない？
死にたいとか、そんな言葉を吐く前に。
泣き喚いてでも、這いつくばってでも。
膝を持ち上げて。
生きてみろ。
精一杯がむしゃらに。
喚き倒して。体裁も体面も。形振りなんぞ、
剣を握り直して。
すべての自分を否定して。
そして最後に、すべての自分を肯定して。
「オヴェリア」
生きろ。

鼓動が打つ事に理由なんか求めるな。

鼓動が打つ限り、限界まで挑め。

剣を振り上げる。もう一度、正眼から一気に走り込み打ち込む。渾身の一撃。

歯を食い縛る。反動でもらった回転をバネにして、背中からもう一度剣を叩き入れる。

だがそこは読まれている。逆にグレンの剣はヴァロックの剣を弾き、横っ腹に衝撃が走る。

思わず呻き、また膝を付きそうになるが、こらえる。

睨む。挑もう。

グレンはヴァロックの目に、逆に笑みを返す。

目が輝いていく。

互いの鼓動が、剣に重なる。

打ち込んで、走って、駆けて、天も地もどうでもいい。

やがて歓声は一切消える。ヴァロックの前にあるのは、剣を向け合うグレンの姿と。

こちらを見つめる、オヴェリアの姿。

泣きたくなった。

否、ヴァロックは知らず、涙を流しながら剣を振

るっていた。

しかし剣速は沈まない。

時が回るのも忘れ、二人は夢中で打ち合った。


「勝者、グレン・スコール!!」

……結末は、夕の紅の中で。

結果として、ヴァロックはグレンに及ばなかった。

でも精一杯戦った。その上での一つの結果。

「ウィル様」

握り合った手と手。それは力強く、そして頼もしかった。

「すまん」

そう言ってから、ヴァロックは思い直し言葉を改めた。

「ありがとう」

剣は人を殺す道具。剣技の神髄は、その特化。

でも、それだけではない。

その技は、人をつなぐ力も持つ。そう信じたいと、王は思う。

……そして。

闘技場の出入口に、侍女たちと共にオヴェリアが立っていた。

一瞬ヴァロックはためらった。どうしたらいいのかわからなかった。

しかし。

「オヴェリア」

進む、その歩がオヴェリアと重なる。彼女もゆっくりと歩いてくる。

幼い姫君。母を失い、途方に暮れているのは知っていた。

同じなのだ。一つの光を失った事。

なのに、すまん。一人で逃げようとした。

ヴァロックは膝をつく。今度は娘を抱くために。受け止めるために。

「父上」

まだ頼りないその魂。その体は。

だが、ヴァロックにとって絶対的なもの。

……ひどく、切なく、愛しくて。

無様ですまんと思いながら。
今度は泣くまいと、逆に笑った。

悲しくても前を向く事
苦しくてもあきらめない事
嬉しいから背を向ける事
教えなければならない、父の生き様
ここにきた本当の理由、
誇れる男になるよ
君と、君が残した最愛の
——光に

《『光』完》

Sword of white roses

あとがき

はじめまして！　葵れいと申します。

「白薔薇の剣」をお手に取っていただき、誠にありがとうございます。

この作品は投稿サイト「小説家になろう」様で、二〇一三年より掲載させていただいている作品となります。

まずはこのような機会を与えてくださいました一二三書房様、いつも誠実に担当してくださいます遠藤様、素晴らしい装丁を施してくださいましたｅｒｉｋａ様、ご尽力くださいましたすべての方々に厚くお礼を申し上げます。

……本当に、まさかこの作品が本になる日がくるなんて、夢にも思っておりませんでした。

書き始めたきっかけは……何だろ、よく覚えていないんですが。

運命とか宿命とかそういうのに必死に立ち向かって、自分の力で道を切り開いていく……古臭いほど王道の話が書きたくて始めたというのが一番だったかもしれません。

私はともすればすぐに落ち込んで、凹んで、泣き虫で、いつも自分の道とか生き方とかに迷いながらここまで来ました。

そんな中でどれだけたくさんの人に支えられて今があるかわかりません。

「白薔薇」に関しましても、一人の力ではとても書き続ける事はできませんでした。

つたない文章にお付き合いくださいましたたくさんの方々、温かい感想の一つ一つが、次へと繋げてくれる原動力となっておりました。

そう考えるともう、何というか……書き始めたあの時、投降サイトに出して誰かが見てくれたその瞬間から、すべての作品は書き手一人だけの物ではないんだなと思います。

今ひたすらに思うのは、私と、「白薔薇」に関わってくださいましたすべての方誰一人として、恥ずかしい思いをさせる事のないような物を作らねばならないという、決意と覚悟を固めなければと思います。

イラストを担当してくださいましたミヤジマハル様。突然の申し出の中、このような美麗イラストで「白薔薇」の世界に魂を吹き込んでいただき、本当にありがとうございます。こんな凄い人に描いていただけるなんて、どれだけ周りに自慢したことやら……（照）。

一人のファンとして、ミヤジマ様の活躍を願わずにはいられません（イラスト集を熱望します。誰かッ！　出してッ!!（え））。

そして一番最初に「白薔薇」に感想をくださいました「イシュリーン」の木根楽様。同じレーベルで名前を連ねさせていただける事は感激と光栄です。「イシュリーン」楽しみにしています!!

また、いつもアドバイスしてくださいますＨＩＲＯ様、１２時様、ＹＵ９様、温かい書評をいただきました山本水城様、日野祐希様、ＡＱ様、ミルクマ様、Ｅｇｎｅｈ様、青樹加奈様、浅葱様、そして足軽三郎様……一部となってしまいますが、本当にありがとうございます。

また私生活で、私をこれまで支えてくださいました仲間の皆様。まさかこのような報告をする日が来ようとは……びっくりです。でもみんなが喜んでくれた事、それが凄く嬉しかったです。

Ｏ脇様。いつも本当にありがとうございます。またご飯一緒に行ってください。

友人Ｅ様。完治を祈っています。高校時代の呟きを覚えていてくれてありがとう！

今年入閣いたしました某組織のＳ・Ｋ様、Ｖ様、Ｎ様。今後ともよろしくお願いいたします。

そして、いつもご迷惑をおかけしております母君様。親孝行が出来れば幸いです。

……人生初のあとがき、後半はひたすらお礼行脚となりましたが（一部でごめんなさい（汗））。

何より一番書きたいのは、この本を手に取ってくださった方へのお礼でございます。

本当に本当に！　ありがとうございます。

こういう形で皆様と出会えた事、もう奇跡に近いです。どう考えても（笑）。

でもこの奇跡に絶大な感謝です。こんな幸せはありません。

そして、この幸せが次巻でも続く事を祈りつつ――。

二〇一五年　一一月　一五日

葵れい

「最も弱き魔物」コボルトの狩人シェートは、自らの住む集落を焼かれ、仲間を皆殺しにされる。

それを為したのは異世界より召喚された、絶対無敵の鎧を纏った勇者、逸見浩二。

自身も深手を負い、瀕死となった彼は、それでも自らの愛するものを奪った勇者に復讐を叫ぶ。

その声に答えたのは、天界で廃神（すたれがみ）と嘲われる女神、サリアーシェ。

これは、世界を救う勇者に復讐を望んだ一匹の魔物と、それに答えた女神の物語。

｜サイズ：四六版｜352頁｜ISBN：978-4-89199-328-3｜価格：本体1,200円＋税｜

夜々里 春
illustration by
村上ゆいち
狭間の世界に訪れた滅びの時――
〝帯剣の騎士〟と呼ばれた少年は
蒼き翼をその身に宿し、天地狭間を翔け抜ける！
天と地と狭間の世界
イェラティアム
神が住まう天上。魔物が住まう地上。そして人が住まうのは狭間の世界……。
狭間には浮遊する七つの大陸があった。
大陸が下がれば強い魔物が多く現れ、大陸が上がれば魔物は現れずひと時の安寧を得られる。
大陸浮遊の原動力を司るのは神より与えられし《運命の輪》。
二千年の時を経て、その《運命の輪》に異変が起こり始める。
｜サイズ：四六版｜372頁｜ISBN：978-4-89199-330-6｜価格：本体1,200円＋税｜

白薔薇の剣

発　行
2015年11月15日　初版第一刷発行

著　者
葵れい

発行人
長谷川　洋

発行・発売
株式会社一二三書房
〒102-0072　東京都千代田区飯田橋2-14-2　雄邦ビル
03-3265-1881

デザイン
erika

印　刷
中央精版印刷株式会社

作品の感想、ファンレターをお待ちしております。
〒102-0072　東京都千代田区飯田橋2-14-2　雄邦ビル
株式会社一二三書房
葵れい 先生／ミヤジマハル 先生

Printed in japan, ISBN 978-4-89199-363-4

※本書は小説投稿サイト「小説家になろう」（http://syosetu.com/）に
掲載された作品を加筆修正し書籍化したものです。